講談社文庫

邪悪(上)

パトリシア・コーンウェル｜池田真紀子 訳

講談社

ステイシーに

●目次

邪悪（上）

N
メルローズ
0
5km
マサチューセッツ州
アーリントン
メドフォード
エバリット
レビア
サマービル
チェルシー
ケンブリッジ
ウィンスロップ
ボストン
国道1号線
バンカーヒル記念塔
エアポート駅
ザキム・ブリッジ
チャールズ川ダム
ノース駅
ローガン
国際空港
ボストン
オルフェルム劇場
ボストン・コンテンポラリーアート美術館
チルドレンズ・ミュージアム
N
0
1km

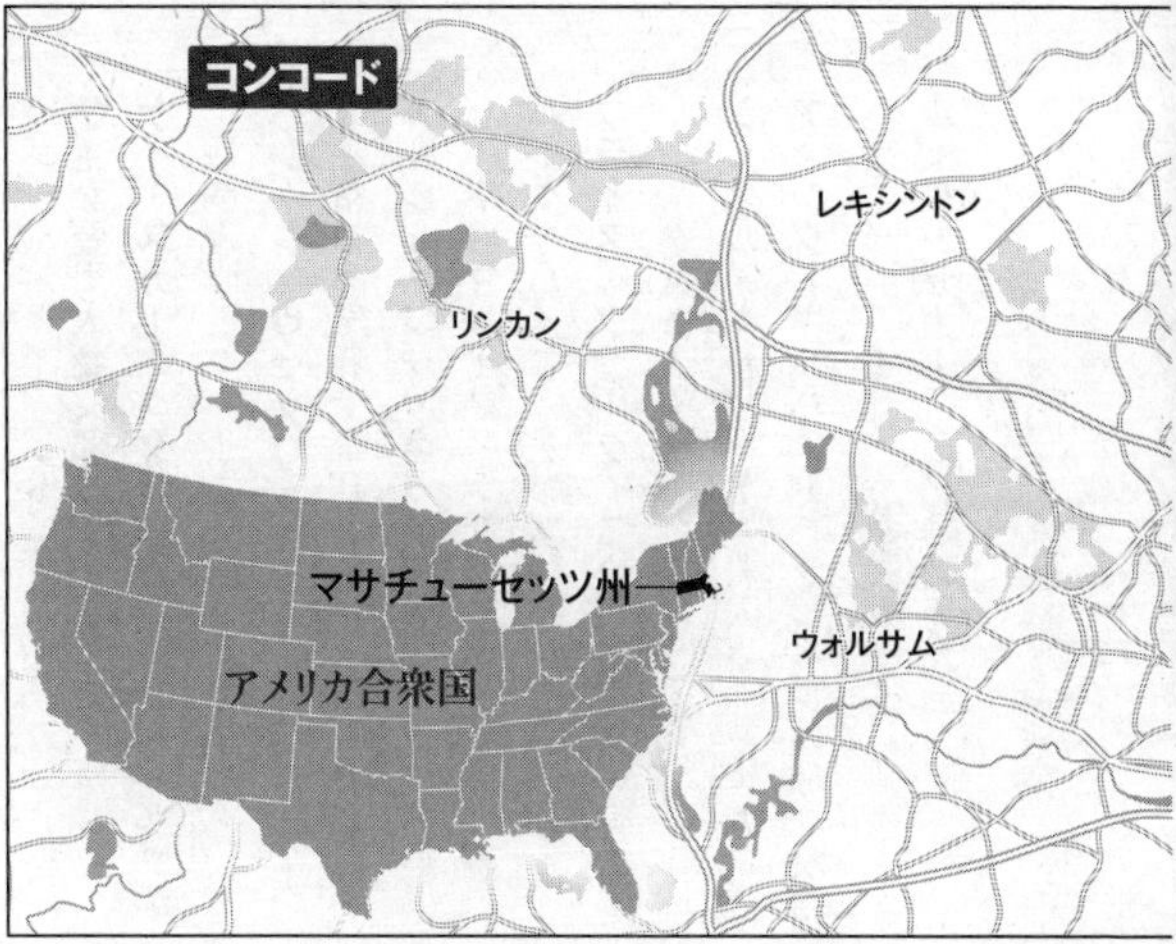

マップデザイン／アトリエ・プラン

●主な登場人物〈邪悪・上巻〉

ケイ・スカーペッタ　CFC（ケンブリッジ法病理学センター）局長。法医学者

ベントン・ウェズリー　スカーペッタの夫。法精神医学者でFBI犯罪情報アナリスト

ルーシー・ファリネリ　スカーペッタの姪

ピート・マリーノ　ケンブリッジ市警刑事

パーク・ハイド　ケンブリッジ市警巡査

ブライス・クラーク　スカーペッタの個人アシスタント

シャネル・ギルバート　殺人事件被害者

アマンダ・ギルバート　シャネルの母。映画プロデューサー

ルーク・ゼナー　CFC副局長

ラスティ　CFC職員

ハロルド　CFC職員

エルサ・マリガン　ギルバート邸のハウスキーパー

ヴォーゲル　マサチューセッツ州警警察官

ラピン　ケンブリッジ市警警察官

エリン・ロリア　FBIボストン支局捜査官

ジル・ドナヒュー　刑事事件専門弁護士

ジャネット　ルーシーのパートナー。弁護士

デジ　ジャネットの養子

キャリー・グレセン　精神病質者のシリアルキラー

〝邪悪な心〟の法的定義

道徳心が欠如し、他者に危害を加えることに執心している。

――イリノイ州最高裁判例、メイズ対イリノイ州（一八八三年）

人命に対する異常なまでの無関心。

――ニューヨーク州控訴裁判所判例、
ニューヨーク州対フェインゴールド（二〇〇六年）

邪悪で堕落し、悪意に満ちた心による支配。悪事を行う傾向《アン・ディスポジション・ア・フェール・アン・マール・ショーズ》。法で明示または暗示されている。

――ウィリアム・ブラックストン『イギリス法釈義』（一七六九年）

神よ、魔王よ
気をつけろ
気をつけろ

その灰の中から
私はこの赤毛のまま立ち上がり
空気のように人を食らうから

――シルヴィア・プラス『蘇る女』（一九六二年）

1

ルーシーが十歳のとき、私はヴィンテージのテディベアをプレゼントした。ルーシーはミスター・ピクルと名づけた。そのテディベアが、規格品のシーツの隅を三角形に折ってマットレスの下に几帳面に押しこんだベッドの枕の上に鎮座している。

いつ見ても醒めた表情をした小さなテディベアは、うつろなまなざしをこちらに向けていた。黒い糸でできた口はへの字形を描いている。私が救いの手を差し伸べたらこのクマは幸せになれるだろう、私に感謝さえするだろう――あのとき私はそんな幻想を抱いたのだと思う。ばかげた考えだ。相手はぬいぐるみのクマで、こちらは弁護士と医師の資格を持つ科学者、つねに冷静で分析的で論理的であるはずの人間なのだから。

たったいま携帯電話に届いた動画に思いがけずミスター・ピクルが映っているのを見て、私は驚き、困惑している。カメラは上から見下ろすような角度に固定されているようだ。天井に開いた小さな穴から撮影しているのかもしれない。なめらかな布でできた足裏、オリーブ色のモヘアの柔らかな毛が作る渦巻き模様、アンバーガラスの目玉の奥の黒い瞳、耳に取りつけられたシュタイフ社の黄色いタグ。すべてが鮮明に見て取れた。ぬいぐるみはたしか高さ三十センチくらいで、超高速で駆け回る彗星のような少女、私のただ一人の姪にして事実上の一人娘、ルーシーの遊び相手にぴったりのサイズだった。

いまから二十年以上前、ヴァージニア州リッチモンドの小さな商店が並ぶ一角、カリータウンを訪れたときのこと、ガーデニングや南部風の暮らしを解説した、装飾品代わりにコーヒーテーブルに積んでおくような古くて分厚い書物をぎっしり詰めこんだ傷だらけの木の棚の片隅でひっくり返っているそのクマを見つけた。買ったときは薄汚れた白いニットのスモックを着ていたが、すぐに脱がせた。いくつかできていた破れ目を美容整形外科医なみの腕を発揮して丁寧に縫い合わせたあと、シンクに張ったぬるま湯に浸し、色柄物向けの抗菌剤入り洗剤で洗い、ヘアドライヤーの冷風を当てて乾かした。このクマはきっとオスだ、スモックのような子供っぽい服を着ていないほうがずっとそれらしいと思った。あなたは裸《ベア》のクマ《ベア》の飼い主になったのよと冗談混じりにルーシーに言うと、ルーシーはたしかにそうだねとうなずいた。

「あんまり長い時間、じっとしたままでいると、着てるものをケイおばさんに脱がされちゃうんだよね。ホースの水で洗われて、ナイフで内臓を抜かれちゃう。仕上げに針と糸で縫われて、それきり服は着せてもらえない」ルーシーは楽しげにそう付け加えた。

不謹慎で寒気のするような発言。ジョークにしてもまったく笑えない。しかしそのころルーシーはまだ十歳だった。記憶の奥からふいに蘇った、その子供っぽい早口の声を頭の中で聞きながら、私は白大理石の床に広がった血だまりのそばを離れた。腐敗しかけた血液は褐色を帯び、血だまりの輪郭から黄色い水のようなものが染み出している。立ち上る臭いが空気を黒ずませて汚染しているような気がした。ぶうんと低い羽音を立てるハエの群れは、悪魔に遣わされた小さな魔物の軍勢のようだ。死は貪欲で醜い。人の五感に襲いかかってくる。全細胞のアラームをいっせいに鳴らし、おまえにも生命の危険が迫っているぞと脅す。用心しろ。近寄るな。一目散に逃げるんだ。次はおまえの番かもしれないぞ。

人は誰しも死体に嫌悪と反感を抱き、徹底して避けるようプログラムされて生まれる。ところが、本来あるはずのその生存本能がもともと組みこまれていない個体がまれに存在する。種の健康と安全を守るために必要だからだ。選ばれたごく一握りの人々は、身の毛のよだつようなものを見ても動じないように生まれついている。嫌悪するどころか、死に惹きつけられる。魅了される。もっと知りたいと興味を抱く。それはかならずしも悪いことではない。生き延びた者たちに誰かが警告を与え、彼らを守る必要があるからだ。目をそむけたくなる陰惨なものをじっくりと調べ、死に至った原因や理由や関係者を突き止め、不快感をさらに広げたり、病気の感染が拡大したりしないよう、腐りかけた遺骸を適切に処理する役割を誰かが果たさなくてはならない。

さらに言えば、その特別の役割を与えられた人々もみな平等には作られていない。よかれあしかれ、二人と同じ人間はいないのだ。私は早くからそのことを理解していた。強いスコッチ数杯で、私は率直にこう認めるだろう。自分はいわゆるふつうの人間ではないと。初めから周囲の人たちと違っていたと。私は死を怖いと思わない。死がもたらした結果そのものに恐怖を感じることはない。代わりに、それらが私に訴えかけてくるものに意識が向く。臭い、液体、ウジ、ハエ、ハゲワシ、ネズミ。それらは真実を探求するための道しるべだ。付け加えるなら、死体を調べて情報を集める際には、生物の究極の挫折である死が訪れる瞬間までそこに宿っていた生命に留意し、尊ばなくてはならない。

　要するに、ふつうの人々が生理的に受けつけないもの、嫌悪するものを目の前にしても、私は何とも思わないということだ。ただ、ルーシーに関することとなると、話は違ってくる。私はルーシーを溺愛している。それは昔から変わらない。いまこの瞬間も例外ではなく、早くも責任を感じ始めているし、悪いのは自分だと思い始めてもいる。突然届いたこの動画の目的はきっとそれなのだろう。そこに映っている何の特徴もない平凡な寮の一室がどこなのか、一目見ただけでわかった。姪のルーシーがそこで暮らしていたのは、親代わりを務めた私、過保護なおばの私がそう仕向けたからだ。ミスター・

ピクルは私がそこに置いたも同然だった。

テディベアは、私が検屍官のキャリアを歩み始めたころ、リッチモンドのすすけた商店からさらってきて身ぎれいにしてやったときとどこも変わっていないように見えた。ただ、最後に目にしたのは果たしてどこだったか、いつだったか、思い出せない。ルーシーはミスター・ピクルをなくしたか、誰かにあげてしまったのだろうか。それともいまもクローゼットの奥にしまいこんでいるのだろうか。そこまで考えたところで、若くて裕福な女性の遺体が発見されたこの美しい家のどこかから誰かが激しく咳きこむ音が響き渡って、私の注意は一瞬、動画から引きはがされた。

「なんだよ、よせよ。さては病原菌をばらまこうって腹だな」今度はケンブリッジ市警の刑事ピート・マリーノの声が聞こえた。警察官というのは、つまらないことで互いに罵ったり、難癖をつけたり、冗談にしたりする人種だ。

マリーノがけちをつけている相手、私は名前を知らないマサチューセッツ州警察の警官は、本人に言わせると〝夏風邪〟が治りかけているところらしい。しかしいまの咳を聞くと、ただの風邪ではなくて百日咳ではないかという気がした。

「なあ、頼むぜ。性病とかそんなんじゃねえだろうな。俺まで病気にしてやろうってか？　頼むからもっと離れててくれよ」マリーノが病み上がりの人間を邪険にする声がまた聞こえてきた。

「うつるような病気じゃないって」ふたたび咳の発作。

「よせって！　せめて口を手で押さえろよ！」

「せっかく手袋をはめた手に咳をしろってのか？」

「脱ぎゃいいだろうが」

「いやだね。現場にDNAを残したくない」

「へえ？　いまみたいにはらわたがひっくり返りそうな咳をするたんびにDNAをスプレーで家中にまき散らしてるようなもんだろうが」

マリーノと警察官の声を意識から締め出し、携帯電話のディスプレイを凝視した。動画が一秒、また一秒と時を刻んでいくが、寮の部屋はあいかわらず無人のままだ。ミスター・ピクルだけが枕にぽつんと座っている。ルーシーのベッドは軍用の寝台みたいに固くて寝心地が悪そうだった。幅がせまくて薄っぺらなマットレスに、白いシーツとベージュの毛布、シングル用の枕をスプレー塗料で吹きつけたみたいに見える。私はシーツを太鼓みたいにぴんと張って敷いたベッドは嫌いだ。そういうベッドでは寝たくない。

シーリー社のポスチャーペディック・マットレスに織り目の細かい柔らかなシーツや枕カバー、それに羽毛入りの掛け布団。自宅のベッドは、私にとって何より大切な贅沢品だ。長い一日のあと、ようやくそこで心身を休め、そこでセックスをする。夢を見ることあれば、夢一つ見ずに深く眠れる夜もある。ビニールフィルムでシュリンク包装されたような状態では眠れない。ミイラのようにぐるぐる巻きにされ、足の血流が遮断された状態で眠るのはいやだ。といっても、軍の宿舎や公務員住宅、安手のモーテルや多種多様な宿泊施設に泊まることに慣れていないわけではない。寝心地が悪くて眠れないまま過ごした時間は数え切れないが、好き好んでそんなところに泊まったわけではない。しかしルーシーは私とは違う。いまのルーシーの生活ぶりは質素とは言えないが、衣食住のいくつかの領域についてはまったく無頓着だった。

たとえば寝袋一つでルーシーを森の奥や砂漠の真ん中に放り出したとしても、ほかに武器と最新ＩＴ機器さえあれば不平は言わないだろうし、その時々に直面する敵から身を守ることもできるだろう。反面、ルーシーは、自分を取り巻く環境をコントロールすることには手加減しない。それを考えると、寮の自室が盗撮されていることを知っていたとは思えない。

知らなかったのだ。知らなかったとしか考えられない。

この映像が撮影されたのは十六年以上前、一番古くて十九年前だろう。当時の最新の盗撮機材を使っている。メガピクセル・クラスのマルチカメラ。柔軟性に富んだオープン・プラットフォーム。コンピューター制御。使い勝手のよいソフトウェア。目立たないサイズ。リモートコントロール対応。一九九〇年代終わりごろの市場にはまだ出回っていなかった最先端システムなのは間違いないが、いまでも時代遅れではないし、故意に古さを装っているのでもない。

ルーシーはつねに時代の先を行くIT機器に囲まれていた。一九九〇年代後半には、監視技術に関する最新情報を誰よりも早く手に入れていた。だからといって、当時、大学に通いながらFBIのインターンをしていたルーシーが、いまと変わらず病的なまでに非社交的で秘密主義だったルーシーが、自分で自分の部屋に隠しカメラを設置したとはまず考えられない。

いま私の頭の中を〝監視〟とか〝盗撮〟といった言葉が飛び交っているのは、この映像はルーシーの知らぬ間に撮影されたという確信があるからだ。もちろん、ルーシーは同意もしていないだろう。重要なのはそこだ。テキストメッセージの送信元はルーシーの緊急時用《ICE》携帯電話番号になっているが、この動画を送りつけてきたのはルーシーではないだろう。その点もきわめて重要だ。同時に、そこが問題でもある。ルーシーはICE番号をごく限られた身内にしか教えていない。片手で数えられる人数だ。私は映像のディテールに目を配った。再生開始から十秒。いま十一秒が経過した。十四秒。十六秒。複数のアングルから撮影された映像のディテールの一つひとつに目を凝らす。

ミスター・ピクルが映っていなかったら、これがルーシーの寮の部屋だとはわからなかっただろう。逆向きに閉じられて、毛羽立った布地や逆立てた毛皮のように見える白いヴェネツィアンブラインド。ルーシーはかならずその向きに閉じて私をいらだたせた。下着を裏表に穿くようなものだと私は言い続けてきたが、ルーシーはいまだに羽根の丸くふくらんだ側を外に向けて閉じる。凸面を外側にしておけば外から室内の様子をうかがえないからだという。外からの視線やストーキング、監視を警戒するなら、その向きに閉じるべきだ。そういった行為を自分は絶対に許さない。

でも、知らなかったのなら別だ。監視していたのがルーシーの信頼していた人物だったのなら。

一秒、また一秒と時間は進んだが、映っている部屋には何の変化もない。無人、無音のまま時間だけが過ぎていく。

コンクリートブロックの壁とタイル張りの床は下地塗料を塗っただけのように白く、家具はメープル材風の合板でできた安物だ。実用一本槍の殺風景な部屋。その光景が私の脳の奥底にひっそりとある一角をつついていた。ちょうどコンクリートを流しこんで人の遺骸を密封するように、封じられたきりの一角。いま携帯電話に映し出されているものは、精神科クリニックの病室であってもおかしくない。軍用基地の士官用宿舎の一室、どこかのモーテルの客室であってもおかしくないだろう。しかし私はこれがどこを写したものか知っている。いつどこで見たとしても、あの愛嬌のないテディベアは見分けられる。

ルーシー行くところつねにミスター・ピクルもいた。そのむっつり顔を見ていると、一九九〇年代のあの空虚な日々の記憶がいやでも蘇ってくる。私は初の女性局長としてヴァージニア州検屍局に在籍していた。身勝手な妹のドロシーからなかば押しつけられるようにしてルーシーの保護者になった。初めは短期間だけの約束だったのに、ルーシーはそのまま元の家に帰らなかった。何もかもが最悪のタイミングで始まった。

リッチモンドに移って初めての夏だった。女性が自宅の自分のベッドで絞殺される連続事件が進行中で、私はそれにかかりきりだった。犯行はしだいにエスカレートし、手口はいよいよ残虐になっていった。私たちは犯人を捕らえられずにいた。手がかり一つなかった。私は新任だった。局長にふさわしくない人間だった。私は冷淡で人間味がなかった。変わり者だった。死体置き場で人間の解剖をするような女がどこにいる? 私は無愛想で、南部人らしい温かみに欠けていた。最古の入植地ジェームズタウンの住人の子孫ではなく、メイフラワー号でマサチューセッツ州に渡ってきた清教徒の末裔でもない。信仰心の薄れたカトリック、社会問題に対してリベラルな多文化コミュニティである マイアミ出身の私は、南北戦争当時のアメリカ南部連邦の首都リッチモンド、人口当たりの殺人発生件数が全米第一位の街に、思いがけずキャリアの錨を下ろすことになった。

殺人事件が多発する理由をどう説明されても最後まで納得できなかったし、警察官がその不名誉な称号を自慢話にする心理も理解できなかった。それを言ったら、南北戦争の有名な戦いを再現して喜ぶ心理も理解できない。最大の負け戦を祝賀するイベントで盛り上がるなんて、いったいどういう神経をしているのだろう？　しかし着任してまもなく、そういった疑問は自分の胸にしまっておくほうが無難らしいと学んだ。北部諸州《ヤンキー》の出身かと訊かれたら、野球には詳しくないのでとはぐらかした。そう答えておけばたいがいの相手はそれ以上詮索しない。

　アメリカ合衆国で最初の女性局長の一人になったという高揚感はすぐにしぼみ、私がつかんだ地位《ブラス・リング》はたちまち色褪《いろあ》せた。トーマス・ジェファソンを生んだヴァージニア州は、教養と啓蒙の砦というより、永遠の交戦地帯と思えた。真実がいやというほど明白になるまでにさほど時間はかからなかった。前任の検屍局長は女嫌いの偏屈な大酒飲みで、彼が急死したあとに負の遺産が残った。専門医師会認定資格を持つ、経験豊富で評判も高い病理学者は誰一人として後任の座に就きたがらなかった。そんなとき、任命権を持つ人物の頭にすばらしいアイデアが閃いた。女はどうだ？

　女は後片づけが得意だ。女性の病理学者を探してみてはどうか。州検屍局のトップに据えるには若すぎようが、経験が浅かろうがかまわない。とりあえず専門家証人として法廷に立つ資格と一般常識さえ備えていれば、経験を積むうちに検屍局長らしくなるだろう。過剰教育を受けたディテール中毒でワーカホリックで完全主義者のイタリア系の女、極貧の家庭で育ち、ハングリー精神が旺盛で、野心に燃え、離婚経験者だが子供のいない女はどうだろう？

正確には、想定外のことが起きるまで子供はいなかった。ある日、我が家の玄関先に赤ん坊が捨てられた――たった一人の妹の一人娘ルーシー・ファリネリが私の家にやってきた。ただしその赤ん坊は十歳の子供で、コンピューターをはじめ機械ものにめっぽう強く、そのときもそれ以降も私がまるで太刀打ちできない知識量を備えている反面、社会性という面ではまったくの白紙に等しかった。ルーシーは難しい子供だったと言うのは、雷は危険だと言うのに似ている。この先もずっと動かない事実をただ言葉に置き換えたにすぎない。

ルーシーは扱いにくい。それはあのころもいまも変わらないし、この先もずっと同じだろう。しかし子供のころはもっとひどかった。野蛮と言ってもいいくらいだった。天才的な頭脳を持ち、つねに怒りを抱いていて、外見は美しく、気性は激しく、怖いもの知らずで無慈悲、制御がきかず、過剰なまでに神経質で、足るを知らぬ子供だった。私が何をしたところで、ルーシーは満足しなかっただろう。それでも私は努力した。ただ、報われないとわかっていてもあきらめなかった。母親として落第するのが怖かった。よい母親になれるわけがなかった。

育児放棄された少女にテディベアをプレゼントすれば慰めになるかもしれない、もしかしたら愛されていると実感してくれるかもしれないと思った。私はルーシーが一時期暮らしていた寮の一室のベッドに座ったミスター・ピクルを写した監視カメラの画像に見入った。ほんの一分前まで、こんな映像が存在していることも知らなかった。弱い電気が体に流れたようなショックは、全身に行き渡って薄らいだ。私はいま、死んだように落ち着いている。目の前の画像に集中している。明晰に、客観的に、科学的に思考している。そうしなければならない。携帯電話上で再生されている動画は本物だ。そのことをまず受け入れる必要がある。画像処理ソフトで加工されてはいないし、一から捏造されたものでもない。自分の目が見ているものが何なのか、私は知りすぎるほど知っている。

ＦＢＩアカデミー。ワシントン寮。四一一号室。

ルーシーがまずインターンとして、次に新人捜査官としてその部屋を使っていた時期を正確に思い出そうとした。ＦＢＩを辞める前。正確には、ＦＢＩを解雇される前。ＡＴＦからも解雇される前。ルーシーはその後、私的捜査機関を起ち上げ、ときおり任務で姿を消すようになった。どんな任務だったのか、私は知りたいとは思わない。次はニューヨーク市でコンピューター・フォレンジクスの会社を始めたが、しばらくしてそれも辞めてしまった。

そして今日、この八月中旬の金曜の朝に至る。ルーシーは三十五歳、ＩＴ起業家として大金持ちになり、恐れ多くもその才能を私が局長を務めるケンブリッジ法病理学センター（ＣＦＣ）で活用してくれている。盗撮された動画を見ていると、同時に二つの場所にいるような気持ちになった。遠い過去と、現在。その二つはつながっている。歳月で結ばれた連続体だ。

私がこれまでにしてきたこと、私という存在が、誰にも止めることのできない大陸のようにゆっくりと前進を続けた結果、私はいま、飛び散った血液の腐敗した臭いが漂うこの大理石張りの玄関に立っている。過去に起きた物事の積み重ねが私をこの一点に立たせている。私は大怪我の治りきっていない足を引きずり、痛みに顔をしかめている。すぐそばの床の上には、腐敗を始めた遺体が横たわっている。私の過去。いや、それ以上に、ルーシーの過去だ。脳裏に銀河が映し出された。漆黒の虚空に無数に浮かんできらめいている渦巻きと秘密。暗闇、スキャンダル、嘘、裏切り、獲得した富、失われた富、ふたたび獲得した富、大きくそれた弾丸、命中した弾丸、至近でそれた弾丸。ルーシーとの人生は期待と夢と希望とともに始まったあと、まずは下り、少し上って、最終的にはまずまずのところに落ち着いた。そこからまた上り調子になったところで、今年の六月、またもや地獄に突き落とされ、私はあやうく死にかけた。ホラーじみた物語はあのとき永遠に終わったものと私は思っていたし、周囲の誰もが忘れかけていた。でも、それはとんでもない間違いだった。猛スピードで追いかけてくる列車を走って走ってようやく振り切ったのに、線路のカーブを抜けたところで向かい側から来た列車に轢かれたようなものだ。

2

「誰か先生に訊いてみたか?」ケンブリッジ市警のハイド巡査の声が聞こえた。「だって、マリファナをやるとこういうことになるもんだろ? たっぷり吸ってハイになって、ろくでもない名案が頭に閃いちまう。〝そうだ、全裸で電球でも換えてみる?〟とかさ。名案だよな。だろ? は! 名案中の名案だ。で、真夜中に一人で脚立に上って落ちて、頭をかち割っちまうってわけさ」

ハイド巡査のファーストネームはパークだ。そんな名前をつけるなんて、親は何を考えていたのだろう。おかげで巡査はありとあらゆる滑稽なニックネームで呼ばれ、そして呼ばれた分、相手を罵り返す。名前だけならまだしも、パーク・ハイド巡査は背が低くてまるまる太っているうえにそばかすがあり、ニンジン色の髪は縮れている。まるでラガディ・アンディの出来の悪いパロディだ。私がいまいる玄関からハイド巡査の姿は見えない。しかし私は鼻も敏感だが、聴覚も超人的だ(と、よく人にからかわれる)。

私の脳は、感じたにおいや音を色のスペクトルやオーケストラの楽器の音色として描き出す。たくさん入り交じった中から特定のにおいや音を選り分けるのも得意だ。たとえば香水。コロンを浴びるようにたっぷりつけている警察官は少なくない。ハイド巡査のムスクの強い男性的なコロンの香りは、巡査の声に負けないくらいやかましかった。隣の部屋で私の話をしているのが聞こえる。先生は何をしているのか、死んだ女性が違法薬物の常用者だったことに先生は気づいているのか。死んだ女性はきっと精神を病んでたんだろうな、頭がおかしかったんだよ、いかれてしじゅうぶっ飛んでたんだろう。彼らはまるで私がこの場にいないかのように好き勝手に冗談を言い合う。そのおしゃべりの中心にいるのがハイド巡査で、騒がしい声で心ない冗談を飛ばしたり、小声で陰口を叩いたりしている。巡査はいつも言いたい放題だ。とくに私のこととなると遠慮会釈がない。

死の先生《ドク・モール》は何を見つけたんだろうな。ゾンビ局長の脚はもういいのか？　ほら、あの……（ささやき声）。ケイ伯爵はいつ棺に戻るって？　おっと。先々月フロリダで災難に遭ったばかりの人に、そんな意地悪を言っちゃいけないな。それにしても、海の底で何があったのか、正確なところはわかってるのか？　サメに嚙みつかれたんじゃないのは、まあ確かだろう。あれかな、うっかり自分で銛《もり》を刺しちまったってことはないのか？　いまはもう立ち直ってるんだろう？　だってほら、けっこうショックだったろうからさ。おい、この話、さすがに本人には聞こえてないよな？

ハイド巡査の言葉と、ささやき声とするには大きすぎる声が私を取り囲む。その一つひとつがガラス片のようにきらめきながら切りつけてくる。思考の断片。無教養をさらけ出す低俗な言葉。ハイド巡査はばかげたニックネームを考え出す達人で、つまらない駄洒落が十八番だ。つい一月ほど前、ピート・マリーノの誕生日祝いと称してケンブリッジ市警御用達のバー、パディの店にみなで集まったとき、ハイド巡査から言われたことを思い出す。アルコール度数の高い酒《スティッフ》（stiffには「アルコール分が多い」のほか「死んでこわばった」という意味がある）をおごらせてくれと言い、血まみれ《ブラッディ》マリーか突然死《サドン・デス》、自然発火《スポンテニアス・コンバスチヨン》あたりはどうかと勧めた。

最後の一つがどんなカクテルなのかいまだにわからない。しかしハイド巡査によれば、コーンウィスキーをベースにしたもので、火をつけて出されるのだという。飲んでいきなり死ぬことはないが、飲んだらいっそ死んだほうがましだと思うだろう——少なくとも五回はそう聞かされた。巡査はアマチュア芸人でもあって、たまにスタンダップコメディアンとして地元のクラブに出演したりしているらしい。自分ではかなりいい線を行っているつもりらしいが、まるでおもしろくない。

「死の先生はまだいるのか？」

「玄関にいるわ」私は紫色のニトリル手袋を真っ赤なバイオハザードごみ袋に放りこんだ。携帯電話のディスプレイに見入ったまま、血の飛び散った大理石の床を踏んで玄関を歩き回る。ブーツを覆ったタイベックの靴カバーがいまにもすべりそうな頼りない音を立てた。

「おっとすみません、ドクター・スカーペッタ。聞こえてるとは思わなかった」

「聞こえてるわ」

「そっか。じゃあ、いま話してたことも全部聞かれちまったかな」

「ええ、聞こえてた」

「すみません。ところで、脚はいかがですか」

「まだちゃんとついてる」

「飲み物か何かいります？」

「ありがとう、でもけっこうよ」

「ダンキンドーナツにひとっ走り行ってこようって話してたところで」ハイド巡査の声はダイニングルームから聞こえてくる。彼やほかの警察官が歩き回ったり、戸棚や抽斗《ひきだし》を開けたりしている気配もなんとなく伝わってきていた。

さっきまで彼らと一緒だったマリーノはいないようだ。彼の声は聞こえない。この家のどこにいるのかわからないが、それはいつものことだった。マリーノは自分のやりたいようにしかやらないし、競争心旺盛だ。何か証拠があるとすれば、見つけるのはおそらくマリーノだろう。私も家の中を見て回ったほうがいい。しかし、いますぐは無理だ。目下の最優先事項は、〝411〟を写した動画だ。私たちはヴァージニア州クワンティコにあるFBIアカデミーの寮のルーシーにあてがわれた部屋をそう呼んでいた。

これまでのところ、動画に人は映っていない。ナレーションやキャプションもいっさいついていなかった。殺風景な寮の部屋、何も動くもののない空間がただ映し出されているだけだ。背景に流れているかすかな音を聞き取ろうと、ワイヤレスイヤフォンの音量を上げた。

ヘリコプター。車。遠くの射撃練習場から響いてくる銃声。

足音が近づいてきて、私は耳をそばだてた。一気に現実の世界に引き戻される。ハーヴァード大学のキャンパスに面して建つ歴史的建造物に指定された豪邸に。制服警官の靴の音だろう、硬質ゴムが床を踏む音が玄関に近づいてくる。彼らは靴やブーツにタイベックの靴カバーをかけていない。刑事や鑑識技術者ではなく、ハイド巡査でもなさそうだ。いてもいなくてもかまわない職員たち。大きくて頑丈なアンティークの玄関ドアを開けてすぐのところで、三十七歳のシャネル・ギルバートの遺体が発見されたとの報を受けて、いまから一時間ほど前に私がこの由緒ある邸宅に駆けつけて以来、捜査に直接関わりのない人員が大勢出入りしていた。

第一発見者はさぞ驚いたことだろう。遺体を見つけた通いのハウスキーパーは、いつものように勝手口から家に入ったと警察の事情聴取に答えている。最初に気づいたのは異様な暑さだっただろう。次に臭いに気づき、それをたどって玄関まで来て、床の上ですでに傷み始めた雇い主の死体を発見した。シャネル・ギルバートの顔は変色し、まるで私たちにひどく腹を立てているかのように歪んでいた。

ハイド巡査の憶測は当たらずといえども遠からずといったところだろう。シャネル・ギルバートは玄関のシャンデリアの電球を交換しようとして、脚立から転落した。悪い冗談のような話だが、腐敗が始まり、ふくれあがって、皮膚の一部がはがれかけている死体は、決して見て楽しいものではない。頭を強打したものの、即死はしなかった。痣《あざ》になって腫れ上がっているのがその証拠だ。やはり腫れ上がって薄く開いた目は、ウシガエルのそれのようだった。茶色の髪は血が染みて固まり、錆びかけたスチールウールたわしそっくりに見える。受傷したあと、脳が腫れ、上部脊髄を圧迫して、やがて心肺機能が完全に停止するまで、彼女は意識不明の状態で床に横たわって血を流し続けていたのだろう。

口ではどう言っていようと、警察は彼女の死に疑問を抱いていない。彼らが抱いているのはのぞき見的な興味だけだ。場所柄をわきまえず、非日常的なできごとをただおもしろがっている。それが彼らの最大の楽しみなのだ。**被害者に押しつけろ**。落ち度は死者にあるに決まっている。早すぎる死、この間抜けな死は、彼女自身の愚かな行為の結果に違いない。警察官がそう口にするのをこれまで何度も耳にしてきた。思考停止して、ほかの可能性をシャットアウトする人々を見ると、情けなくなる。事故だと断定するのは時期尚早だと私は思う。事故と考えるにはそぐわない点、矛盾する点が多すぎる。警察が考えているように、昨夜遅く、あるいは今朝早く死亡したのなら、腐敗がこれほど進んでいるのはなぜだ？　死亡推定時刻を見きわめようとしていると、マリーノのお気に入りのフレーズが何度も耳に蘇った。

〝しっちゃかめっちゃか〟。まさにそのとおりだ。そして、私の直感はもう一つ別のものを察知していた。この家には何かいる。警察官のほかに、死んだ女性のほかに、何かある。今朝八時十五分前に出勤してきて、陳腐な言い回しを借りるなら、一日がだいなしになるような発見をしてしまったハウスキーパーの女性以外に、何かの気配を感じる。不安をかき立てるような何か。客観的に説明することはできない。だからそれに関して何か言うつもりはない。

いわゆる第六感が察知したもの、直感的な閃きについて、他人に話すことはない。警察官には言わない。たとえ相手がマリーノであっても話さない。私は客観的に証明できない印象を抱いてはならないからだ。それどころか、現実はもっと窮屈だ。私は感情を持ってはいけないし、かといって無感動でいればそれも責められる。要するに、矛盾のはざまに押しこめられている。どちらに転んでも勝算はない。しかしそれはいまに始まった話ではない。もうすっかり慣れてしまっている。

「先生《マアム》？」聞き覚えのない声だったが、私は顔を上げなかった。私は白いタイベックのカバーオールで頭から爪先まで覆い、素手で携帯電話を持って、玄関ホールに立っている。一メートルほど離れたところに亡くなった女性の遺体が横たわり、そのすぐそばにはまっすぐ立ったままの脚立がある。

女性の職業は不詳。人づきあいを避けていた。風変わりだが魅力的な外見だ。さっき見せられた運転免許証の写真によれば、髪の色は茶、目は青だ。シャネルの母親はアマンダ・ギルバートというハリウッドの映画プロデューサーで、この豪邸の所有者でもある。いま急遽ロサンゼルスからボストンに向かっているところだという。私が知っているのはそれだけだが、それで充分だ。ケンブリッジ市警の警察官二名とマサチューセッツ州警察の一名がいま、アマンダ・ギルバートが製作に携わった映画はどれとどれだったかと大きな声で話しながら、ダイニングルームを通り抜けようとしていた。

「それは見てないな。イーサン・ホークが出てるやつなら見た」

「撮影に十二年かかったって映画か？　小さな子供の成長を十二年追ったやつ？」

「なかなか斬新だと思ったよ」

「『アメリカン・スナイパー』が楽しみだな」

「あの映画のモデルになったクリス・カイルは殺されたんだろう？　信じられないよな。百六十人の敵を狙撃して倒した戦争の英雄だぜ。それがどこかの負け犬を射撃練習場に連れていったら、そいつに射殺されるなんてさ。スパイダーマンがクモに嚙まれて死ぬようなものだよ」この声はハイド巡査だ。三人は玄関ホールの手前の階段上り口で立ち止まっている。私がいるほうには近づいてこようとしない。臭いがまるでよどんだ熱い空気の壁のようになって三人の接近を阻んでいる。「ドクター・スカーペッタ？さっきの件ですがね。コーヒーを買いにいきますけど、何かいります？」ハイド巡査の左右の間隔が大きく空いた黄色っぽい目は、猫を連想させた。

「いえ、私は大丈夫」本当は大丈夫ではない。

表向きは平静を装っているが、少しも大丈夫ではなかった。鼓膜の上で銃声が弾け、脳裏にFBIアカデミーの射撃練習場が描き出される。ポップアップ式のスチールの的に鉛でできた小さな粒がめりこむ鈍い音も聞こえた。排出された空薬莢《やっきょう》がコンクリートの射撃台やベンチに落ちて跳ねるちりんという甲高い音も聞こえた。南部の太陽の熱さを脳天に感じた。野外用の服の下を流れた汗が乾いていく感覚も呼び覚まされた。あのころの私の人生は、すべてが最高ですべてが最悪だった。

「せめてボトル入りの水は、先生《マアム》？ソーダは？」州警察の警官が咳の合間に私に尋ねた。彼とは初対面だが、これからも〝マアム〟呼ばわりを続けるつもりなら、親しくはなれそうにない。

私はコーネル大学を卒業したあと、ジョージタウン大学のローセンターとジョンズ・ホプキンズ大学のメディカルスクールも卒業した。空軍の予備兵で、階級は大佐だ。上院小委員会で証言をした経験もあるし、ホワイトハウスにゲストとして招かれたこともある。マサチューセッツ州検屍局の局長であり、病理学センターの局長も務めている。それだけのキャリアを積み上げたのは、〝マアム〟など、敬意を表しているのかおばさん扱いしているのかよくわからない呼び方をされるためではない。

「私は何もいらないわ。でもありがとう」私は礼儀正しく応じた。

「大きなカートン入りのコーヒーをいくつか買ってきちまったほうが話は早いかもな。しばらくはなくならないし、冷めないだろう」

「おいおい、こんな日にホットコーヒー？　アイスにしろよ」

「そうか、アイスコーヒーのほうがいいな。この家はまだホットヨガの教室みたいだものな。俺たちが来る前はいったい何度くらいあったんだろう」

「オーブンの中にいるみたいだった」またあのひどい咳が聞こえた。

「もう汗が二リットルくらい出た気がする」

「検証もそろそろ終わりだろう。単純明快な事故だから。そうでしょう、先生？　毒薬物検査で何が出るか楽しみだ。それまでは様子見だな。ドラッグで酔っ払ったんだよ。ハイになると、自分じゃしっかりしてるつもりだが、実はそうでもないものだから」

〝酔っ払った〟と〝ハイ〟は薬物の影響下にある精神の状態としてまったく別のものだ。それに、この女性の死はマリファナでは説明がつかない。しかしその考えを口に出すつもりはなかった。州警察官とハイド巡査は、あいかわらず軽口を叩き合っている。

片方がああ言えば、もう一方はこう言う。ああ言えばこう言う。単調で退屈な繰り返し。私はとにかく一人にしてほしかった。携帯電話で再生中の動画を落ち着いて見たい。いま私にいったい何が起きているのか、考えをまとめたい。誰がしたことなのか、動機は何か。軽口の応酬。二人は延々としゃべり続けている。

「いつから専門家になったんだ、ハイド？」

「事実をありのままに述べてるだけさ」

「いいか、アマンダ・ギルバートが来るんだぜ？　俺たちは何も訊かれないかもしれないが、何を訊かれても答えられるようにしておいたほうがいい。きっと政府の上のほうにひととおりコネがあるだろう。粗相があったらたちまちクビになる。マスコミも群がってくるだろうしな。いまはまだこの事件のことを知らないのかもしれないが」

「生命保険はかけられてたのかな。これから来るっていうママは、無職でドラッグ常用者の娘に保険をかけてたのかな」

「生命保険なんか当てにしなくても、金ならいくらでもあるだろうよ。アマンダ・ギルバートの資産がどのくらいか知ってるか？　さっきグーグルで検索したら、二億ドルだとさ」

「エアコンが切れてたってのが気になるな。ふつうじゃない」

「だろ？　だからドラッグだって言ってるんだよ。ドラッグで酔っ払うと、そういうおかしなことをするものだ。シリアルにオレンジジュースをかけてみたり、テニスコートにスノーシューズを履いていってみたり」

「なんで唐突にスノーシューズが出てくるんだよ？」

「酒で酔っ払うのとは違うって例を挙げただけだ」

二人はまるで私がこの場にいないかのように話し続けている。私は携帯電話で再生中の動画を見つめ、そこで何か起きるのをじっと待っている。

3

再生開始から四分以上が過ぎた。一時停止も、保存もできない。キー、アイコン、メニュー項目にひととおり触ってみたが、何一つ機能しなかった。動画は淡々と再生を続けている。何の変化もない。閉じたブラインドと窓枠の隙間から漏れる光の具合がときおり変わるだけだった。

よく晴れた日のようだが、雲が出ているのだろう。快晴なら、光は安定しているはずだ。寮の部屋そのものに調光機能が備わっているかのように、明るくなったり、少し暗くなったりを繰り返している。ハイド巡査と州警察官はマホガニーの階段近くで立ち止まり、私が見たところで何もわかるまいと思っているかのように、床に横たわった女性について大きな声で意見を述べ合い、ゴシップじみたことを言い合っている。

「訊かれても何も答えないほうが無難だな、きっと」ハイド巡査の声だ。まもなくボストンにやってくるはずのアマンダ・ギルバートのことを言っているのだろう。「エアコンが切ってあったって話は母親には伝えないほうがいいし、マスコミにも伏せといたほうがいい」

「この現場で奇妙な点はそれくらいだな。しかし、そのせいでなんとなくいやな予感がする」

この現場で奇妙な点はそれだけじゃないわ。私はそう思ったものの、口には出さなかった。

「たしかに。もしその話が表に出たら、無責任な噂や陰謀論がネット上に洪水みたいにあふれるだろうな」

「ただ、エアコンを切っておく犯人もたまにいる。室温が上がれば、腐敗が速くなるからね。そうやって死亡時刻を偽装して、アリバイを作ったり、証拠を隠滅したりする。そうですよね、先生《マァム》？」州警察官が私に直接話しかけた。マサチューセッツ州のアクセントが強く、咳をしているときはまた別として、rがwに近い音に聞こえる。

「高温は腐敗の進行を速める」私はディスプレイを凝視したまま答えた。「低温は遅くする」そう付け加えたとき、寮の部屋の壁が卵の殻のように真っ白だということが何を意味するか、ふいに閃いた。

ルーシーが最初にワシントン寮に入ったころの壁の色はベージュだったが、その後、塗り直された。頭の中の年表を整理する。この動画が撮影されたのは一九九六年。または一九九七年だ。

「ダンキンドーナツの朝食限定サンドイッチはなかなかうまいですよ。何か買ってきましょうか、先生《マアム》？」青と灰色の制服を着た州警察官がまた私に尋ねた。腹の出具合から言って、年齢は六十歳目前といったところだろうか。顔色が悪い。頬がこけて、目の下にくまができている。

彼がこの現場に何をしに来ているのか、いったい何の役に立てるつもりでいるのか、私にはさっぱりわからない。ひどく具合が悪そうだということはわかるが。ただ、誰を現場に呼ぶか、決めるのは私ではない。私はすぐそこの遺体にちらりと目をやった。床に打ちつけられて変形したシャネル・ギルバートの顔、血にまみれた裸。内臓の腐敗の進行とともにバクテリアが繁殖し、ガスが発生して、緑色っぽく変色した腹部はふくれあがっている。

ハウスキーパーは警察の事情聴取に答えて、遺体には手を触れていない、そもそも近づいてもいないと話している。シャネル・ギルバートは発見時からまったく動かされていないのは確かだろう。黒いシルクのバスローブの前ははだけ、乳房や性器があらわになっていた。昔は全裸の遺体を見ると反射的に何かで覆い隠していたものだが、ずいぶん前からそういう衝動を抱くことはなくなっている。もっとも、遺体が人通りの多い場所に横たわっている場合は別だ。しかしそれ以外は、鑑識写真の撮影が終わり、搬送袋に収めてCFCに運ぶ準備が整うまで、発見時のまま動かすことはない。シャネル・ギルバートももうじき袋に収められることになる。もうじきどころか、このあとすぐにでも搬送の用意が始まるだろう。

ごめんなさいと伝えられたらいいのに。血だまりに目を走らせながら、私はそう思った。黒ずんだ赤い色をした血だまりは粘つき、輪郭は乾き始めて真っ黒に変わっている。急ぎの用ができてしまったの。とりあえず行かなくちゃならないけど、あとでまた来るから。話しかけて通じるものならそう伝えたい。ハエの羽音がやかましいほど大きくなっているような気がする。警察官が忙しく出入りして、玄関のドアはしじゅう開いたり閉じたりしていた。そこから侵入してきたハエは、ガソリンの滴のように玉虫色に光りながら飛び、あるいは這い回って、卵を産みつけられそうな傷口や開口部を探している。

携帯電話のディスプレイに注意を戻した。画像はさっきと変わっていない。寮のルーシーの部屋が延々と映し出されている。二百八十九秒。三百十秒。そろそろ六分が経過する。何か起きるはずだ。この動画は誰が送ってきたのだろう。ルーシーではない。こんなことをする理由がない。いまごろになってこんなものを送る理由がない。これだけの歳月が流れたあとになってなぜ？　答えはわかっているような気がした。それが間違っていることを願った。

どうか私は間違っていますように。でも、間違いではない。単純な足し算のように明白なのに、答えがわからないとしたら、単にそれを認めたくないだけのことだ。

「ベジタリアン向けのサンドイッチもありますよ。そういうほうがよければ」警察官のどちらかが言った。

「けっこうよ」動画にじっと目を注いで待った。やがて何かが動く気配がした。ハイド巡査が携帯電話をこちらに向けている。写真を撮ろうとしているらしい。

「写真なんか撮って、どうするつもり？」私は携帯電話から目をそらさずに言った。

「フェイスブックに上げて、インスタグラムに投稿して、ついでにツイッターにも載せようかと。いやいや、冗談ですよ。さっきからずっと電話を見てますけど、映画か何かですか」

一瞬だけ目を上げる。ハイド巡査が私を見つめていた。目をいたずらっぽく輝かせている。例によって何か愚にもつかないジョークを飛ばそうとしているのだろう。

「まあ、息抜きしたくなる気持ちはわかりますよ」巡査は言った。「ここは死んだみたいに退屈だから」

「私にはできないな。古い人間なんですよ」州警察官が言う。「映画を見るときは、それなりに大きな画面じゃないと」

「うちの女房は携帯電話で本を読む」

「それは俺もやりますよ。ただし車の運転中だけ」

「あはは。あんた、本当におもしろいこと言うな、ハイド」

「糸を張ってみて何かわかるかな。どうです、先生？」

いつのまにかケンブリッジ市警の警官が一人増えていた。血痕をどう調べるべきか、あれこれ話し始める。私はこの警官の名前を知らない。薄くなりかけた灰色の髪、口髭、背が低くてずんぐりした、消火栓のような体形。捜査課の所属ではない。ハーヴァード大学の膝元ケンブリッジの通りで、違反車輛を止めて切符を切っている姿は見かけたことがある。この現場にいる必要のない人員がまた一人。ただ、不要な人員を追い払う権限は私にはない。私の権限が及ぶのは、遺体とそれに関係する生物学的な証拠に限られる。それが規則だ。

あくまでも規則の上ではそういうことになっている。しかし、自分の権限と責任の範囲がどこまでか、基本的には私が自分で決める。それに反論されることはまずない。私と警察機関は捜査で協力する関係にあり、その範囲で私が何をしようと、警察から文句が出ることはないと言っていい。私のすることに疑問が呈されることはない。少なくとも以前は私の判断にけちをつけられることはなかった。いまは状況が変わっているのかもしれない。私はこの二月ほどの間に状況が一変したことをいま、思い知らされようとしているのかもしれない。

「血痕分析の研修で言われたんですよ。とにかく何でも糸を張って調べるべきだって。

裁判でかならずそこを訊かれるからって」灰色の髪が薄くなりかけた警官が言った。「証言台に立って、その検証はしてませんと答えたら、陪審に悪い印象を与えちまう。いわゆる〝ノー・クエスチョン〟のリストってやつです。弁護人は、証人が〝ノー〟って答えるはずの質問を用意して、証人は怠慢だったという印象を与えようとする。無能に見せようとするわけです」

「陪審員が『CSI』ファンだったりしたらなおさらだ」

「そうそう」

「『CSI』の何がいけない？　おまえの鑑識キットに魔法の箱は入ってないのか？」

彼らはおしゃべりを続けているが、その声は私の意識にはほとんど届かない。ただ、血痕に糸を張って出血時の被害者の姿勢などを見きわめる検証などするだけ時間の無駄だろうということだけは伝えた。

「やっぱりそうですよね。マリーノも無駄だって言ってた」警官の誰かが答えた。よかった、マリーノも私と同意見で。マリーノも言うなら本当らしく聞こえるでしょうから。

「トータルステーションを持ってきましょうか。うちが持ってるってことをお忘れかもしれないから、念のため」州警察官が言い、トータルステーション（TST）の説明を始めた。TSTとは光波測距儀とセオドライトを組み合わせた測量機器で、これを使うと距離と角度を同時に計測できる。とはいえ、州警察官はそういった正確な用語は使わなかった。

　州警察がどんな機器を持ってるか、私はあなた以上に詳しく知ってるし、あなたには想像もつかないくらいたくさんの現場を見てきてるのよ。

「ありがとう、でもここでは必要ないわ」私は遺体の下や周囲に描かれた血のヒエログリフを一瞥することさえなく答えた。

　見たものの解釈はすでに終えている。血の筋や汚れ、血しぶき、滴を糸やら精巧な測量機器やらを使って3Dマップにしようと、いまわかっている以上のことが判明するとは思えない。亡くなった女性は、いま遺体が横たわっている場所に落ち、その真下や周囲の床に衝突した結果、受傷したのは明らかだ。頭部を強打したのが致命傷だが、そのときシャネル・ギルバートは直立してはいなかった。死亡現場はいま遺体が横たわっている場所だ。

　だからといって、これは殺人ではないと断定はできない。時期尚早もいいところだ。性的暴行の痕跡がないか、まだ遺体を調べていない。3D-CT画像を撮ってもいないし、解剖もしていない。目から受け取った情報を頭の中のデータベースと照合しながら、バスルームやベッドサイドテーブルにはどんなものがあったか尋ねた。

「とくに知りたいのは処方薬。たとえばレナリドミドなどの医薬品がなかったか。レナリドミドというのは、非ステロイド系の長期免疫調節剤」私は説明した。「最近になって抗生剤を投与されていた場合、バクテリアの増殖に影響を与えた可能性がある。たとえばクロストリジウムが検出されたら、腐敗がこれほど速く進行したのはそのためだとわかる」

クロストリジウムのようなガス産生菌があったために、死後十二時間しか経過していないのに、この現場とそっくりな死後人工産物が生じていた例を過去にいくつか見たことがあると付け加えた。そう説明しながらも、視線は携帯電話のディスプレイから一瞬たりともそらさない。

「クロストリジウム・ディフィシルとかですか？」州警察官はそう訊いたが、語尾はまたしても出た咳の発作にかき消された。

「そうね、その可能性もある」

「それだとふつう、入院してるんじゃないですかね」

「軽症なら、入院せずにすむこともある。ベッドルームかバスルームに抗生物質はなかった？　何かの感染症で下痢を起こしていた可能性を示すものはあった？」

「処方薬があったかどうかは記憶が曖昧ですが、マリファナなら確かに見ましたよ」

「感染性の病気じゃないといいがな」灰色の髪をしたケンブリッジ市警の警官がおずおずと言った。「クロストリジウム・ディフィシルなんかうつされたくない」

「死体からうつることってあるんですかね？」

「排泄物に接触しないようお勧めするわ」私は答えた。

「よかった、聞いておいて」皮肉が返ってきた。

「現場にいる間は防護服を着ておくことよ。医薬品は私が自分で確かめる。どのみち、もともと置いてあった場所で確認したいし。ダンキンドーナツに行くのはいいけど」私は携帯電話に目を注いだまま言った。「ここでは食べたり飲んだりしないでね」

「ご心配なく」

「裏庭にテーブルがあった」ハイド巡査が言った。「あそこに休憩所を作ればいいんじゃないか。まあ雨が降り出しちまえばそれまでだが。二、三時間後には大嵐が来るって予報だ」

「裏庭では何も起きてないって確証はあるの？」私は鋭い声で巡査に訊いた。「裏庭は現場の一部ではない、裏庭でなら飲み食いしても大丈夫だと言い切れるの？」

「頼みますよ、先生。だって、この玄関ホールで脚立から落ちた、そのせいで死んだってのは間違いないでしょう」

「私は先入観を持たずに現場を見るよう心がけてるの」私は言った。目を上げて三人の顔を見ることもしなかった。

「いや、率直なところ、何がどうなって死んじまったか、考えるまでもないでしょう。

もちろん、この人の死因を考えるのは検屍局の仕事で、私らが口を出すことじゃありませんけどね、先生《マアム》」州警察官がまるで弁護人のように話に割りこむ。〝そうでしょう、マアム?〟、〝そうでしょう、奥さん?〟。私が医師と弁護士の資格を持ち、州検屍局長という地位にあることを陪審に忘れさせようとするための戦略。

「飲食、喫煙は禁止。バスルームも勝手に使わないで」私はハイド巡査に向けて言った。これは命令だ。「吸い殻のポイ捨ても禁止。ガムやファストフードの包み紙も、コーヒーカップも。ごみはきちんとごみ袋に入れてちょうだい。殺人事件の現場じゃないと決めつけるのは早いわ」

「まさか、殺人だなんて思ってないでしょうに」

「私は殺人事件のつもりで調べるわ。あなたがたもそうすべきよ」私は答えた。「情報がそろうまで、ここで何が起きたのか判断できないから。多くの組織反応が見られるし、出血量も多い。数リットルにはなりそうよ。頭皮はスポンジみたいに柔らかくなってる。骨折箇所は複数なのかもしれない。通常なら考えにくい死後変化も示してる。そこまではいまの時点でわかるけれど、CFCに遺体を搬送してきちんと調べてみるまで、確かなことは何も言えない。それに、八月の暑いさなかにエアコンが切れてたわけでしょう。それも気になるわ。マリファナのせいで起きた事故だと決めつけるのは早いわ。よく言うでしょう?」

「何をです？」州警察官の顔に困惑と不安の表情が浮かぶ。三人はさらに数歩、遺体から後ずさりしていた。

「お酒に酔った人よりマリファナで酔った人のほうがましだって。アルコールで酔うと、酔ったまま脚立に上ろうとか、車を運転しようとか、誰かに喧嘩を吹っかけようとか、危険な衝動に駆られるものよ。マリファナでは、そこまで行動的にならない。攻撃的にさせたり、危ないことをしてみようという気を起こさせたりはしないわ。どちらかというと正反対の作用をもたらす」

「それは人によるでしょうし、どんなマリファナを吸ったかにもよるんじゃないですか。あとは、どんな薬を処方されてるかとか」

「そうね、一般的に言ってそのとおりよ」

「一つ教えていただきたいんですがね。ふつう、脚立から落ちて、こんなに血が出るものですか？」

「怪我の程度にもよる」私は答えた。

「とすると、怪我が予想以上にひどくて、しかもドラッグも酒もやってないってわかった場合、大問題になりかねないっておっしゃりたいわけだ」

「何がどうなってこうなったかまだわからないが、いまの時点でもう充分大問題だと私は思うがね」州警察官が咳の合間に言った。

「死んだ当人にとって大問題なのは間違いないでしょうね。ところで、破傷風の予防接種を最後に受けたのはいつ？」私は州警察官に尋ねた。

「え、どうして？」

「破傷風の予防接種はふつう、ジフテリアと破傷風と百日咳の三種混合ワクチンだから。あなたのその咳は百日咳じゃないかと思う」

「百日咳ってのは子供の病気でしょう？」

「いいえ、おとなもかかるわ。症状の出始めはどんな感じだった？」

「風邪と変わりませんでしたよ。二週間くらい前かな、鼻水とくしゃみが出始めた。そのあと、この咳が出るようになった。発作みたいに咳きこんで、息もできなくなる。破傷風の予防接種はいつ受けたかな。思い出せません」

「主治医に診てもらったほうがいいわ。放っておいて、肺炎になったり肺虚脱になったりしたら大変よ」私はそう忠告した。

そこでようやく三人は立ち去り、私は一人きりになった。

4

再生開始から八分、寮のルーシーの部屋はあいかわらず無人だ。保存または一時停止ができないか、また試してみた。できない。平凡な日常がただ過ぎるように、何事も起きない動画がただ流れていく。

九分が経過したが、室内の様子は再生が始まったときと何も変わっていなかった。人の姿はなく、物音もしない。ただし、背景で射撃練習場の音が絶え間なく聞こえていた。遠くで銃声が次々と弾け、逆向きに閉じた白いブラインドの縁からまぶしい光が漏れている。太陽はちょうど窓の正面にあるらしい。そういえばルーシーの部屋は西向きだった。つまり、時間帯は夕方ということになる。

ぱんぱん。ぱんぱん。

三フロア下、FBIアカデミーの敷地の真ん中を突っ切っているJ・エドガー・フーバー・ロードから、車の行き交う音が聞こえている。ラッシュアワーだ。その日の研修はすべて終わった。警察官や捜査官が射撃練習場から引き上げてくる。一瞬、酢酸アミルのバナナに似た強いにおい、ホップのガンクリーナーのにおいが鼻先をかすめたような錯覚にとらわれた。焼けた火薬のにおいに包囲された気がした。ヴァージニア州の蒸し暑さを肌に感じた。太陽に暖められた芝に落ちて金色や銀色に輝く空薬莢が見え、虫たちの物憂い羽音が聞こえた。すべてが鮮烈に脳裏に押し寄せてきた。そのとき、動画に変化が起きた。

タイトルシークエンスが流れ始めた。文字がひどくゆっくりとディスプレイを横切っていく。

邪悪な心　シーン1
キャリー・グレセン製作
1997年7月11日ヴァージニア州クワンティコにて撮影

その名が映し出された瞬間、心が激しく揺さぶられた。ボールド書体の真っ赤な文字が、流れ出る血をスローモーションで映したかのように、一ピクセル、また一ピクセルと、わざとらしいほどゆっくりと無気力に横切っていくのを見て、怒りが沸き立った。音楽も流れていた。カレン・カーペンターが歌う『愛のプレリュード』(原題We've Only Just Begun。「始まったばかり」という意味)。この動画に天使の歌声を、ポール・ウィリアムズによる優しい歌詞を添えるなんて、不愉快きわまりない。

これほど美しく清らかな歌を脅しにすり替えるとは。他人を嘲ることに、暴力と不幸と悲劇、もしかしたら死はこのあともまだ続くと予告するために、この歌を使うとは。キャリー・グレセンは自分を誇示し、私を挑発している。私に向かって中指を突き立てているようなものだ。カーペンターズの歌はここ何年も聴いていないが、昔はカセットやCDがすり切れるほど繰り返し聴いていた。キャリーはそのことを知っているのだろうか。きっと知っているのだ。つまり、これはキャリーが何年も前からひそかに始動させていた計画の第二段階ということなのだろう。

挑まれていると理解した瞬間、感情が溶岩のようにほとばしり出た。煮えたぎる怒りを、過去に遭遇した誰より罰当たりで危険な女性犯罪者を打ち負かしたいという欲求を、痛烈に意識した。この十三年間、彼女を思い出したことは一度もなかった。乗っていたヘリコプターが墜落して死ぬのをこの目で見たからだ。いや違う。あのとき死んだものと思っていたからだ。だがそれは思いこみにすぎなかった。キャリー・グレセンはあのヘリコプターに乗っていなかった。それはこれまで接してきたうちで最悪の知らせの一つだった。すぐには受け入れられなかった。寛解したと信じていた不治の病が再発したと聞かされるのに似ている。あるいは、おそろしい悲劇は単なる悪夢ではなかったと知るようなものだ。

キャリーは遠い昔に始めたことをいままた再開しようとしている。もちろん、あきらめるわけがない。少し前に夫のベントンから受けた忠告が脳裏をよぎった。キャリーに対して特別な思い入れを抱いてはいけない、頭の中で彼女に話しかけたりして、やりかけたことを最後までやり遂げるつもりはないのだと安易に信じてはいけない。私を殺すつもりはないのだ、殺す以上に無情な計画を温めているに違いないからと思いこんではいけない。今年の六月、殺そうと思えばやれたのに、やらなかったのだから、私を殺す気はないのだと楽観してはいけない。ベントンはFBIの犯罪情報アナリストだ。世間ではいまもプロファイラーと呼ばれることが多い。彼に言わせると、私はキャリー・グレセンに共感を抱いている。ストックホルム症候群に陥りかけている。このところベントンはしきりにその可能性を指摘する。そのたびに口論になった。

「先生？　どんな様子だ？」男性の声と、防水紙がこすれる乾いた音が近づいてきた。

「実地検証を始めたいんだがな。あんたさえよければ」

「もう少し待って」私は答えた。イヤフォンからはまだカレン・カーペンターの歌声が聞こえている。

手に手を取って　一日ずつ　二人で作っていくの……

重たい足音が玄関ホールに入ってきた。ピーター・ロッコ・マリーノ。周囲にはマリーノで通っていて、私もそう呼んでいる。ピートと呼ぶ人もそれなりにいるが、私は一度もそう呼んだことがない。なぜだろう。彼との関係が友人として始まったのではないからだろうか。たまにいけすかない奴《バスタード》になったり、いやな野郎《アスホール》になったりもする。百九十センチに届きそうな身長に、百十キロはある体重。太ももは木の幹のようで、手は車のハブキャップくらい大きい。とにかく存在感が巨大すぎて、何にたとえていいのかわからなくなる。

顔は大きく、肌は日に焼けている。真っ白で大きな歯、アクション映画のヒーローのようながっしりとした顎、雄牛のそれのように太い首、ドアくらい幅のある胸。ハーレーダビッドソンのロゴが入った灰色のポロシャツ、ハーマン・マンスターが履いていそうなサイズのスニーカー、チューブソックス、大きなパッチポケットがついたカーキのショートパンツ。ベルトに警察のバッジと拳銃を下げているが、マリーノなら身分証などなくても好きなようにできるし、相手の敬意を得ることもできる。

マリーノは境界線の認識を欠いた刑事だ。本来の管轄区域はケンブリッジ市だが、その気になればマサチューセッツ工科大学（ＭＩＴ）やハーヴァードといった独立の警察を持つ大学のキャンパスにももぐりこむし、市内在住の各界の権威であれ、一見の観光客であれ、マリーノは区別しない。呼ばれればどこへでも行き、呼ばれていなくてもどこへでも行く。マリーノには境界という意識がない。私との境界線も昔から平気で踏み越えてきた。

「マリファナは医療用だってことを伝えといたほうがいいかと思ってな。どこで処方されたのかは知らねえが」マリーノの血走った目は、遺体をさっとなぞり、血に染まった大理石の床を眺めたあと、私の胸に落ち着いた。そこが彼の目のお気に入りの落ち着き先だ。

私が手術着《スクラブ》を着ていようと関係ない。タイベックのカバーオールでも手術用ガウンでも、白衣でも、吹雪のさなかに出ていくために着太りしていても、関係ない。何がどうあろうと、マリーノはあからさまに私の胸を見る。

「つぼみ入りのマリファナ、液状ハシシ、アルミホイルに包まれたコカインらしき物質」マリーノはたくましい肩を持ち上げ、顎の先からしたたりそうになった汗を拭った。

「そのようね」私は携帯電話で再生中の動画を見つめている。果たしてこれだけなのだろうか。ルーシーの無人の部屋、ブラインド越しに透ける西日、真価を認めてもらえないままベッドにぽつんと座っているミスター・ピクル。それだけで終わりなのだろうか。

「ベッドルームのクローゼットのがらくたの下に年代物の木箱が押しこんであってさ。そこに入ってた」マリーノが言う。

「すぐに行く。でもちょっと待ってて。医療用のマリファナなら、どうして隠してたのかしら」

「合法に手に入れたんじゃないからとか。ハウスキーパーにちょろまかされないようにとか。わからねえな。ともかく毒薬物検査の結果が楽しみだ。テトラヒドロカンナビノールがどのくらい出るか。高けりゃ、真夜中に電球を持って脚立に上った理由に説明がつく」

「ハイドとおしゃべりしすぎたみたいね」

「でもって脚立から落っこちた。それだけのことかもしれねえ。そういう可能性は充分ある」マリーノが言った。

「私はそうは思わない。それに、真夜中に起きたことなのかどうかさえわからないのよ。見たところ違うと思う。深夜零時以降に死んだとすると、発見された時点で、死後八時間以内だったことになる。でも、死んだのはもっと前なのは確かよ」

「これだけ暑いんだぜ。いつ死んだかなんてわかるわけがねえ」

「そうね、そう言いたいところだけど、そんなことはない」私は応じた。「もう少しよく調べてみてから判断するわ」

「けど、いまはまだ正確にはわからないわけだろ。そいつは問題だぜ。母親が来たら、訊かれるに決まってるからな。憶測で納得する相手じゃない」

「私は憶測でものを言ったりしない。事実から推測するのよ。今回なら、死後十二時間以上、四十八時間以内と見積もってる。この時点ではそれ以上せばめるのは無理」

「相手は切れ者だぜ。アマンダ・ギルバートみたいな超大物プロデューサーが、そんな答えで納得するとは思えねえ」

「母親にどう思われようと関係ない」ハリウッドがどうのという話にはそろそろうんざりし始めていた。「ここで何が起きたか。気になるのはそれだけよ。辻褄の合わないことだらけだから。死亡時刻はまったくわからない。証拠の一つひとつが互いに矛盾してる。これほどややこしい現場は初めてかもしれない。もしかしたらそれが目的なのかも」

「目的？　誰の？」

「わからない」

「昨日の最高気温は三十三度。昨夜の最低気温は二十七度だった」マリーノが私をじっと見ているのがわかる。「ハウスキーパーは、シャネル・ギルバートに最後に会ったのは昨日の午後四時ごろだって断言してる」

「私やあなたが来る前にハイド巡査にそう証言したんでしょう。そのあと帰宅した」私はそう指摘した。

可能なかぎり、証言者本人から話を聴く。それが私たちのやり方だ。マリーノは自分でハウスキーパーに事情聴取すべきだった。きっと今日中に本人と話をするだろう。

「ドライブウェイでシャネルとすれ違ったそうだ。シャネルはいまもドライブウェイに駐まってる赤いレンジローバーで帰ってきたところだった」マリーノはハイドから伝え聞いた証言を繰り返す。「昨日の午後四時以降に死んで、今朝八時十五分前にはもう腐りかけてたってことになる。あんたの見積もりと一致するよな？　死後十二時間、あるいはそれ以上と考えていいよな？」

「一致しないわ」私は携帯電話に目を注いだまま言った。「それに、どうして死んだのは真夜中だってことにしたがるの？」

「だって、服」マリーノは言った。「素っ裸にシルクのローブを羽織っただけだろ。いかにも寝ようとしてたって感じだ」

「ネグリジェもパジャマも着ずに？」

「素っ裸で寝る女は大勢いる」

「そうなの？」

「ともかく、彼女はそういう習慣だったんだろうよ。なあ、さっきから電話で何見てんだよ？」マリーノはいつもの無遠慮な調子で訊いた。その口調は率直というより無礼に聞こえることのほうが多い。「いつから現場で〝ながらスマホ〟の習慣がついたんだ？　何かあったのか？」

「ルーシーに何かあったのかもしれない」

「いつものことじゃねえか」

「何でもなければいいんだけど」

「いつも何でもねえじゃねえか」

「ルーシーの無事を確かめないと」

「それもいつものことだな」

「お願い、茶化すようなことじゃないのよ」私は携帯電話を見たまま言った。マリーノには目を向けない。

「問題はだ、どんなことなのかわからねえって点だな。何がどうなってる?」

「まだわからない。でも何かおかしいのは確か」

「まあ、好きなように思っとけよ」ルーシーがどうなろうと自分の知ったことではないと言いたげだが、本心はそれとは正反対だろう。

マリーノはルーシーにとって父親同然の存在だ。車の運転や銃の撃ち方を教えたのはマリーノだ。無教養で偏見の塊みたいな南部の白人をどうあしらうべきか教えたのもそうだった。遠い昔、ヴァージニア州で初めて知り合ったころのマリーノがまさにそのとおりの人間だったからだ。性差別主義者で同性愛を嫌悪し、ルーシーのガールフレンドを横取りしようとするような人間だったが、やがて自分の考えは間違っていると気づいて改めた。いまだにルーシーをけなし、侮辱し、ルーシーのことなど気にしていないふりをするが、本当のところはルーシーの最大の味方だ。マリーノはマリーノなりにルーシーを愛している。

「一つお願いしていい？　ブライスに連絡して、ラスティとハロルドに至急来てもらって。遺体をＣＦＣに搬送しましょう」私は携帯電話の向きを微妙に変えて、マリーノから動画が見えないようにした。ＦＢＩアカデミーの寮の無人の部屋を見られたくない。ベッドに座っている緑色の小さなぬいぐるみのクマに気づけば、マリーノにもそこがどこなのかわかってしまうだろう。

「あんた自分でトラックに乗ってきてるじゃねえか」マリーノは私が何か隠していると疑っているような非難がましい声で言った。事実、私は隠し事をしている。

「この遺体はＣＦＣの搬送チームにまかせたいの」私は有無を言わせぬ調子で応じた。「私が自分で遺体を搬送するつもりはないし、このあとオフィスに直行する気もない。それはあなたも同じよ。ルーシーの件で一緒に来てもらいたいの」

マリーノは黒っぽく粘ついた血だまりを踏まないように用心し、群がるハエを手で払いながら遺体のそばにしゃがみこんだ。ハエの群れの低い羽音は執拗で、聞いているとだんだん腹が立ってくる。「この件よりルーシーのほうが大事だって言うなら。解剖はルークにまかせるつもりなら」

「これは多肢選択問題なの？」

「あんたが何考えてるかわからねえだけだよ、先生」

シャネル・ギルバートの解剖は、ＣＦＣ副局長のルーク・ゼナーにまかせるか、私があとでオフィスに行ったときにすると答えた。ただ、私が行くのは夕方近くになるかもしれない。もしかしたら夕方以降になることもありうる。

「なんでだよ？」マリーノの声が高くなる。「ちっともわからねえな。なんであんたが自分で遺体を搬送しねえんだよ？　そうすればハリウッドの大物が来る前に娘に何が起きたかわかるだろうが」

「その前に行くところがあるのよ」

「先に遺体をCFCで下ろせばいいだろう」

「さっきも言ったように、このあと直行する先はCFCじゃないの。先にコンコードに行きたいのよ。トラックの荷台に遺体を積んだままうろうろするわけにはいかないわ。すぐに冷蔵庫に入れておかないと」私は少し前に言ったことを繰り返した。「だからハロルドとラスティに大至急来てもらいたいの」

「わかんねえな」マリーノはまた言った。今回は怒ったような視線を私に向けている。

「ダブルワイドのトラックで来てるのに、なんでまっすぐCFCに行かない？　美容院の予約でもあるのか？　ネイルか？　ルーシーとエステに行く約束でもしてるのか？」

「それ、本気じゃないわよね」

「ああ、冗談だよ。あんたのその姿を見りゃ、いまのは冗談だって誰にでもわかる。あんた、この何ヵ月か、身なりにはまるでおかまいなしだものな」マリーノの声は怒りと非難を帯びて冷たかった。私はまたかと思った。

被害者に押しつけろ。あやうく死にかけた罰を与えろ。自業自得だ。

「それ、どういう意味？」私はマリーノに訊いた。

「なんか自堕落になってるっていうかさ。いや、わからないわけじゃねえよ。その脚じゃ動き回るだけで一苦労だろう。少なくともふだんより面倒だ。着替えをするだけでも大変だろうし、見てくれなんかかまっちゃいられねえよな」

「そうね、見てくれになんてかまってられないわ」私は冷ややかに応じた。伸び放題の髪をそろそろ整えたほうがいいのは事実だ。

爪はいつも短く切りそろえ、マニキュアは塗らない。今朝は化粧もせずに家を出た。脚を撃たれる前より少し痩せた。しかし、いまこの場で私のあら探しをするのはどうかと思うが、マリーノは、それこそ私と知り合ったころからずっとこうだった。とはいえ、死者の出た現場で、私の外見をあげつらうようなことはさすがにこれまでしたことがない。しかも姪のルーシーが心配でいても立ってもいられないようなときに。すぐにでもルーシーのところに行かなくてはならないと言っているのに、なぜそのまま受け入れてくれないのだろう。昔とは違って、彼は私を信頼していない。問題はそこだ。

「なんだよ。いつものユーモアのセンスはどこに行ったんだよ？」私が黙っていると、マリーノが言った。

「今日は持ってくるのを忘れたわ」神経がささくれ立って、叫び出したい衝動を抑えつけるだけでせいいっぱいだった。大理石の床がブーツにまで侵入してきて、右脚が石のように硬くなったような気がした。

脚が腫れた歯茎のようにうずき、脈打っている。膝を曲げるのさえ不自由だ。こうして立ったままでいると、悪化する一方だった。

「悪かったよ。別に怒らせようって気はなかった。ただ、あんたがわけのわからねえこと言うからさ、先生」マリーノが言った。「解剖はすぐやるんだろう？　母親が来て、マシンガンみたいに質問やら要求やらをぶっ放す前に解剖するだろう？　コンコードまで行ってルーシーの様子を確かめるより、こっちのほうがちょっとばかり大事な話じゃねえか？　ルーシーが病気だとか怪我したとかっていうんなら別だけどよ。だって、何がどうなってるのか、あんたにもわからねえんだろ？」

「ええ、わからない。だから確かめに行くと言ってるの」

「アマンダ・ギルバートと悶着を起こすなんてごめんだ。何か気に入らないことがあったら速攻で文句言ってきそうな母親だぜ。それによりによってこのタイミングだぞ。あんただってトラブルは起こしたくないだろう。このタイミングでトラブルになったら……」

「ええ、わざわざ言ってもらうまでもなくわかってる」私は携帯電話を見つめ、マリーノの視線を避けた。

マリーノはとくに理由がなくても私を質問攻めにしたり、説教を聞かせたりする。あるとき突然、私の下で働くのはもうごめんだと考えるまで、彼はＣＦＣの捜査主任を務めていた。だからＣＦＣの業務や規則を知り尽くしている。私が何をどう考えるか、正確に知っている。私がどういう理由からどう仕事を進めるか、知り尽くしている。ところが、私は唐突に理解不能な人間になった。まるで異星人のようらしい。六月からずっとこんな調子でいる。

「この遺体を大至急ＣＦＣに搬送したいの。でも私はやれない」私は言った。「コンコードに行かなくちゃならないのよ。できるだけ急いで出発しないと」

「わかったよ」マリーノは立ち上がり、長いこと遺体を見つめていた。私は自分の携帯電話を見つめていた。

タイトルはとっくに消えていた。音楽も終わっていた。ディスプレイにはあいかわらずルーシーの部屋が映し出されている。遠い昔の部屋、無人の部屋。緊張といらだちが募った。これは私の神経を逆なでし、怒らせ、苦しめるための策略だ。いまの私を見たらキャリーはさぞ痛快に思うことだろう。ルーシーの部屋をのぞき見していたのと同じようにいまここをのぞき見できるとしたら、さぞおもしろがるだろう。

「たしかに、ただ落ちただけにしちゃひでえ有り様だ。どのくらいの高さからだ？　せ

「いぜい一メートル半かそこらか?」マリーノが言った。「ドラッグもあるし、オカルトじみたものも家のあちこちにある。妙な連中とつきあいがあったのかもしれねえな。あんたの言うとおりだ。この現場にはうまく説明のつかないことがいくつもある」

「悪いけど、いますぐブライスに電話してもらえる？」私は携帯電話から目を離せない。

マリーノの足音が遠ざかる気配がした。ブライス・クラークと話している。私は一秒、また一秒と時が刻まれていくのを見つめていた。キャリー・グレセンから届いた映像の贈り物の再生が始まって十分。これはいやがらせだ。私を操るために送られてきた。いまの時点でもう、それは確信を持って言える。私が動揺すれば、キャリーはサディスティックな喜びを覚える。そうわかっていても、抵抗できない。

動画を見る以外に何もできない。シャネル・ギルバートの遺骸の存在を意識し、脚の痛みを感じながら、玄関ホールに突っ立って、キャリーの思惑どおり動画に見入るしかなかった。携帯電話のディスプレイを見つめ、手袋をはずした掌の上で再現されるルーシーの過去の断片をひたすら眺めた。腐敗しかけた肉の臭い、分解されかけた血の臭いがする。私は汗をかき、その汗が冷えて寒気を感じた。それでも動画を食い入るように見続け、これは作り物だと考えようとしている。

だが、本物だ。その点は間違いない。寮の部屋の何も飾られていない壁に見覚えがある。ベッドの左右の窓にも見覚えがある。それにもちろん、枕の上に座ったミスター・ピクルにも。閉まっているドアを開ければ、寮の四階の廊下に出るはずだ。部屋のバスルームがある方向から光が漏れているのもわかる。部屋にバスルームがついているのはＶＩＰ専用のゲストルームだけだった。私にとってルーシーはＶＩＰだった。だからＦＢＩにもＶＩＰとして扱ってもらった。

ルーシーは一九九五年から一九九八年にかけてこの部屋を使っていた。ヴァージニア大学在学中、空白の期間はあるとはいえ、ほとんどずっとＦＢＩの技術開発研究所、通称ＥＲＦのインターンをしていた。クワンティコは、ルーシーの第二の我が家だった。キャリー・グレセンはルーシーの教師役だった。ＦＢＩは私が実の娘のように育てた姪を良心を持たない怪物の手に預けた。その判断が私たちの人生を大きく変えた。文字どおり何もかもが変わってしまった。

5

キャリーが寮の部屋に入ってきた。肩にサブマシンガンをかけている。ヘックラー&コッホのMP5Kが腰のくびれにぴたりと寄り添っていた。MP5KのKはkurzの頭文字、ドイツ語で短いという意味だ。

MP5Kはブリーフケースに内蔵したまま発射できるように設計されている。その銃に気づいて、私の記憶の奥底で何かが身をよじらせた。私はこの銃を知っている。どこかで見たことがある。キャリーがカメラの一つに顔を近づけ、冬の空のように冷たく明るい色をした目を大きく開いてこちらをのぞきこむようにした。私の胸が苦しくなる。ブリーチして銀色に輝くクルーカットの髪。目鼻立ちの整った鋭角的な顔は、マチェーテのように有無を言わせぬ力を持っていた。タンクトップ、ショートパンツ、靴、ソックスはすべて真っ白な無地だ。

一九九七年、キャリーは二十代なかばだった。とはいえ、その当時の私は彼女の年齢を正確には知らなかった。無駄のない引き締まった肉体と、不安定な情緒を映して大海原のようにくるくると色合いを変えるブルーの瞳。実年齢よりずっと年上にも思えたし、若くも見えた。不老と言われても、老人と言われても納得できた。まるで日光を浴びたことが一度もないかのごとく、全体に透けるように白い印象だった。真っ白な肌はランプシェードのようにほのかな輝きを放ち、銃のストラップの黒い色と鮮やかなコントラストを成していた。漆黒の小ぶりなマシンガンはいま、カメラのすぐそばに見えている。

木製のフォアグリップがついた初期モデルだ。おそらく一九八〇年代に製造されたもの。もしかしたらそれより前のものかもしれない。なぜそんなことを知っているのか、自分でもよくわからなかった。三種類の射撃モードがそれぞれ白いアルファベットでサムエリアに刻まれているのが見えた。Eはセミオートマチックモード。Fはフルオート。モードセレクターはS、すなわち安全位置に合わせてある。私はなぜかこの銃のことを知っている。いったいどこで見たのだろう？

「過去からご挨拶申し上げるわ」キャリーがそう言って微笑む。目は深い青色にきらめいていた。前腕をマシンガンのレシーバーに置いている。「世間ではこう言うでしょう。過去は終わらないって。過去は過去でさえない。いま私のこの傑作ビデオを見ているなら、おめでとうと言うべきね。まだ生きているってことだもの、局長」最後の〝局長〟はとってつけたようだった。きっと音声を編集したのだろう。「生きているのはどうしてかというと、私があなたをまだ生かしておこうと思ってるから。そうじゃなければいまごろはもう死んでるはず。

このビデオを見ているいまなら、私があなたのその頭に銃弾を撃ちこむチャンスがどれだけあったか想像がつくでしょう？」キャリーはマシンガンの短い銃身をカメラに向けた。「頭よりもっといい場所があるわね。ここね」そう言って首の後ろ側、頭蓋骨との境目に指を触れた。第二頸椎の高さ。そこで脊髄が切断されれば即死する。

そう話すキャリーの言葉を聞いても、とくに驚きはない。しばらく前にニュージャージー州、マサチューセッツ州、フロリダ州で発生した連続狙撃事件の犯人、マスコミのつけた呼び名に従えば〈コッパーヘッド〉は、四人の被害者の第二頸椎を銅の弾丸で撃ち抜いた。被害者の一人は下院議員のボブ・ロザードだった。今年の六月、フォートローダーデール沖にヨットを出して、スキューバダイビングを楽しんでいたところを狙撃されて死亡した。十代の息子のトロイは暴力的傾向をあらわにしつつある精神病質者で逮捕歴があり、事件直後に行方不明になっている。彼もまた犠牲者となった恐れがある。トロイの所在はいまもつかめていない。どこにいるのかわからない。最後に目撃されたときは彼女と一緒だった。コッパーヘッドと。キャリー・グレセンと。

「エキスパートの手にかかれば、誰かを死なせる方法は数限りなくある」キャリーはゆっくりとそう続ける。録音していることを意識して、故意にそうしているのだろう。「あなたにはどんな方法がふさわしいかしらね。何が起きたかわからないくらい短時間で死ねるほうがいい？　それとも苦しみが長引いても、最後の瞬間まで自分の身に何が起きているかちゃんと把握していたい？　まもなく死ぬことを知りたい？　それとも知りたくない？　そこが問題ね。うーむ」

キャリーは白い吸音タイルを貼った天井を見上げた。灰色がかった蛍光灯が並んでいるが、スイッチは切られている。「あなたがこれを見ているいまもまだ、私はその問題を慎重に検討しているでしょうね。あなたがこれを見るころ、あなたの命を終わらせる算段はどこまで進んでいるのかしら。何にせよ、二人きりのうちに始めましょうよ。ルーシーがそろそろ戻ってくるから。この話はあなたと私の秘密なの。しぃーっ！」そう言って唇に人差し指を当てた。「私とあなただけの秘密にしてね。いまあなたがこの映像を見て、私の話を聞いているのはなぜなのか、それを説明するシナリオはもう完成しているの」キャリーは台本のフォーマットでタイプされた文字が並んだ紙の束を持ち上げてみせた。

誇示している。関心を引こうとしている。でも、誰の？　この動画は私に宛てて送られてきた。しかし、この動画を見せたかった相手は私ではないような気がする。**それは単に客観的な判断ができなくなっているだけのことよ。**

「四一一号室には六台の隠しカメラがある。子供っぽい持ち物が詰めこまれた、ルーシーのこの居心地のいい部屋にね」

そう言って壁に並んだ映画のポスターにマシンガンの銃口を向ける。『羊たちの沈黙』、『スニーカーズ』。キャリーは別の壁の前に移動した。『ジュラシック・パーク』のポスター。燃えるようなオレンジ色の背景に、後足で立ち上がったティラノサウルス・レックスの黒いシルエットが浮かび上がっている。どれもルーシーのお気に入りの映画だ。FBIに実習生として入ったとき、私が苦労して集めたポスター。

キャリーはベッドのそばに立ち、そこにぽつんと座ったミスター・ピクルのふわふわした顔をマシンガンでつついた。大きなガラスの目に恐怖がよぎったように見えた。自分は死ぬのだと理解したかのように。気づくと私は、命のない物体に、小さなぬいぐるみのクマに同情を感じていた。

「まだ子供よね」キャリーはせわしなく動き回りながら話し続けた。「IQは二百を超えているのかもしれない。超天才っていう未知の領域に達した頭脳を持っているのかもしれない。でも、精神年齢は幼児で止まったまま。発育不全。ルーシーの成長は完全に止まっている。自分の部屋にどんなハイテク製品が設置されているか、まったく気づいていない。目に見えないカメラにあらゆるアングルからこの部屋を撮影されていることを知らずにいる。ルーシーが留守のとき、私が余った時間を何に使っているか想像できる？　私はいつも見ているの」キャリーは二本指を自分の目に突き立てるようにした。

『華麗なるギャツビー』の巨大看板と同じ。眼鏡の奥から灰の谷をいつも監視しているT・J・エクルバーグ博士。盲目で強欲で嘘つきの政府に統治されたアメリカ社会の道徳の捨て場をじっと監視している目」

ハロルドとラスティの気配を感じて、私は携帯電話から顔を上げた。フード付きの白いタイベックのカバーオールを着て、青いニトリル手袋をはめ、防毒マスクで鼻と口を覆った二人は、ゴーストバスターズのようだった。遺体をどうやって搬送袋に収めるのがよさそうか、首から上に袋をかぶせて保護しておいたほうがいいか、マリーノと相談している。遺体の髪に貴重な微細証拠が付着している可能性がある。開放骨折した頭の傷口から脳組織が漏れ出していた。歯も何本か抜けかけているかもしれない。抜けて床の血だまりに落ちていた前歯の一本は、さっき私が拾っておいた。

「何か回収しそこねたらまずい。血に何がくっついてるかわからねえ。とくに髪な」マリーノが言っている。私のイヤフォンからはまだキャリーの声が流れ続けていた。

「むかしむかし、ある寮に、こぢんまりとして整理整頓の行き届いた一室がありました」キャリーが台本を読み上げる。マリーノがストレッチャーを開き、アルミ製の脚がかしゃんと音を立てた。「その部屋はデスクの上のスタンドでほのかに照らされていました。デスクはそろいの椅子や衣装だんす、ドレッサー、ツインベッドと同じように、木目模様の化粧板を張った合板でできた安物でした」

キャリーはそう話しながら室内を案内するように歩き回った。私は携帯電話にじっと目を注いだまま、シャネル・ギルバートの頭部と両手両足を袋で保護してもらいたいとマリーノとラスティとハロルドに伝えた。そのあと、使い捨ての防水シートで全身をくるんでほしい。CFCに搬送する途中で散逸してしまう恐れのあるものはすべて収集したつもりだが、念には念を入れたい。現場に何も残さないように。搬送中に何も落とさないように。毛髪一本、歯の一本たりともなくしたくない。

「そのあと搬送袋に収めて運び出して」私は三人に伝えた。動画のキャリーは話し続けている。「ホテルサイズの冷蔵庫の上にはミスター・コーヒーのコーヒーメーカー、ノーブランド品のクリーム入れ、スターバックスのハウスブレンド一袋、FBIのロゴ入りマグ三つ、リッチモンド市警の紋章入りの欠けたビールジョッキが一つ」ジョッキを持ち上げて欠けているところをカメラに向ける。「スイスアーミーナイフが一本、それにルーシーがベントン・ウェズリーから盗んでこの部屋に隠しているMP5Kに使うスピア・ゴールド・ドットの九ミリ弾が六箱ありました」

ベントンの名前を言ったときの声に違和感を覚えた。しかし再生を停めることはできない。戻して聞き直すことはできない。私に聞かせることを想定して録音したのだとするなら、なぜその私がベントンのラストネームを知らない可能性を考慮しているかのように発音するのだろう？　どういうことなのかさっぱりわからないが、銃であれほかのものであれ、ルーシーがベントンのものをくすねるとは思えない。

　ＭＰ５Ｋに関するキャリーの説明は嘘だ。ベントンとルーシーの二人が銃規制法に違反したことを匂わせる証拠を作ろうという魂胆だろう。違反が事実なら、長い実刑を科される可能性のある重罪だ。出訴期限はすでに過ぎているはずだが、絶対とは言い切れない。条件による。大問題に発展しかねない。三メートルと離れていないところから、紙がこすれ合う音が聞こえた。

　ハロルドが食料品店で使うような取っ手のない無地の茶色い紙袋を広げる。しかし賢明なことに、そこで思い直した。シャネル・ギルバートの頭は血や組織でどろどろだ。搬送後すぐに冷蔵室に安置するのなら、ポリ袋を使うのが適切だろう。私はディスプレイを見つめたままそのことを伝えた。

「あくまでもＣＦＣに着いてすぐ冷蔵室に入れるという条件付きよ」私はその点を強調した。ポリ袋と水分は相性がよくない。腐敗が進行している場合はなおさらだ。

「僕もそう思いました」ハロルドが言った。「着いたらすぐに冷蔵室に入れるようにしますよ、局長」

　ハロルドの前職は葬儀社員だ。彼を見ていると、寝るときもスーツとネクタイ、黒っぽい靴下とドレスシューズを着けたままなのだろうかとなかば本気で思うことがある。現場ではどのみち、頭のてっぺんから爪先まで防護服で覆ってしまう。だからタイベックのカバーオールの下でどんなにきちんとめかしこんでいても気にする必要はないとハロルドは考えている。

「髪に何かついてるみたいだ。ガラスの破片かな」黒縁の眼鏡が淡い光を反射した。分厚いレンズのせいで茶色の目がやけに大きく見えて、フクロウのようだった。

「まあ、そうだろうね」ラスティが言った。彼も防護服を着る前はふだんどおりの出で立ちをしていた。時代に取り残されたビーチボーイのような格好だ。今日はウェストを紐で絞るようになっているルーズなシルエットのフランネルのパンツ、パーカを着て、灰色になりかけた長い髪を後ろで一つにまとめて結っている。「そこら中に割れたガラスが散らばってるものな」

「注意したほうがいいって言ってるだけだよ。電球の破片じゃなさそうだった。でも、ちらっと見ただけだし、いまはどこにも見えない」

「丁寧にくるんでね。何も落とさないように」私は二人にそう言った。キャリーは実用一辺倒の小さなバスルームに入り、電灯のスイッチを入れた。

「どこに行ったかな」ハロルドは血で固まった髪に目を凝らし、手袋をはめた手でそっとかき分けながら言った。「さっきちらっと見えたのにもう見えない」

「あとで私がよく捜しておく。髪はさっき確かめたけど、ガラスのようなものには気がつかなかったわ」私は言った。

「でも、ガラスの破片の一つや二つはくっついていそうですよね」ハロルドは天井のライトを見上げた。電球がねじこまれていたはずの空のソケットが二つ並んでいる。

ハロルドはガラスの破片が散らばった床に目を走らせたあと、想像されるシャネルの行動をなぞるようにパントマイムを始めた。ちょうど同じタイミングで、動画のキャリーも一人芝居を始めた。ハロルドは電球を交換するようなしぐさをし、次に脚立から後ろ向きに落ちる真似をした。

「電球を取り替えようとしてたなら、シャンデリアのガラスのドームを両手で持ってただろうな。そのドームはこの女性と一緒に床に落ちて、ガラスの爆弾が破裂したみたいに、破片が盛大に飛び散った。とすると、遺体にもガラス片が大量にくっついてるはずでしょう？」ハロルドが言う。キャリーはバスルームの洗面台の鏡をのぞきこみ、そこに映った自分に向かって大きな笑みを作ったあと、ぎりぎりまで短く刈ったホワイトゴールド色の髪を手でくしゃくしゃにした。

「とにかく遺体を丁寧にくるんでおいて。ＣＦＣに帰ったらまず冷蔵室に入れてね。あとは私にまかせてくれていいから」私は指示を繰り返した。

動画の再生を停めることはできない。最悪のタイミングで、本来なら全神経を注いで扱うべき変死事件の現場検証のさなかに、携帯電話をキャリーに乗っ取られたかのようだった。

動画の再生を停めるには、携帯電話の電源を切るしかなさそうだ。そうするつもりはない。ただ、このまま見続けていたら、あとで問題になりかねない。現場で私が携帯電話を使っていた、映画を見ていたのかメールを打っていたのかわからないが、とにかく携帯電話を見ていたと市警から苦情が来たら？　大問題になるだろう。

6

「ルーシーの部屋の唯一の出入り口の隣には専用のバスルームがあります」キャリーはクイズ番組『ホイール・オブ・フォーチュン』のアシスタント、ヴァンナ・ホワイトのように手を大きく動かしてバスルームを指し示した。ラスティがポリ袋を振って広げ、シャネル・ギルバートの素足にかぶせている。

「ほかの研修中の新任捜査官は、このような贅沢を許されていませんでした」キャリーは台本にさっと目を走らせたあと、また隠しカメラを見上げた。ときおり同様のしぐさを繰り返している。「新任捜査官はみな二人部屋をあてがわれていました。トイレや洗面所、シャワーは、廊下の突き当たりの共用のものを使っていました。ところが若き天才ルーシーは、自分より劣った女性たちといっさい交流しようとしませんでした。ほかの新任捜査官は全員がルーシーより年上で、法律の学士号や博士号を持っていました。

長老教会の牧師もいました。美人コンテストの元女王もいました。高学歴でありながら、常識を知らず、自分の身を守る術《すべ》を持たない規格はずれの人たち。あなたがこれを見ているいま……」キャリーの言葉は唐突に、不自然に途切れた。

この部分が編集されたことは明らかだ。「このうちの何人が死んでいるんでしょうね。ルーシーとよく予想を立てたりしたものよ。ルーシーは同じ階の人たち全員の身辺を探って情報を収集していた。でも、誰のことも名前では呼ばなかった。すれ違っても話しかけたりしなかった。打ち解けない理由をみんな正しく解釈していたわ。お高くとまって周囲を見下しているからだって。ルーシーは甘やかされていた。ケイおばさんに甘やかされたせいで勘違いした人間になっていた」

私ではない別の誰かについて話しているかのように聞こえる。

キャリーは台本のページをめくった。「特別の才能と特別のコネに恵まれた十代の民間人ルーシーは、FBIアカデミーで特別扱いされていた。保護プログラムで守られた証人、視察に訪れた警察本部長、政府機関や国際機関の局長なみの待遇を受けていた。言い換えれば、要人《VIP》扱いされていた。事実、ルーシーはVIPだった。ただし、業績が評価されたからではなく、単にコネがあったから。

ケイおばさんは、大事な大事な姪がインターンシップを始めるに当たって、インターン期間中はもちろん、姪が二十一歳になるまで、専用のバスルームがついた見晴らしのよい個室を用意し、門限を設けるよう要求した。常時、誰かの監督下に置くよう要求した。事実、建て前のうえでも実際にも、つねに監督下に置かれていた。そのことはルーシーのファイルにも書いてある。この動画が撮影された時点ではまだ薄っぺらで重要な意味を持たないファイルにね。でもそのファイルは時の経過とともにみるみる分厚くなっていくでしょう。ルーシー・ファリネリがどういう人間か、連邦政府も気づくはずだから。野放しにしておけないと悟るはずだから」

そのファイルはいまどこにあるのだろう？　マンガの吹き出しのように、その疑問が頭に浮かんだ。**ベントンなら知っているだろう。**

「しかし、今日、一九九七年七月のよく晴れた日」キャリーは歩き回りながら重苦しい口調で続けた。まるでテレビの犯罪ドキュメンタリーのナレーターのようだった。「FBIアカデミーの教職員は、若きルーシーの付き添い役、すなわちこの私がしじゅう寮を抜け出していることに気づいていない。身元調査や面接、ポリグラフ検査をみごとクリアし、FBIのコンピューターや事件管理システムを総点検して整備するために雇われた私が、変わり者だけど人畜無害なオタクではないことも知らずにいる。伝説の課長を含めた行動科学課の心理分析官でさえ、私が精神病質者であることを見抜けなかった」キャリーは〝伝説の課長〟を奇妙なくらい強調した。「父や祖父と同じ精神病質者なのに」カメラを通したキャリーの瞳はコバルト色に見えた。「私はとても珍しい人間なのよ。女性に限れば、精神病質者は人口の一パーセント以下しかいない。精神の病が進化のうえでどんな役割を果たしてきたかは知っているでしょう？　私たちは選ばれた人間であり、生存競争に勝ち残る人間なのよ。私が死んだと思うことがあっても、そのことを忘れずにいて。あっと！　今日はここまでのようです。私のすてきなお話の続きはまた。誰か来たみたいだから」

長いプラスチックのジッパーが閉じるかすかな音がして、私は一瞬だけ顔を上げた。しゃがんでいたマリーノが立ち上がろうとしていた。遺体は黒い繭になって床に安置されている。マリーノとラスティとハロルドが汚れた手袋をはずして赤いバイオハザードごみ袋に入れた。

三人が新しい手袋に換えて遺体を持ち上げる。遺体は力なく垂れ下がった。死後硬直は完成したあと、すでに融解したからだ。通常なら融解が始まるまで最短で八時間ほどだが、環境温度や服装、体格などほかの要因の影響によって、かかる時間は変動する。シャネル・ギルバートの場合、環境温度はひじょうに高く、着衣はなく、筋肉質の体つきをしている。

身長は百七十センチくらい、体重はおそらく五十八キロくらい。活動的でよく鍛えられた体をしていたのだろう。水着を着て日に焼けた痕があるが、ウェストから下、腹部や腰回りや脚は青白い。ウェットスーツを着て日に当たるとこのような焼け方をする。スキューバダイビングの休憩時間中の私とベントンの姿を思い描く。ダイビングソックスを脱ぎ、ウェットスーツを腰まで下ろして、両袖をおなかの前で結ぶ。顔、肩、胸、腕、足の甲側は日に当たるが、ほかの部分は隠れている。

「シャネル・ギルバートはスポーツ好きだったのかしら」私はマリーノに尋ねた。シャネル・ギルバートとキャリー・グレセンは体格が似てはいないか？「肩や腕の筋肉が発達してるし、脚も筋肉質でしょう。遺体の身元は確か？」私はちらりとマリーノを見やった。「近所の住人に誰か話を聞いてみた？」

「どういうことだよ？」マリーノはいぶかしげに私を見た。地球は平らだと言われたような目つきだった。「何考えてる？」

「顔の特徴からは身元を確認できない。慎重になったほうがいいわ」

「それはあれか、膨張して腐りかけて、顔がつぶれてるからか」

「慎重に身元を確認したほうがいい。この家の住人の女性だと決めてかからないほうがいい」亡くなった女性は、キャリー・グレセンの双子の片割れだと言っても通りそうな外見をしていると話すつもりはない。

最後にキャリーを見たとき、すなわちフロリダでキャリーに撃たれたときの記憶を引っ張り出し、シャネルの運転免許証にあった顔写真と比較した。不気味なほどよく似ている。ただ、似ているなどと言えば、視野狭窄《きょうさく》に陥っている、あまりにも無理があると思われるだろう。マリーノは、いまそんなことを言い出すのはなぜかと訊くだろう。しかし、携帯電話でキャリーの姿を見ていることは話せない。マリーノには言えない。誰にも言えない。法的にどう解釈されるかわからないが、この動画は罠ではないかと不安だった。

「この家に住んでる女性じゃないかもしれないって思う理由は何です？」ハロルドは鑑識キットのそばにしゃがんで帰り支度をしていた。

私は質問で答えた。「スキューバダイビングをする人だと考える理由は何かあった？」

「ダイビング用具は見てねえな」マリーノが言った。動画の寮の部屋にルーシーが現れた。隠し撮りに気づいておらず、リラックスした様子だ。「けど、そこの廊下の奥の部屋のどれかに水中写真ならあった。遺体をバンに積みこんだあと、もうちょっとよく見てみよう」

ルーシーはプライベートな空間、キャリーに侵されたスペースを歩き回っている。

「シャネル・ギルバートのDNAを採取したいわ。歯ブラシかヘアブラシから」マリーノにそう念を押したものの、ルーシーの姿を目で追っていると、シャネルの件にはどうしても集中できない。「かかりつけの歯科医院を調べてカルテを取り寄せましょう。確証が得られるまで、身元は公表しない。母親にも伝えない」

「そいつは少々問題だな」マリーノが言ったが、このとき私はもう彼を見ていなかった。「誰かがもう母親に伝えちまったんだぜ、忘れたか？　ロサンゼルスからこっちに来る飛行機にもう乗ってるんだぜ、忘れたか？　この遺体がシャネル・ギルバートじゃないって疑う理由があるとしたら……いざママが到着したとなると、大騒ぎになるだろうよ」

「母親に誰が連絡したのか知ってる？」私は尋ねた。

「いや、知らねえな」

「私たちではないわよね」私はさっきも言ったことを繰り返した。「ブライスにはっきり伝えておいたのよ。私が許可するまで誰にも何も言わないようにって」

「だが、誰かが連絡したのは確かだな」マリーノが言う。

「ハウスキーパーかもしれませんよ。遺体を発見したあと母親に連絡したのかも」ラスティが言った。たしかに、それはありうる話だ。「当然と言えば当然ですよね」

「だな」マリーノが応じた。「思うに、ハウスキーパーの給料も含めて支払いは全部ママ持ちだったんだろうから。しかしまあ、誰が母親に連絡して悲しいニュースを伝えたか、ちゃんと確かめといたほうがいいな」

「その前に、この遺体が誰なのかをきちんと確認しないと」私は顔を上げてマリーノの充血した目を見つめたが、すぐにまた携帯電話に視線を落とした。エクササイズ用のウエアを着たルーシー。男の子みたいに短く切りそろえたローズゴールド色の髪。

十代前半と言っても通りそうだが、この動画が撮影されたときは十九歳だった。ルーシーを見ていると、言葉には言い表せない感情があふれ出しそうになる。激しい怒りと嫌悪を感じた。だが、反応してはいけないと何度も自分に言い聞かせた。私の視界の外で、ラスティとハロルドがストレッチャーを押して玄関から出ていこうとしている。私は携帯電話で再生中の映像を凝視し、ワイヤレスイヤフォンから流れる音声を注意深く聞きながら、鑑識キットの片づけをした。

同時に複数のことをしている。本当はどちらか一つに集中するべきなのに。

マリーノは家の中を歩き回って窓やドアを点検している。引き上げる前にきちんと戸締まりをしなくてはならない。私の仕事はまだ終わっていない。しかし、このまま残って検証の続きをするつもりはなかった。ルーシーの無事を確かめたあと――この動画を送ってきたのはルーシーではないと確認したあと、また来るつもりだ。

姪のことなら知っている。そのときしている話、していることが誰にも知られていない、監視されていないと思っているかどうか、表情を見ればわかる。

7

キャリーとの会話を第三者が聞いているとは思っていないのは明らかだ。だが、実際にはこうして第三者に聞かれている。私が二人と一緒にこの部屋にいるようなものだと知ったら、ルーシーはどう思うだろう。想像がつかない。私は一九九七年のその日、ルーシーの部屋にいたようなものだ。現にこうしてそこにいるのだから。裏切り行為と思えた。血を分けた者の信頼を裏切っているように感じた。

「ジムはどう？」キャリーの目は室内を動き回り、ルーシーが存在に気づいていないカメラを一つずつ見つめた。「混んでた？」

「空いてるうちにウェイトトレーニングしておけばよかったのに」

「言ったでしょ。いろいろやることがあったの。サプライズを用意するとかね」

キャリーはさっきと同じランニングウェアのままだったが、マシンガンは消えていた。動画に撮影日時のスタンプはない。再生開始からの経過時間が表示されているだけだった。そろそろ二十分が過ぎようとしている。キャリーが小型の冷蔵庫を開けた。

「プレゼントを持ってきた」セント・パウリ・ガール・ビールのボトルを二本取り出し、栓を開けて、緑色のボトルをルーシーに差し出す。

ルーシーはボトルをじっと見るだけで飲もうとしない。「いらないんだけど」

「いいじゃない、一緒に飲みましょうよ、ねえ？」キャリーはブリーチした髪をかき上げた。

「こんなもの持ってこないで。頼んでもいないのに」

「頼む必要なんかないのよ。そのくらいの気遣いはできるんだから」キャリーは冷蔵庫の上にあったスイスアーミーナイフを取り、頑丈な赤いハンドルを握ると、親指の爪を使って刃を開いた。ステンレスの刃がぎらりと光を放つ。

「勝手に持ってこないで」ルーシーはウェアを脱ぎ、スポーツブラとビキニタイプのショーツだけになった。運動直後で汗をかき、肌が火照っている。「部屋にアルコールを持ちこんでるのを見つかったら追い出される」私が買った竹のバスケットに洗濯物を入れ、タオルで汗を拭い始めた。

「この部屋に銃があることも知られないようにしないとね」キャリーが重々しい声で言い、細く鋭い光を放っているナイフの刃を意味ありげな目で見つめる。「違法な銃があることも」

「あれは違法じゃない」

「これから違法になるかも」

「何したの？　何か細工したのね」

「あれをなくすと犯罪になりそう。だけど、合法っていったいどういうこと？　だって恣意《しい》的な規則なんて所詮、不完全な人間が決めたものじゃないの。ベントンはおじさんみたいな存在でしょ。おじさんのものを持ち出したところで、それは窃盗には当たらないかもしれない」

ルーシーはクローゼットの扉を開けて中をのぞいた。「どこ？　銃をどこにやったの？」

「ねえ、昨日今日のつきあいじゃないんだし、わかるでしょう？　私が何かしたいと思ったらあなたには止められないし、あなたの許可だって必要ないのよ」キャリーはカメラをまっすぐ見つめて微笑んだ。

ルーシーは部屋に備えつけのデスクの隅に座り、日に焼けた筋肉質の脚をぶらぶらさせた。動揺し始めているのは明らかだった。

閉じたブラインドの周囲から漏れる光の具合が変わった。ほんの数秒前、ルーシーはランニングシューズとソックスを履いていたが、いまは素足でいる。動画は細切れに、巧みに、編集されている。キャリーのプロパガンダと小細工に沿うよう、何が切り捨てられ、何と何が縫い合わされたのだろう。

「いつも何でも好き勝手に持ってくよね」ルーシーがキャリーに言う。「いつも間違ったことばかりあたしにさせようとする。あたしのためにならないことばかり」

「あなたに何かさせた覚えなんかないわ」キャリーはルーシーに歩み寄って髪をくしゃくしゃにした。ルーシーがその手を振り払う。「私を拒絶しないことね」キャリーはルーシーのすぐ前に立っている。鼻と鼻が触れ合いそうに近い。ルーシーの目をまっすぐのぞきこむ。「私を拒絶しないことよ」

キャリーはルーシーにキスをしたが、ルーシーは反応しない。無表情に、まるで彫像のように硬直したままでいた。

「そういう態度を取るとどうなるか、わかってるわよね」キャリーが言った。単なる脅しではないことを匂わせる毒を含んだ口調だった。「いいことはないわ。自分のしたことを他人のせいにするのはいいかげんにしたら」

「銃はどこなの？」ルーシーがデスクから立ち上がった。「あたしを困らせようとしてる。そうでしょ？　わざと面倒に巻きこもうとしてる。どうして？　あたしの評判を落として、あたしが何をしようと、何を言おうと、誰も信じないようにしたいからでしょ？　あたしはこれだけがんばってきたのに、その努力は報われないわけね。未来永劫、何の見返りも受けられない。それって悲惨な人生よね」

「悲惨？　まさか」キャリーの青い目が銀色の光を帯びた。

「病んでる」ルーシーが言った。「出てって」

「心配しないの。証拠はちゃんと隠すから。ビールの空き瓶はちゃんと持って帰って処分するわよ」キャリーはドイツ産のビールを一口飲んだ。「だから、ね？　校長先生に言いつけてやるとか言わないで」

「ビールのことなんかどうだっていい！　銃はどこなの？　あれはあなたのものじゃない」

「こういうことわざを知らない？　占有は九分の強み。所有権を争ったら、現に持ってる側が強いってこと。あのMP5Kを撃つのは気分がよさそうよね」

「どんなことになるかわからないの？　そうよね、わかってやってるのよね。だって、それが目的なんでしょ？　あなたがすることは全部、自分が優位に立つのが目的だものね。他人の些細な弱みを探して優位に立とうとする。初めからそれがあなたの手口だった。銃を返して。どこにあるの？」

「返すときが来たらね」キャリーは甘ったるい見下したような声で言った。「思いもよらないタイミングでひょっこり戻ってくるから心配しないで。それより、マッサージしてあげましょうか。その肌にこの指を思いきり食いこませたいわ。あなたを苦しめてるものはどうすれば治るか、私は知ってるの」

を取った。

「これ、飲まないから」ルーシーはデスクに置いてあったセント・パウリ・ガールの瓶

　そのまま素足でバスルームに入る。バスルームにも隠しカメラが仕掛けてあった。ルーシーがビールを捨て、液体がシンクに跳ねる音が聞こえた。鏡をちらりと見上げたルーシーの顔には悲しみと苦悩、怒りが入り交じった表情が浮かんでいた。だが、怒りよりも悲しみと苦悩がはるかに勝っているように見える。ルーシーはキャリーを愛していた。キャリーは初恋の相手だった。そして最後の恋人とも言える。

「あなたから渡されるものは信用できない。あなたがすることも」ルーシーは水を勢いよく出してビールを流しながら大きな声で言った。

　また鏡をのぞく。その顔は幼いと言ってもいいほど若かった。子供のようだ。いまにもあふれてしまいそうな涙を懸命にこらえている。爆発しそうな感情を押し戻そうとしている。冷たい水で顔を洗い、タオルで拭った。それからまた部屋に戻った。それで気づいた。キャリーはモーションセンサー付きの複数のカメラを一つのネットワークとして設定している。誰かが一つの部屋から別の部屋に移動すると、その動きを感知してカメラが切り替わる。バスルームにいるルーシーが見えている間、キャリーは見えなかった。いまは見える。カメラはまた二人の姿をとらえている。

「もったいない。人の好意を無にするなんて」キャリーは自分のセント・パウリ・ガー

ルのボトルの口に舌の先で軽く触れ、面取りされた縁をなぞった。

それから視線をカメラに向けると、下唇を舐めた。目はガラスのようにきらめいている。いまは群青に近い色をしていた。キャリーの気分と同じように、目の色もくるくると変わる。

「もう帰って」ルーシーは言った。「喧嘩はしたくない。戦争になる前に終わらせたいの」

キャリーは腰をかがめてランニングシューズとソックスを脱いだ。「ローションを取ってもらえる?」足首は不気味なくらい真っ白で、青い静脈がくっきり浮いていた。皮膚はまるで蜜蠟のように半透明に見える。

「ここでシャワーを浴びようなんて考えないで。帰って。もうディナーに行く支度をしないと」

「私は招かれてないディナー」

「招かれない理由は自分でよくわかってるくせに」ルーシーはドレッサーからカモフラージュ柄のポーチを取った。

ポーチの底からラベルのないプラスチックボトルを取り出し、それをキャリーに放る。キャリーはタッチダウンパスを受け取るように空中でキャッチした。

「返さなくていいから。あたしは使ってないし、使う気もないから」ルーシーはまたデスクの隅に腰を下ろした。「銅ペプチドやそのほかの金属や無機化合物を長期にわたって皮膚にすりこんだ場合の副作用はまだわかってない。言い換えれば、未試験ってこと。調べてみて。でも、銅を過剰に摂取すると有害だってことは判明してる。そんなクソみたいなもの使う気なら、それも調べてみたら？」

「あの小うるさいおばさんとそっくりな話し方ね」キャリーの目が暗い色を帯びた。私はまた落ち着かない気持ちになった。私はこの動画を見ているのに、キャリーは見ているのが私ではないような口ぶりで私のことを引き合いに出す。

「そんなことない」ルーシーが言う。「ケイおばさんはクソなんて言わないし。コラーゲン産出を促進するとかいう嘘っぽいバニシングクリームを作ってくれたのはありがたいけど……」

「バニシングクリーム？　そんなんじゃないわよ」キャリーは傲慢に言って胸を反らせた。その姿はコモドドラゴンを連想させた。「皮膚再生製剤よ」見下した調子で言う。

「銅は健康維持に必要な成分なの」

「赤血球の生産も促すんでしょ。あなたにはそんな効果は必要なさそうだけど」

「まあ、感動的。私の心配をしてくれてるのね」

「いまはあなたなんかどうだっていい。だいたい、どうして銅なんか皮膚にすりこむわけ？　医者に確かめた？　あなたみたいな疾患を持った人が銅を含んだ局所ローションを使ってもいいのかどうか。そのクソみたいなものを使い続けてると、血液がどろどろになって、ブラッドソーセージみたいになるんじゃない？　ある日、心臓発作で倒れてさようなら」

「いやだ、ほんとにおばさんそっくりになってきたのね。かわいいケイ・ジュニア。こんにちは、ケイ・ジュニア」

「いちいちおばさんの話を持ち出さないで」

「でもね、ルーシー。おばさんの話をしないわけにはいかないのよ。ねえ、もし血がつながってなかったら、おばさんと恋人になっていたかもしれないって思わない？　それはそれで理解できる。私が恋人になってもいいくらい。ほんとよ。なってみたい」キャリーは舌を伸ばしてビールのボトルの口に差し入れた。「おばさん、開眼しちゃって戻れなくなるでしょうね。賭けてもいい」

「やめて」

「本当のことを言ってるだけよ。私ならものすごく気持ちよくしてあげられる。生きてるって実感させてあげられる」

「やめてったら！」

キャリーはビールのボトルを置き、ローションのキャップを取って香りを確かめ、うっとりした表情を浮かべた。「ああ……なんていい香り。ほんとにいいの？　自分じゃ手の届きにくいところにほんの少しだけ塗ってあげてもいいのに？」

「はっきり言っていい？」ルーシーはリップクリームを唇に塗った。「あなたと知り合ったこと自体を恨んでる」

「イエロー・ブリック・ロードのトレーニングでたまたまミス・ビューティ・クイーンと一緒になったからでしょう。単なる偶然よ。そこまで怒ることないじゃない」

「偶然のわけない」

「ほんとにただの偶然よ。誓ってもいいわ、ルーシー」

「また嘘ばっかり！」

「聖書に手を置いて誓ってもいい。今日の三時にあなたと二人でトレーニングに行くなんて、エリンには話してない。なのに、あらびっくり」キャリーは指をぱちんと鳴らした。「偶然にもエリンが現れた」

「エリンは一人きりでランニングに出た。そうしたらあたしたちと会って、エリンは一緒に走り出した。あたしがその場にいないみたいに完全に無視して。あなたのことしか見てなかった。そうよね。すごい偶然」

「私のせいじゃないわ」

「あの人と寝たのだって、毎回あの人がたまたまあなたのいるところに現れたからなのよね、キャリー」

「健康に悪いわよ」

「あなたが?」

「嫉妬よ。心身の毒になる」

「嘘はどうなの? あなたは嘘しか言わない。嘘ばかり重ねてる」

「外に出るときはかならずこれを塗らないと。真冬の曇った日でもね」キャリーが粘り気のある半透明のローションを掌に垂らした。精液に似ていた。「それに、あなたは〝クソ〟って言い過ぎよ。口の悪さは、知性や言語能力の高さと反比例する。一般的に言って、罵り言葉を使う回数が多いってことは、IQが低いってこと。ボキャブラリーが乏しくて、敵意を抑えられない人ってこと」

「あたしの話、聞いてる? 冗談で言ってるわけじゃないの」ルーシーは怒りや苦痛が爆発しかけて震えているように見えた。

「背中をマッサージしてあげましょうか。きっと気分がよくなるわよ」

「あなたの嘘にはもううんざりなの! 嘘ついてあたしの功績を盗んでばかり!」ルーシーは泣いていた。「クソみたいなことばかりして! 誰かを愛する気持ちを少しもわかってない。あなたには他人を愛せないから!」

何が起きても、何を言われても、キャリーには動じる気配がない。先端が二股に分かれた舌をちらちらさせながら気配を読む希少な種のトカゲのように、一つの隠しカメラから次のカメラへ、視線をせわしなく動かしている。

「嘘つきの尻軽！」

「あなたが何を言ったか、いつか思い出させてあげる。言わなければよかったって後悔するかもしれないわよ」キャリーは少量のローションを取った手を持ち上げてにこやかに微笑んだ。

「おーこわ」ルーシーはキャリーをにらみつけた。首筋の血管が浮いていた。

キャリーはローションを自分の顔や首に塗り始めた。ゆっくりと、淫らな手つきで。犬の注意を引こうとするようにルーシーに向けて舌を鳴らし、骨を見せるようにローションのボトルを振る。

「いらっしゃいよ。塗ってあげるから。こうしてから塗ると気持ちいいのよね」そう言って掌をこすり合わせた。「手を温めて、私の魔法の薬をすりこんであげる。間に合わせのナノテクノロジーといったところ？」

「触らないで！」ルーシーは手の甲で涙を払った。そこでふいに動画は停止した。

頭に戻って再生しようとしたが、できない。もう再生できなかった。携帯電話はいっさいの操作を受けつけない。

ディスプレイに並んだアイコンはどれも反応しなかった。届いたテキストメッセージにあるリンクをタップしても、やはり何も起きない。

次の瞬間、リンクは無効になった。私がそのメールごときれいにデリートしたかのように。しかし、私は何もしていない。動画は私の目の前で消えた。目が覚めたあと不安だけを残す夢のように。初めから存在しなかったかのように。玄関ホールを見回した。乾いて黒みを帯びた血だまり、散らばったガラス片、少し前まで遺体が横たわっていた位置に残ったむごたらしい痕跡。私の注意をひときわ強く引き寄せたのは、まっすぐ立ったままの脚立だった。

8

グラスファイバー製のフレーム、先端にゴムの滑り止めの付いた脚、四つある段、てっぺんの踏み板。脚立は玄関ホールの真ん中に置いてある。この現場にはほかにも気になる点があるが、その位置も奇妙に思えた。脚立は天井のライトのちょうど真下にある。ライトは大理石の床に落ちて砕けている。みなが言うように、シャネル・ギルバートが脚立の上でバランスを崩したのなら、脚立はその拍子にすべって位置が動いているほうが自然ではないだろうか。また、脚立が傾いたり倒れたりしたせいでシャネルが落ちたという可能性だって考えられる。遺体の上半身があった位置に残された、変質して黒っぽくなった染みの輪郭を乱すように、シャネルの血の染みた髪が羽毛のような模様を床に描いていた。転落したあと、シャネルは頭を動かしたようだ。

または、別の誰かが動かした。

足紋や掌紋は見つかっていない。第一発見者であるハウスキーパーを含め、第二の人物の存在を示す痕跡はいっさいなかった。シャネルの裸の足の裏は汚れていなかった。転落して床に横たわったきり起き上がらなかったということだろう。自分の血液を踏んでいない。見たところ、誰も踏んでいないようだ。それに気づいて、私は現場を改めて注意深く観察した。釈然としない。そうやって玄関ホールに視線を巡らせる一方で、マリーノの気配を耳で捜した。マリーノが戻ってきたら、ルーシーの様子を確認しにいこう。また着信音が鳴って、新しい動画のリンクが届くのではないかとなかば身構えていた。ルーシーから電話がかかってこないかと期待してもいた。携帯電話でメールを打ちながら、同時に玄関ホールの観察を続けた。清潔そのものの白大理石の床を丹念に見て、何者かが床を洗って現場に手を加えた痕跡、偽装した痕跡を探す。

潜在血痕はまだ検査していなかった。血液が水で流されたあとに残る微細な痕跡は、化学薬品の助けを借りなければ肉眼では見えない。市警がわざわざ検査するかどうかはわからない。彼らはこれは事故と決めつけているようだからだ。私は鑑識キットのかたわらにしゃがみ、ふたたび蓋を開けた。

試薬のボトルを取り出す。よく振ってから、床の何もないように見える部分にスプレーした。と、遺体のあった位置にできた腐敗しかけた血だまりのすぐそばの一帯が鮮やかな蛍光ブルーに輝いた。長方形の模様や拭き跡。人為的に作られたものだ。バケツだろうか。真っ白な大理石の上にさまざまな形が不気味なほど鮮やかに浮かび上がっていた。

この試薬は周囲が暗くなくても使うことができる。明かり取りから日の光が射しこんでいたが、周辺光によってサファイアブルーの輝きが消えてしまうことはなかった。鮮明に見えている。しっぽの長いオタマジャクシのような血痕がいくつかあった。ピンの頭ほどの小さなものも含まれていた。衝撃を受けて反対側に飛び散った血のようだ。速度は中程度。殴られたときによく見られるもの。

遺体の頭部があった周囲に広がる青い霧に目を凝らす。呼吸とともに噴き出した血かもしれない。ここに到着した直後に見つけた、折れた前歯を思い浮かべる。シャネルは口の中で出血していた。失神し、瀕死の状態で床に倒れたあとに息を吐き出したとき、空気の混じった血が細かなしぶきになって一緒に噴き出した。何者かが床のその部分を拭った痕跡がある。事故死と矛盾する証拠を消し去ろうとしたのだろう。

いまわかるかぎりではそういうことのようだが、慎重に、注意深く進めなくてはならない。試薬が血液以外の物質に反応した可能性も否定しきれないからだ。潜在血痕なのだとしても、以前からここにあったものなのかもしれない。シャネル・ギルバートの死とはまったく無関係のものとも考えられる。ただ、私はそうではないと思う。

短時間でできる簡単な推定検査をもう一つ行った。蒸留水で湿らせた綿棒で、蛍光ブルーに輝く長方形のごく一部をなぞる。そこにフェノールフタレイン溶液と過酸化水素を垂らす。綿棒の先端は、血液であることを示すピンク色に即座に変わった。次にプラスチック定規を縮尺目盛りとして横に並べて写真を撮った。

「マリーノ？」私は彼を呼んだ。

いまこの家にいるのはマリーノと私だけだ。ハイド巡査、灰色の髪をしたケンブリッジ市警の警官、州警察官の三人はダンキンドーナツかどこかに出かけている。だが、キッチンの方角から物音が聞こえていた。まもなくドアが閉まる音がした。大きな音だが遠くてくぐもっている。地下から聞こえたのかもしれない。どういうことだろう。マリーノと私のほかには誰もいないはずだ。残っているのは彼と私の二人だけだ。私の勘違いだろうか。また耳を澄ました。キッチンの方角からまた何かの気配が伝わってきた。

「マリーノ？」私は大きな声で言った。「キッチンにいるの、あなたよね？」

「いや、お化けだよ、ブギーマンだ」マリーノの返事だけが聞こえた。姿は見えない。さっきの物音は、いまは階段の上り口の奥の廊下あたりから聞こえていた。

「私たちのほかには誰もいないのよね？」私はいやな臭いをさせている空っぽの空間に向かって言った。

「なんでそんなことを訊く？」ゆっくりとした重たい足音が近づいてくる。

「ドアが閉まる音が聞こえたような気がして。重量のあるものが落ちるような音。地下室から聞こえたみたい」

返事がない。

「マリーノ？」蛍光色にほのかに輝くほかの染みを続けて綿棒で拭い、推定検査をした。いずれも血液反応を示した。「マリーノ？」

静寂。

「マリーノ？　いないの？」

何度か大きな声で呼んでみたが、返事はなかった。またルーシーにメールを送った。次にＩＣＥ番号に電話をかけてみた。すぐに留守電サービスに転送された。ふだん使っている携帯電話番号も試したが、やはり応答はない。電話帳には載っていない自宅の固定電話の番号にもかけた。するとビープ音と録音された音声が流れた。

この電話番号は現在使われておりません……

またドアが閉まる音がした。今度も遠くてくぐもっていた。ふつうのドアの音には聞こえない。もっとずっと重い音だ。

金庫の扉が勢いよく閉まるような。

「ねえ？」私は大声を出した。「いるのよね？」

返事はなかった。

「マリーノ？」

その場で静止し、目だけを動かして周囲を確かめ、耳をそばだてた。家は静まりかえっている。聞こえるのはハエの執拗な羽音だけだった。小さな偵察機の群れのように血だまりを這い回ったり上空をのろのろと旋回したりしながら、腐敗した傷口や開口部、腐りかけた肉を探して卵を産みつけようとしている。ぶうんという低い音は、何かに怒っているように攻撃的だ。子孫を残す機会を奪われたというように。自分たちのものであるはずの死骸、食料を奪われたというように。さっきよりも数が少なくなっているのに、羽音はむしろ大きく聞こえた。遺体はもう運び出されたあとなのに、臭いはかえって強くなったように思えた。だが、そんなことは現実にはありえない。

五感のすべてが警戒モードに入っていた。いまにも暴走しかけている。さっきと同じ感覚がまた、有害な蒸気のように漂ってきて私を取り巻いた。何かの存在を感じる。邪悪な何かがこの家のどこかで腐りかけている。マリーノから聞いたことを思い出した。シャネル・ギルバートはオカルトめいたものにはまっていたようだと言った。何を見てそう思ったのだろう。彼女はオカルトのダークな側面に親しんでいたのかもしれない。

何らかの力が本当にあるのだとしての話だが。監視されているような気がするのも不思議はないと思った。ルーシーだって監視されていたのだから。ついさっきその様子を目撃した。

「マリーノ?」もう一度、声を張り上げた。「マリーノ、いないの? 返事をして」

地下室のドアを頭に描く。といっても、地下室には一度も下りていない。家を見て回る機会はまだなかったが、キッチンのすぐそばにあったドアがきっとそうだろうと思う。ここに来たとき、勝手口から屋内に入った。今朝、出勤してきたハウスキーパーも同じ入り口を使った。キッチンの食料庫の真向かいに、閉じたままのドアがあった。そこを開けると階段があって、下りていった先にランドリールームや地下の貯蔵室があるのだろうと思った。もしかしたら、何世紀も前にこの家で雇っていたであろう使用人のキッチンなども残っているのかもしれない。

じっと聞き澄ます。もうこれ以上待っていられない。マリーノを捜しに行こうとしたちょうどそのとき、また足音が聞こえた。重たげな足音だ。いまいるところから動かないようにした。足音が近づいてくる。まもなく階段のわきからマリーノが現れた。

「ああ、よかった」思わずつぶやいた。

「なんだよ、どうしたんだよ」マリーノはそう言いながら玄関ホールに入ってくるなり、床の上でさまざまな形を描いている蛍光ブルーの光に目を留めた。

「誰かが現場に細工したみたい」

「そのようだな。どういう意味があるのかわからねえが。念のため試薬をスプレーしたのはいい判断だ」

「あなたが消えたかと思ったわ」

「地下室を見てきたんだよ。誰もいなかった」マリーノは蛍光ブルーに輝く一角をさまざまなアングルから眺めながら言った。「地下室から外に出るドアがあるんだが、鍵がかかってなかった。さっき見て回ったとき、俺がちゃんと鍵をかけたのに」

「ほかの警官が開けっ放しにしたとか？」

「かもな。誰なのかだいたい見当がつく。な、俺の苦労がわかるだろう？」太い親指が携帯電話のディスプレイの上を忙しく動き回って、誰かにメールを送った。「鍵を開けっ放しにしとくなんて、うっかりにもほどがある。おそらくヴォーゲルだ。本人に訊いてみるよ。さて、何て返事が返ってくるかな」

「誰？」

「州警察官だよ。ほら、病原菌をまき散らしてた奴。ぼうっとしてんだよ。あんたが言ったとおり、百日咳かもしれねえな。早退して、家でおとなしくしてたほうが世のためだ」

「そもそも、どうして州警察の人がこの現場に来てたわけ？」私は尋ねた。

「暇だったんだろうよ。あと、どうやらハイド巡査と友達らしいな。おそらくハイドに言われて、ヴォーゲルが母親に連絡したんだろう。ハリウッドがからんでるとわかったとたん、誰もが色めき立つ。自分もセレブリティにあやかろうとする。地下室のドアを点検してよかったよ。俺たちが鍵をかけずに引き上げたせいで、侵入事件でも起きてみろ、一大事だぞ」マリーノは携帯電話を確かめた。「返事が来た。ヴォーゲルから。ちゃんと施錠したと言ってる。内側からデッドボルト錠をかけたそうだよ。だが、いま見たら鍵は開いてた」マリーノは返信をタイプした。

「引き上げましょう」私は鑑識キットを持って階段の上り口の前を通り過ぎ、暗い色味の壁板を張った、記号のハイフンのように短い廊下を通って、来たときと同じ勝手口から外に出ようとした。「ルーシーの様子を確かめたら戻ってきて、家の中を丁寧に検証しましょう。そのあとのことはCFCで引き受ける。必要なことはすべてやる」

「ルーシーから連絡はねえのか」

「ない」

「それなら俺から向こうの警察に頼んで……」そこまで言って口をつぐんだ。

そんなことをしても無駄だ。警官が安否確認に訪れたところで何の意味もないことは、マリーノが一番よく知っているはずだ。在宅していて、しかも無事であれば、ルーシーはゲートを開けないだろう。もし強引に入れば、警察を出迎えるのはやかましく鳴り響く無数の防犯アラームだ。加えて、ルーシーは大量の銃器を所有している。

「あいつなら無事だろ」マリーノが言った。私たちはキッチンまで来ていた。

この二十年ほどの間にリフォームされたようだ。もともとの木工部分は、床に張られた幅広の板材より明るい色をした節の多いマツ材に換わっている。私は白物家電に目を留めた。家具は最低限しかない。ステンレスの照明、シェーカー・スタイルのオーク材のテーブル。テーブルの上に、皿一枚とワイングラス一脚、それにシルバー類が窓に向かってセットされていた。窓は側庭に面している。

一人分のセッティングがされたテーブルに近づく。なんとなく胸がざわついて、ポケットから新しい手袋を取り出してはめた。皿を持ち上げる。ディナーサイズだ。城を背景に、血のように赤い布をかけた白馬に乗ったアーサー王と円卓の騎士たちが鮮やかな色使いで描かれている。皿を裏に返してみた。〈ウェッジウッド　ボーンチャイナ　イングランド製〉の文字があった。キッチンを見回す。勝手口のドアの脇に空のプレートハンガーが一つあった。

「奇妙ね」私は皿をテーブルに戻した。「これはウェッジウッドよ。コレクターが買うような品物ってこと」空のプレートハンガーに近づいた。「ここに飾ってあったたみたい」食器棚を開けてみた。シンプルな白いストーンウェアが並んでいた。実用的で丈夫、食洗機にも電子レンジにも入れられるものばかりだ。ウェッジウッドなど高級ブランド品は一つもない。「装飾用の皿をわざわざ壁から下ろしてテーブルに並べたのはどうして？」

マリーノは肩をすくめた。「俺に訊くな」

彼はシンクの前に立った。下のキャビネットの扉は開いていた。そのすぐそば、白と黒のタイル張りの床の上にステンレスのくず入れがあった。フットペダルを踏んで蓋を開け、中をのぞいた瞬間、驚いたような怒ったような表情を浮かべた。

「どういうことだよ？」低い声で言う。

「今度は何？」私は訊いた。

「あいつだ。ハイドの奴だよ。ごみを持ってったらしい。中身を確かめもしないで、ビニール袋ごと持っていきやがった。いったい何考えてんだよ。ふつう、ごみ袋ごとラボに持ちこんだりするか？　だいたいあいつは刑事でもないんだぜ。な、俺の苦労がこれでわかっただろ？」

マリーノは電話をかけ始め、私は勝手口のドアを開けた。今朝八時三十三分にここに到着したとき、使ったのはこの出入り口だ。到着した時刻は正確に知っている。時刻はつねに確認するようにしている。

「おまえ、何考えてんだよ？」マリーノが荒っぽい調子で言った。イヤフォンの青いランプが点滅している。携帯電話をこちらに向けて持ち上げ、ディスプレイに表示されたハイド巡査の名前を私に見せる。「どういう意味だよ、持ってってねえし、そんなものは知らねえって？」マリーノは大きな声で責めた。「まさか、おまえも持ってねえし、ラボにあるわけでもねえってことか？　誰かがキッチンのごみを持ってったのに、おまえは知らねえって？　くず入れに証拠が残ってることだってあるんだぞ。そんなことも知らねえのか？

いいか、よく聞けよ。シャネル・ギルバートは一人分の食器をテーブルに並べてた。つまりだ、死ぬ前に家にいた時間はさほど長くないかもしれねえってことだ。何か起きて、食いそこねたってことだよ」マリーノの顔は茹だったように赤い。「それにな、先生が調べたら、玄関ホールの床の血を何者かが掃除した形跡があった。何か隠そうとしたのかもしれねえ。ってことはだ、すぐに戻ってこいってことだよ。犯行現場として保存しろってことだ。近所の目なんか気にしてる場合じゃねえ。この家に黄色い立ち入り禁止のテープで巨大な蝶結びをつけとけ。ぐずぐずするな！」

「くず入れに何があったか、思い出せるかぎり聞いて」電話越しにハイドを叱りつけているマリーノに私は言った。

「知らねえってよ」マリーノは電話を切り、私を見て言った。「くず入れはまだ調べてなかったそうだ。中身を持ち出したりしてねえし、何があったかもわからねえそうだ。

とにかく、本人はそう言ってる」

「でも、誰かが持ち出したみたいよね」

「誰なのか突き止めるって言ってる。ヴォーゲルかラピンのどっちかだろうな。まったく、どうしようもねえ連中だよ！」

ヴォーゲルというのは州警察官だとさっき聞いた。ラピンというのはおそらく、この地域で交通違反切符を切っているのを私も見かけたことがある灰色の髪のケンブリッジ市警警察官、研修を一度受けただけで、血痕鑑定のエキスパートになったつもりでいるあの警察官だろう。

「ラピンに確認してみたら？」私は言った。「くず入れの中身を持っていかなかったか確かめて。行方不明のままにはしておけない」

「あいつが持っていくとは思えねえがな」そう言いながらも、マリーノはさっそくラピンに電話をかけた。

キッチンのごみはどうしたか知らないかと訊き、私の視線をとらえて首を振った。それからカーゴパンツのポケットに入れていたサングラスをかけた。先月の彼の誕生日に私がプレゼントしたもの、レイバンの古風なデザインのワイヤリムのミリタリー風アビエーターサングラスだ。目の表情が見えなくなる。マリーノは電話を切った。

「奴じゃない」そう言って勝手口に向かった。「キッチンのくず入れはまだ誰も調べてないと思うと言ってる。少なくとも自分は触ってないそうだ。中をのぞいてもいない。当然、持ち出してもいいねえ。しかし、誰かが持ち出したのは確かだ。俺が来てすぐ見たときは空っぽじゃなかったからな」

外に出ると、夏の朝の蒸し暑い空気にたちまち包囲された。側庭の木々の枝を熱い風が弱々しく揺らしている。

「ハウスキーパーが帰るとき持って出たのかしら」そのくらいしか思いつかない。「ハウスキーパーが帰るところを誰か見てた？　何か持ってなかった？」

「いい質問だな」マリーノが言った。私たちは古い煉瓦敷きのドライブウェイをたどり、木の階段を三段下りた。

階段のすぐそば、家の外壁に寄せるようにして、プラスチックの大きなくず入れが二つ置いてあった。マリーノが深緑色の頑丈な蓋を持ち上げた。

「空だ」

「ごみの収集は週一度よね。ケンブリッジ中心部のこのあたりはたぶん、水曜日。今日は金曜だわ」私は言った。「シャネル・ギルバートはこの二、三日、ごみをいっさいここに出してなかったってこと？　だとしたら変よ。どこか遠くに出かけてて、帰ってきたばかりということは考えられる？」

「いや、いまわかってるかぎりじゃ、それはなさそうだ」マリーノは掌をショートパンツにこすりつけた。「だが、そう考えるといろいろ説明がつくな。帰宅して、電球が切れてるのを見て、換えておこうと思った」

「でも、実際は違うのかもしれない。いまあるほかの証拠を考慮に入れると、話はまるで違ってくる」玄関ホールに試薬をスプレーした結果をマリーノに思い出させた。「ルーシーの無事を確認したら、また来て捜索を完了しましょう。ハイド巡査たちが現場を保存してくれるでしょうけど、念のために言っておいて。私たちが戻ってくるまで、捜索は中断しておいてほしいって」

「仕事のやり方をご丁寧に教えてもらってありがたいね」

「自分のオフィスにはもうメールを送っておいた。CTスキャンをすぐに始めてって伝えてある。それで何かわかるかもしれない」私は応じた。

煉瓦敷きのドライブウェイに駐めた私のトラックの前に、シャネル・ギルバート名義で登録された赤いレンジローバーが駐まっている。手を触れないように気をつけながら、運転席側のウィンドウ越しに車内をのぞいた。バックシートに空き瓶が入った袋がある。すべて同じ瓶で、ラベルはついていない。ダッシュボードはうっすら埃《ほこり》をかぶっていた。外装には花粉や木々の落とし物がくっついたままになっている。ボディとフロントガラスの隙間にマツなどの木の葉がたまっていた。この界隈に住んでいると、車を洗ってもまたすぐに汚れてしまう。せっかく車庫があったとしても、ほとんどの住人はそこを物置に使っている。

「しばらく外に置きっ放しになってたようね。だからといって、このところ一度も運転してなかったということにはならないけど」そう言ったとき、遠くから風を切るような音が聞こえてきた。猛烈なスピードで近づいてきている。

「だな」マリーノは上の空といった様子で私の右脚を見つめていた。「自分で気づいてねえなら教えとくが、今朝来たときよりずいぶんひどく足を引きずってるぜ。この何週間かで一番不自由そうな歩き方だって気がする」

「ありがとう、教えてくれて」

「念のため言っただけだ」

「いつもどおり相手を傷つけない言い方をしてくれて感謝してるわ」

「俺に怒るなよな、先生」

「怒る？　どうして？」

黒い大きな双発ヘリコプターが、西の方角二キロほどのところ、チャールズ川に沿って、高度五百メートルで飛んでいた。フェラーリ・ブルーとシルバーの塗装が施されたルーシーのアグスタではない。私はショルダーバッグから車のキーを取り出し、自然に見えるよう気をつけながら歩いた。ぎこちない歩き方、足を引きずるような歩き方はしない。マリーノの言葉がぐさりと胸に突き刺さり、彼の目をどうしても意識してしまう。

「俺が運転したほうがよくねえか」マリーノは疑わしげな目で私を見つめていた。

「けっこうよ」

「今日は立ちっぱなしだったからいけねえんだよ。少しは休めって」

「休んでる場合じゃないわ」私は言った。

9

ケンブリッジから北西に二十五キロ行くと、道は大きな箱形トラックがかろうじて通れる程度までせまくなる。

私が運転しているトラックは、シェビーG4500のシャーシをベースに白いボディを載せたもので、ウィンドウは濃い色のスモークガラス、ドアには青地にヘルメスの杖と正義の秤が描かれたCFCのロゴが入っている。一見したところは救急車だ。しかし回転灯はついていないし、サイレンもスピーカーもない。私の仕事は救急医療ではない。私が呼ばれた時点で、救急措置を施すには手遅れであり、スピード優先の危なっかしい運転はそもそも期待されていないのだ。とりわけこの地域、独立戦争の開始を告げる〝一発の銃声が世界を変えた〟アメリカ合衆国誕生の地では、荒っぽい運転は許されない。

マサチューセッツ州コンコードは、ホーソンやソロー、エマーソンといった文化人が多く暮らしていたことで有名だ。ハイキングコースや乗馬道の美しさでも知られ、そしてもちろん、ソローの『ウォールデン　森の生活』で知られるウォールデン池もある。この街のコミュニティは閉鎖的だ。よそ者を下に見ているようなところもある。やかましいクラクションや回転灯、赤や青のストロボライト、スピード違反、信号無視などはこの街には異質のものであり、歓迎されない。ついでに言えば、そういったものは検屍局の運用規定にも含まれていない。

しかし仮にこの車にサイレンがついていたら、いまこそ鳴らしていただろう。サイレンを使って、前を行くすべての車に道を譲ってくれるよう促していただろう。こんな大きなトラックで来たのが悔やまれる。もっと目立たない車で来ればよかった。CFCのバンかSUVでもいい。このトラック以外の車なら何でもかまわない。行き合う車のドライバーはみな、〝死神モービル〟、マリーノの呼び方を借りるなら〝ダブルワイド〟を驚いたような目で見つめていた。ルーシーの豪邸のあるこの街、犯罪発生率の低いこの地域では、検屍局の車はUFOと同じくらい珍しい存在だ。ここでは人は死なないというわけではない。ほかの街と同じように事故は起きるし、突然の心臓発作、自殺で死ぬ人もいる。ただ、警察や検屍局の鑑識車輛が駆けつけるような事件はめったに発生しない。シャネル・ギルバートの自宅から直接向かっているのでなければ、私だってこんな車で来ていない。

車を乗り換えたほうがよかったのだろうが、時間がなかった。シャワーを浴びて着替えをするという贅沢は私には許されない。不安は生々しい恐怖へと急速に姿を変えていき、それにつれて私のギアも上がっていく。神経が高ぶり、平静を装ってはいるものの、心は骨をも砕きそうに硬くこわばっていた。ルーシーには何度も電話をかけたが、あいかわらず出なかった。パートナーのジャネットにも連絡を試みたが、ジャネットも出ない。二人の自宅の番号はやはり〝現在使われていない〟ようだ。

「言いたかねえけど、臭うんだよな」マリーノがウィンドウをほんの少し下ろした。熱く湿った空気が車内に流れこむ。

「何が？」私は運転に注意を集中しようとしながら尋ねた。

「あの家であんたにくっついた臭い。そのまんまこのトラックにこもってる」マリーノはそう言って鼻の前で手を振った。

「私は感じないけど」

「よく言うだろ。キツネは自分のにおいがわからねえって」マリーノは慣用句を言い間違える達人だ。そのうえ慣用句《イディオム》とは馬鹿《イディオット》な人間のことだと思っている。

「その慣用句なら、〝キツネはまず自分の穴のにおいを嗅ぐ〟でしょ」私は応じた。

マリーノは助手席側のウィンドウを全開にした。吹きこむ風の音は優しかった。さほど速度が出ていないからだ。ヘリコプターの音が聞こえた。ケンブリッジを出発してからずっと聞こえていて、この車を追っているのかとそろそろ疑いたくなる。もしかしたらテレビ局の中継ヘリかもしれない。亡くなった女性は確かにシャネル・ギルバートであると決めつけ、彼女が誰の娘であるかを突き止めたのかもしれない。

「ねえ、あのヘリ、テレビ局のかしら。それもありえる話だと思うけれど、中継ヘリより大型だって気がするの」私はマリーノに言った。

「どうかな」マリーノは首を思いきり前に伸ばして空を見上げた。ぴかぴかに剃り上げた頭のてっぺんに朝露のような汗が浮いている。「ここからじゃ見えない」それから助手席側のウィンドウの外を見つめた。大木、茂りすぎた生け垣、凹みのできた郵便受けなどが背後に流れていく。

かなたの空をアカオノスリが旋回していた。昔から、猛禽は吉兆だと私は信じている。よい知らせを届ける使いだと。彼らが空を飛ぶ姿を見ると、低レベルの争いには関わらず、活眼を開いて直感に従うことが大切なのだと改めて思い出す。ものの傷痕にまたしても鋭い痛みが走った。何度思い返してみても、自分がどこで判断を間違ったのかわからない。私は何を見過ごしたのだろう。ほかにどんな対処のしかたがあったのだろう。私はまるで、ハトのように追跡されて捕らえられたタカだった。いや、うずくまったカモのように狙いやすいターゲットだった。

「あいつらしくねえよな」マリーノが言った。その前にも何か話していたのに、私は聞いていなかったようだ。「それに、あんたらしくもねえよ、先生。それは指摘させてもらうよ」

「ごめんなさい。何の話だった？」

「ルーシーが緊急事態に陥ってるかもしれねえって話だよ。あんたの勘違いじゃねえかって気がしてしょうがない。だって、あいつらしくねえだろ。あんたが現場に着くなり、ほったらかして来たってのも気に入らねえ。あれはただの事故じゃないかもしれないんだぞ」

「ルーシーと緊急事態の組み合わせが珍しい？」私はマリーノをちらりと見やった。「緊急事態は誰にだってあるでしょう」

「まあそうだが、今回の話はよくわからねえ。理解しようとはしてるんだぜ。ルーシーが緊急用の番号からメッセージを送ってきた。それだけだろ？　何て言ってきたんだよ？　大至急来てとか？　な、そんなのはルーシーらしくない」

メッセージの内容は話していない。本文はなかった。動画のリンクが一つ。それだけだ。しかも再生が終わると同時にメッセージ自体がきれいに消えた。マリーノは内容についていっさい知らない。

「問題のメッセージを見せろよ」マリーノが大きな手を差し出す。「あいつが何て言ってきたか知りたい」

「運転中だから、またあとで」私がはまった嘘の穴はどんどん深くなっていく。自分が埋もれていく感覚が苦々しい。

こんな立場に追いこまれたことに怒りを感じた。脱出口は見当たらない。それでも周囲の人々を守っている。守るつもりでいる。

「何て言ってきたんだよ。正確に教えてくれよ」マリーノが食い下がる。

「緊急事態が発生したと匂わせること」私は慎重に言葉を選んで答えた。「どの番号に電話しても出ない。ジャネットも出ないの」さっきも話したのと同じことを繰り返す。

「いや、だから、そこがあいつらしくねえだろ。ルーシーは何かあっても他人には悟らせねえし、誰かの助けが必要だなんてことも匂わせねえ」マリーノが反論する。彼の言うとおりだ。「電話を盗まれたのかもな。そのメッセージをよこしたのは本人じゃねえのかもしれない。俺たちを誘《おび》き出すための罠じゃねえって言い切れるか？　ルーシーの家に行ったら悪い奴が待ちかまえてたりしてな」

「誰が仕掛けた罠？」私は自分の声を分析する。

穏やかで理性的に聞こえた。押し隠したい動揺が声に表れてしまっていたりはしない。

「わかってるくせに。いかにもキャリー・グレセンがやりそうなことだろうが。ルーシーの家で待ち伏せしてんだよ。そこに俺たちを誘き出そうとしてんだよ。あの女がいたら、俺は迷わず撃つからな」口先だけの脅しではない。マリーノは百パーセント本気で言っている。「問答無用で撃つ」

「いまのは聞かなかったことにする。あなたは撃つなんて言ってない。二度と言わないで」私は言った。ディーゼルエンジンの音がいつになく大きく聞こえた。

この街をこの車で走っていると、真っ白なゾウにでもなったみたいだ。この道を検屍局のトラックで走ってはいけないような気がする。私がここの住人で、検屍局のトラックがルーシーの家のある方角に向かっている本当の理由を知らずに見ていたら……

ルーシーはなぜ電話に出ないのだろう。いったい何が起きたのだろう。

そのことは考えないようにしなくては。考えると張り詰めた糸がちぎれてしまいそうになる。動画のイメージが次々と襲いかかってきた。あんな動画を見たのが間違いだったた。そう考える一方で、さっき私が見たものはいったい何だったのだろうと首をかしげてしまう。キャリーはあの動画をどれくらい自分に都合よく編集したのだろう。なぜ未来の私が見ることを念頭に置いて作られているのだろう。それとも、当時はそのつもりで撮影したものではなかったのだろうか。

二十年近くのちに自分がすることを正確に予言できたのはなぜだ？　そんなことは不可能だと思った。いや、ありえないと思うのは、十七年も前に立てた計画を実行するなどできるはずがないと信じたいからかもしれない。もしできたのだとしたらおそろしすぎる。そうでなくても彼女はおそろしい。今日起きたことをぐるぐると考えるのをやめられない。私はまるで犯行現場を調べるように、今朝のできごとを検証し続けている。ディテールの一つひとつに、一秒一秒に目を凝らしている。両手でハンドルを握ってトラックを運転しながら、シャベルで土をどけ、埋まっていたものを掘り返し、再構築しようとしている。

動画のリンクを張ったメッセージが届いたのは、いまから一時間と少し前、午前九時三十三分のことだった。ルーシーのICE番号に設定した特別の着信音だとすぐにわかった。エレキギターで鳴らしたCシャープのコード。それを聞いてすぐに汚れた手袋をはずし、遺体のそばを離れた。動画を見た。動画は消えた。二度と再生することはできない。今朝起きたことはそれだ。そのままマリーノに話したい。しかし話すことはできない。話せないせいで、ただでさえこじれかけているマリーノとの関係がよけいに悪化しようとしている。

彼は私を完全には信用していない。フロリダで命を落としかけたあのときから、私はずっとそう感じている。

被害者に罪を押しつけろ。

問題は、今回の被害者は私だということ、あんなことが起きたのは私の責任だとマリーノは考えているだろうということだ。それはつまり、私はもう以前の私ではないということを意味する。少なくともマリーノにとっては違う。彼の私に対する態度は以前とは違っている。どこがどう違うのか、具体的に指摘することはできない。前にはなかったおぼろな影があるように感じる。それだけだ。マリーノと一緒にいると、目の前にその影が落ちるのが見える。それは波打つ海の色が青とグレーのはざまで移ろうのに似ていた。マリーノは私の太陽をさえぎる。マリーノが現れたとたん、私の現実は揺れ動く。

疑念。

主としてそれだろうと思う。マリーノは私を信頼していない。彼はつねに私に好意を抱いてきたわけではない。私のキャリアの最初期には、彼は私を嫌っていた。その後はずっと私を過剰に愛していた。ただ、どんなときも私の判断を疑うことはなかった。私に関してこき下ろしたいこと、何度でも文句を言いたくなることはいくらでもあるだろう。しかしその言いたいことのリストに、風変わりだとか、道理が通じないとか、当てにならないとかといった項目はこれまで載っていなかったはずだ。仕事の上でマリーノに信頼してもらえないのは初めてのことだ。あまりいい気分ではない。おそろしく悲しい。

「考えれば考えるほど、あんたの意見が正しいと思えてくるよ、先生」マリーノは話し続け、私は大きなトラックの運転を続ける。「遺体はあんなひでえ状態だが、あんなになるほど死んでから長い時間がたってるわけじゃねえ。母親に何て説明したらいいんだろうな。遺体の状態と、床にスプレーした試薬が青く変色した件。簡単な事故だったはずなのに、実際に調べてみたらわからねえことだらけだ。重大な疑問だらけだよ。しかし、俺たちはその疑問に答えられない。それはなんでだ？　一つには、俺たちはケンブリッジで真相究明に努める代わりに、こうしてコンコードに来てるからだよ。アマンダ・ギルバートにどう説明しろってんだよ。先生に私用の電話がかかってきたから、おたくのお嬢さんの死体を床の上にほったらかして職務放棄しましたとでも言うのかよ？」

「遺体を床にほったらかしてなんかいないわ」私は応じた。

「あのな、言葉の綾って言うんだよ、いまみたいのは」

「遺体はＣＦＣにちゃんと安置されてるし、職務放棄なんてしてない。言葉の綾も何もないわ。現場は発見時のまま保存されてるし、すぐにまた戻るのよ。それに、母親に説明するのはあなたじゃなくて私よ、マリーノ。いますぐアマンダ・ギルバートに詳しい説明をするつもりはない。そもそも亡くなった女性の身元を確認するほうが先でしょう」

「な、話が進まなくなるから、あの遺体はシャネル・ギルバートだってことにしようぜ」マリーノが言った。「だって、ほかに誰だって言うんだよ？　母親から質問攻めに遭うのは目に見えてる」

「それに対する私の答えは単純よ。まずはきちんと身元を確認する必要があるって話す。検査の結果を待つ必要があるし、信頼できる証言も必要だわ。シャネル・ギルバートが生きているところを最後に目撃されたのはいつだったか、最後にメールを送ったり電話をかけたりしたのはいつか、疑う余地のない事実も必要でしょうね。それがミッシングリンクよ。そういった情報がそろってようやく、かなり正確な死亡推定時刻を出せるようになる。鍵を握ってるのはハウスキーパーじゃないかしら。一番確かな情報を持ってるのはハウスキーパーだと思う」

無意識のうちに〝信頼できる〟〝事実〟〝疑う余地のない〟といった言葉を使っていた。マリーノの態度から不信を感じ取った結果、私は自己防衛過剰ぎみになっている。彼に信用されていないと感じる。彼の不信感が山のようにそびえ立って、私をにらみ下ろしている。

「どうかな、ハウスキーパーがほんとのことを話すかな」マリーノは言った。「事件に関与してるんだとしたら？　エアコンを止めたのがハウスキーパーだったら？」

「事情聴取のとき確かめなかったの？」

「ハイドによると、奴が到着したときにはもう、あの家はサウナみたいに暑かった。ハウスキーパーは、なんであんなに暑いのか、心当たりがないみたいだった」

「ゆっくり話を聞いたほうがよさそうね。ハウスキーパーの名前は？」

「エルサ・マリガン。三十歳。ニュージャージー出身。シャネル・ギルバートのとこでハウスキーパーをするって決まって、こっちに移ってきた」

「どうしてニュージャージー出身の人が？」

「そこで知り合ったんだと」

「いつ？」

「関係あるのか？」

「わからないことだらけなのよ。どんな小さな情報も有用だわ」

「俺の印象だと、エルサ・マリガンが雇われたのはそう昔の話じゃなさそうだ。二、三年ってとこか？　正確なところは知らねえが。俺が着いたときはもう帰ったあとだったから、そのくらいしかわからない。ハイドから聞いた話をそのまま言ってるだけだ。ハイドから聞いたところでは、勝手口から中に入った瞬間、何かの死体があるみたいなひでえ臭いがしたそうだ。で、そのとおり、何かが死んでたわけだな。家は猛烈に暑かった。ハウスキーパーは臭いをたどって、玄関ホールに行った」

「ハイドはハウスキーパーは嘘をついてないと思ってるのかしら。あなたの直感は何て言ってる？」

「何も、誰も信用できねえな」マリーノは言った。「いつもなら、死体だけは信用できる。かならずほんとのことを教えてくれるからな。死んだ人間は嘘をつかない。嘘をつくのは生きてる人間だけだ。しかしシャネル・ギルバートの遺体は何一つ教えてくれそうにない。暑かったせいで腐敗が加速した。おかげでややこしいことになってる。ただのハウスキーパーにそこまでの知識があるかな」

「犯罪もののテレビ番組をふだんから見てれば知ってるかもしれない」

「まあ、そうだな。ともかく、ハウスキーパーの話は完全には信用できない。今回の事件についてはだんだんいやな予感がしてきたよ。職務放棄しねえでちゃんと調べたかったな」

「職務放棄なんかしてないでしょう。そう言い続けるなら、あなたの発言のほうがよほど問題だわ」

「そうか？」マリーノは私を見つめた。「あんたが最後にこんなことをしたのはいつだった？」

それに答えるなら、〝かつて一度もない〟だ。現場を調べている間に私用電話に出て仕事を中断することなどない。だが、今回は特別だ。ルーシーの緊急時用の電話番号から着信があったのだ。ルーシーは何でもないことを大げさに騒ぎ立てる人間ではない。必要もないのに来てと言ったりしない。何かおそろしいことが起きていないか、確かめに行くしかない。

「今朝、ハウスキーパーが出勤したとき、防犯アラームはセットされてたの？」私は尋ねた。「ハウスキーパーが解除したと言ってたわよね。ハウスキーパーが勝手口の鍵を開けたときセットされてたというのは確か？」

「七時四十四分に解除されてる。ハウスキーパーがハイドに申告した出勤時刻と一致する。正確には八時十五分前って言ったそうだが」マリーノはサングラスをはずし、シャツの裾でレンズを拭い始めた。「警備会社の記録でもその時刻に解除されてる」

「昨夜は？」

「セットされたり、解除されたり、またセットされたりを何度か繰り返してる。最後にセットされたのは、午後十時前だ。暗証番号が入力されて、そのあとでドアがこじ開けられた形跡はない。言い換えれば、誰かがアラームをセットして外に出たとは考えにくいってことだな。最後にセットしたあとは外に出ていないと考えるほうが理にかなってる。というわけで、シャネルは午後十時前にはまだ生きてた可能性が高そうだ」

「アラームをセットしたのがシャネル本人だと仮定すればね。彼女しか使わない暗証番号というのはあったの？」

「ない。登録されてる暗証番号は一つだけで、二人とも同じのを使ってた。ハウスキーパーとシャネルは同じ間抜けな暗証番号を使ってたんだ。ちなみに、1－2－3－4だとさ。シャネルは防犯意識が高い部類じゃなかったわけだな」

「ハリウッドで仕事をしてる家族がいることを思うと、ちょっと意外ね。人を簡単に信用するとは思えない。それに1－2－3－4というのは、防犯アラームを設置したときの初期設定にありがちな暗証番号だわ。ふつうはもっと推測しにくい番号に変更するものだけど」

「その手間を惜しんだわけだ」

「いつからあの家に住んでたのか確かめたほうがよさそうね。ケンブリッジに帰る頻度はどのくらいだったのかも。まだ家の中を詳しく調べてないけれど、生活感が希薄な印象を受けた」そう説明しながらも、いまルーシーの家へと急いでいる本当の理由をマリーノに打ち明けたくてたまらない。

さっきの動画を彼にも見せたいが、それは不可能だ。動画がまだ消えずに残っていたとしても、マリーノに見せるわけにはいかない。違法行為の証拠が含まれている恐れがあるから、見せられない。あのテキストメッセージを送ってきたのが誰か、なぜなのか、いっさい証明できない。あの動画は罠なのかもしれない。アメリカ政府がでっち上げた罠とも考えられる。動画の中でルーシーは、違法な銃器を所持していることを認めていた。フルオートマチックのマシンガンで、キャリーによれば、ルーシーが私の夫でFBI捜査官であるベントンからくすねたものだ。クラスⅢの銃器に関する違反は大きな罪になる。ルーシーにしてみればまさに巻きこまれたくない種類のトラブルだ。このタイミングではなおさらだろう。

ルーシーは数ヵ月前から地元警察とFBIの監視下にある。どこまで厳重に監視されているのか私は知らない。キャリーと過去に関係があったせいで、最近キャリーが起こした事件にルーシーも関与しているのではないかと誰もが疑いの目を向けている。そもそもキャリーはいまも生きているのか。この夏、誰もがその疑問を口にした。キャリーは実際にはもう死んでいるのかもしれない。いま起きていることはいずれもルーシーが首謀したことなのかもしれない。その思考の筋道の行き着く先はふたたびマリーノだ。さっきの動画を彼にも見てもらえたらよかったのに。

だが、もし見せることが可能だったとしても、また見せたほうが賢明だとしても、意味がない。マリーノの反応はわかりきっている。何者かが、おそらくキャリーが、私にいやがらせをしているのだと考えるだろう。私を怒らせ、私を苦しめるには何をしたらいいか、キャリーはよく知っているのだとマリーノは言うだろう。私はもっとも愚かな選択をした。現場にとどまるべきだった。反応してはいけなかった。なのに、こうしてキャリーの思惑どおりに行動してしまっている。この先にも同じように狡猾《こうかつ》な罠が仕掛けられているのだろう。

さあ、ゲームの始まりですってか。そう言うマリーノの声が聞こえるようだった。あの動画が撮影された日付を知ったら、マリーノは何と言うだろう。

一九九七年七月十一日。いまから十七年前の、マリーノの誕生日だ。

10

私はその日のことを覚えていない。しかし誕生日はビッグイベントだ。きっとマリーノのために夕食を用意したのだろう。彼の希望を尋ねて、好物を作っただろう。ルーシーがFBIアカデミーにいたのは遠い過去の話、あの寮の部屋でキャリーと別れ話をしたのは遠い昔のことだ。動画ファイルの日付が正しいと仮定するなら、二人は〝イエロー・ブリック・ロード〟と呼ばれるFBIの障害物通過訓練コースでランニングをした。そのあとルーシーはジムでトレーニングをした。自分がその日どこにいたか、私は思い出せない。マリーノがどこで何をしていたかも覚えていない。そこでマリーノに訊いてみた。

「おいおい、ずいぶん突然だな」マリーノは言った。「一九九七年の誕生日？　なんでそんな昔のことが知りたいんだよ？」

「いいから、覚えてるなら教えて」

「覚えてるさ」マリーノが視線をこちらに向ける。私はまっすぐ前を向いたままでいた。「あんたが忘れてるとしたら、意外だな」

「教えて。まったく記憶にないの」

「あんたと俺でクワンティコに行ったろ。ルーシーとベントンを拾って、グローブ・アンド・ローレルに出かけた」

海兵隊員のたまり場として有名なバーだ。ふいに店の様子が脳裏に鮮明に映し出された。磨き抜かれた木のバーカウンター、そこについたビールの染み、世界各国の軍の部隊記章でびっしり埋まった天井。おいしい料理、おいしいお酒。入り口のドアに海兵隊の記章が貼ってあった。ワシと地球と錨《いかり》の図柄に〈つねに忠実であれ《センパー・フィデリス》〉というモットー。私たちはつねに忠実な人々、つねに誠実な人々の一員だった。次の瞬間、別のシーンが閃いた。泥酔したマリーノ。醜悪な光景だった。光のほとんど届かない駐車場で目を血走らせ、ルーシーに向かって怒鳴り、悪態をつくマリーノ。そうしていなければ殴りかかってしまうと恐れているかのように、固めた拳を体の脇にまっすぐ下ろしていた。

「あの夜、ルーシーはどことなく様子が変だった」私はわざと曖昧に言った。「あなたと険悪な雰囲気になったわよね。喧嘩になりかけた。そこまでは思い出したわ」

「もっと思い出させてやろうか」マリーノが言った。「あいつは一口も食おうとしなかった。腹痛がするとか言ってな。俺は生理じゃねえかと思ったよ」

「思っただけじゃなく、ほかの人もいる前でわざわざ口に出して言ったのよね」

「生理痛と月経前症候群《PMS》だろうと思ったんだよ。一九九七年の誕生日に関して覚えてるのはそれだ。俺はな、グローブ・アンド・ローレルで飲むのを楽しみにしてたんだよ。それをあいつがだいなしにした」

「訓練コースを走って腹筋が攣《つ》ったって話してなかった？」ルーシーが具合が悪そうにしていたのは覚えている。私が診てあげると言うのをいやがったことも。

「ルーシーの奴、あの日は様子がおかしかった。ひねくれたことばかり言ってさ。まあ、ふだんからそうだが、いつも以上にひどかった」マリーノが言った。

　車のそばで二人が怒鳴り合っていたことは覚えている。ルーシーは車に乗ろうとしなかった。寮まで歩いて帰ると脅すように言った。怒り、泣いていた。いまならそのわけに心当たりがある。ルーシーとキャリーはその日の昼間にイエロー・ブリック・ロードでランニングをした。その途中で、やはり研修中の別の新人捜査官、美人コンテストの元女王のエリンという女性と、偶然とは言い切れないなりゆきで行き合った。ルーシーはキャリーがエリンと浮気をしていると疑った。あの動画を見たいまは、私もその経緯を知っている。

　過去から蘇ったパズルのピースが増えていく。だが、何度考えても最大の疑問は解決できない。キャリーはあの時点でなぜ、姪の私生活を盗み見るための特等席に私を座らせることができる日がいつか来ると知っていたのだろう。私があの動画の意味するものを理解すると同時に、私なりの脚色を加えながら解釈を始めるだろうと予期していただろうか。動画の再生が一秒進むごとに、記憶の奥底に埋めて封印されていた情報が少しずつ蘇っていった。そもそも知らなかった情報まで知らされて、私の心はかき乱された。キャリー・グレセンについて私たちがまだ知らないことはほかに何があるのだろう。

キャリーは大気汚染や日光による健康への影響を異様に気にしていた。キャリーがオカルトじみたものに傾倒していたこと、病的なほど外見にこだわっていたことは知らなかった。彼女が血液疾患を抱えているという話は誰からも聞いたことがない。ルーシーは警察当局に対して困った立場に置かれることになるだろう。キャリーのそういった事情を知っていたからだ。知っていたのは明らかだった。現に動画でその話題に触れているのだから。ただ、その情報を他人に伝えたことは一度もないだろう。私は真っ暗な溝にいっそう深くはまりこんだような気がした。

ルーシーがクワンティコでインターンをすることになったのは、私がそうさせたからだ。キャリーが動画で話していたとおり、そのお膳立てをし、ルーシーをどう扱うべきかFBIに対して厳格な指針を示したのは私だ。ルーシーが指導者であり監督者であるキャリーと知り合ったのは私のせいだと言っていいだろう。その後の悪夢の原因はこの私にある。しかもいま、悪夢の続きが始まろうとしている。こんなことになるとは予期していなかった。だから、何をしていいのかわからない。ルーシーのもとに大急ぎで駆けつけて無事を確かめる以外、何をしていいかわからない。

マリーノはあちこちのポケットを叩いて煙草を探している。ケンブリッジを出発してからもう三本目だ。マリーノが四本目に火をつけたら、私は誘惑に負けてしまうかもしれない。煙草が吸いたくてたまらなかった。我慢できない。脳裏にこびりついた動画の残像を拭い去ろうとした。心に残った感情を払いのけようとした。裸も同然の格好で痴話喧嘩をしているルーシーとキャリーを見つめ、私を見下してけなすキャリーの言葉を聞いていると、スパイ、裏切り者、身勝手なおばになったような気持ちだった。そしていつもと同じことを考えた。このどこまでが本当に私の責任なのだろう。このどこまでが本当の私をありのままに描いた肖像なのだろう。

神経が張り詰めて、軽く触れられただけで爆発してしまいそうだった。右脚はうずいている。痛みはももからふくらはぎの筋肉まで広がっていた。アクセルを微妙に調節しようとするだけで鋭い痛みが駆け上がってくる。ブレーキを踏む。猛烈な痛みが走った。マリーノは肩を丸めて自分のシャツのにおいを嗅ぎ、自分は臭くないことを確かめていた。

「やっぱ俺じゃねえな」断定するようにそう言った。「こんなこと言うのもあれだけどさ、先生、あんたは腐った死体みたいな臭いがする。ルーシーの犬には近づかないほうが身のためかもな」

ゆっくりと車を進めた。このあたりは先の見えないカーブが連続している。古木の大きな幹に丸い凸面鏡が設置されていた。対向車が来ていないか、目と耳を使って注意深く確かめる。

鬱蒼と茂った木々の枝を透かして日射しが降り注ぎ、雲のように絶え間なく形を変える光と影の模様を路面に描いている。強い風に吹かれた葉がかさかさと音を立て、チアリーダーのポンポンのように揺れていた。クレオソートで汚れた電柱と電柱を結んで黒い電線が力なく垂れていて、私はわけもなく音楽を聴きたくなった。道の両側に見える古びた民家の顔は疲れ、ニューイングランドマツや広葉樹がそれぞれ好き勝手な方向に枝を伸ばしてカオスを作り出していた。地面は蔓《つる》植物や枯れた雑草、腐りかけた木の葉で覆われている。

建物の外壁の塗料ははげかけている。どの家もげっそりとやつれてたるんでいた。いつも不思議に思うのだが、この街の何もかもが荒れて不幸せそうに見えるのに、誰も気にしないのはなぜなのだろう。コンコードの住人は、庭を整えたり芝生を敷いたりといったことにほとんど興味がない。ゲートや塀で守られた住宅もない。例外はルーシーの邸宅くらいだ。犬や猫が通りを我が物顔に歩いているから、車で通るときは自然と慎重になる。私がここに来るのはだいたい月に一度か二度だ。ルーシーからディナーやブランチに招かれたり、一緒にハイキングに出かけたりする。ベントンが出張で不在のときは、ルーシーが私のために設計して家具をそろえてくれた専用の客用寝室に泊まることもある。

　道の先、日当たりのよい路面に、エメラルドに似た鮮やかな緑色のヘビが寝そべっていた。私たちの車が近づいてくる気配を察して頭を持ち上げる。私が速度を落とすと、ヘビは波打つように体を動かして道を渡っていき、緑色に生い茂った夏の林の奥へと吸いこまれた。私はまた車の速度を上げた。少し進んだところで、今度はリスを見つけて速度を落とす。まるまる太った灰色のリスは、後ろ足で立ち上がって私に抗議するようにひげを震わせたあと、ちょこちょこと走ってどこかへ消えた。

　まもなく前方からワンボックス型のステーションワゴンが来て、私は完全に停止した。ステーションワゴンも停まって、一瞬、膠着《こうちゃく》状態が生まれた。しかし、私にはバックして道を譲る気はなかった。とても無理だ。やがて相手が根負けして路肩寄りにじりじりと前進を再開し、かろうじてすり抜けていった。ドライバーの恨めしげな視線を感じた。

「どうやらあんたはここいらの住人全員の一日をだいなしにしたようだな」マリーノが言った。「みんな誰が殺されたんだろうって考えてる」

「その答えが〝誰も殺されてない〟であることを願いましょう」ルーシーのICE番号からまたメッセージが届いていないかと携帯電話を確かめたが、着信はない。ルーシーにつながる道をひたすらたどっていく。よく知った道、通るたびに大嫌いになっていった道。

路肩の雑草は胸の高さくらいまで伸び、重たげに葉を茂らせた枝が低く垂れて、いっそう見通しが悪くなっている。街灯はほとんどない。この道を通るたびに、危険な状態にいる哀れな動物に遭遇した。そういうときはかならず車を停めることにしている。そして車を降り、たとえばカメのもとに急ぎ、必要なら拾い上げて、安全な森の中に移してやる。ウサギ、キツネ、シカが飛び出してこないか、用心を怠らない。ときには脱走中の観賞用ニワトリを見かけることもある。

森からよちよちと出てきて、日当たりのよい道の真ん中で昼寝を始める幼いアライグマにも気をつける。しばらく前、激しい雨が降った直後に、見張りの任務を放棄するようアオガエルの小隊を説得したこともあった。私に追い立てられたカエルたちはぶつぶつ文句を言っているように見えた。命拾いして感謝するようなそぶりなどまるでなかった。しかしそれを言うなら、CFCの患者たちから感謝されたことも一度もない。

古くなったブラウニーのように、端がひび割れて崩れかけたアスファルトの上をがたごとと行く。タイヤをパンクさせ、ホイールにもダメージを与えそうな深い穴を避けて通りながら、ルーシーが持っている車高の低いスーパーカーを思い浮かべ、フェラーリやアストンマーティンでよくこの道路を走れるものだと毎度のことながら感心した。だが、ルーシーはアメリカンフットボールのクォーターバックのようにすばしこい。自分に危害を加えそうなもの、行く手を邪魔しそうなものをひらひらと身軽にかわす。ルーシーは障害物の間を器用にすり抜けていく巧みなかわし屋《アートフル・ドジャー》だ。

ただ、今回は何かがルーシーを捕まえた。最後のきついカーブを抜け、五十エーカーの敷地面積のあるルーシーの邸宅のエントランスが前方に見えた瞬間、そのことがわかった。高さのある黒い鉄のゲートは開きっぱなしで、ドライブウェイの入り口を白い無印のフォードのＳＵＶがふさいでいた。

「くそ」マリーノがつぶやいた。「やっかいだな」

私は車をゆっくりと停めた。カーキのパンツに黒っぽいポロシャツという出で立ちのＦＢＩ捜査官がＳＵＶから降り、こちらに近づいてくる。知らない人物だった。見覚えがない。私はショルダーバッグに手を入れた。ローバーの九ミリ拳銃が入った内側のポケットホルスターを指先がかすめた。真鍮《しんちゅう》のバッジや身分証が入った黒革の札入れを手探りで取り出す。自分の側のウィンドウを下ろすと、ヘリのローターが空を切る音が聞こえた。大型のヘリだった。ずっと聞こえていたのはこのツインエンジンのヘリの音だろう。ただ、いまは低高度まで下り、速度も落としている。音はずっと近くで聞こえていた。

ＦＢＩ捜査官は二十代後半から三十代前半くらいの男性で、運動過多のせいか筋肉が発達しすぎた体つきをしていた。顔はまったくの無表情で、腕や手の血管がくっきり浮いている。ヒスパニックかもしれない。とにかくこの地方の出身ではないことは確かだ。一般的に言って、ニューイングランド地方出身者には控えめで用心深いという共通項がある。そして、相手が敵ではないとわかると、できるかぎり力になろうとする。しかしこの男性捜査官が態度を和らげることはないだろう。私はこの男性を知らないが、彼は私が誰だかよく知っている。

私がベントン・ウェズリーの妻であることを知っているのは間違いない。夫はFBIボストン支局に所属している。この男性捜査官もきっとそうだろう。おそらく互いを知っていて、もしかしたら親しい間柄かもしれない。ルーシーの地所を警備しているタフガイがそういった事情を考慮するだろうと期待するのは間違っている。しかし男性捜査官が発しているメッセージは、本人が意図しているものとは正反対だった。相手を見下すような態度は、弱さ、狭量さ、自信のなさの裏返しだ。私に対して無礼な振る舞いをすることを通じて、自分自身をどう見ているか露呈してしまっている。

私は先手を打つ隙を彼に与えなかった。札入れを開いて、中を見せた。〈ケイ・スカーペッタ、医学博士、法学博士〉。私はマサチューセッツ州検屍局長にしてケンブリッジ法病理学センターの局長だ。マサチューセッツ州法第三十八章および国防総省指令5154・30に基づき、死因を調査する任務を託されている。

　男性捜査官はそういった文言をきちんと確認することさえしなかった。身分証明書にちらりと目を落としただけで札入れを返してよこし、私の背後に座っているマリーノを見つめた。それから私を見つめた。と言っても、まっすぐ目を見たわけではない。左右の目の中間点を見ただけだ。とくに独創的な方便とは言えない。法廷で敵対的な弁護人から尋問を受けたときなど、私も同じことをする。私は相手を見ずに相手を見る達人だ。この捜査官はあまり巧みではない。

「局長《マアム》、お帰りください」男性捜査官は、顔の無表情さに負けない平たい口調で言った。

「姪のルーシー・ファリネリに会いに来たの」私は穏やかに、愛想よく応じた。

「この住宅はＦＢＩの管下にあります」

「敷地全体が？」

「お引き取りください、局長《マアム》」

「敷地全体が？」私は繰り返した。「そうだとしたら驚きだわ」

「局長《マアム》、ただちにお帰りください」

〝局長《マアム》〟と繰り返されるたびに、私はいっそう強情になり、〝ただちに〟で完全に忍耐の限界に達した。帰ってなるものか。ただ、そのことは顔には出さず、マリーノの視線も避けた。マリーノが喧嘩腰になりかけているのがわかる。だから彼を見ない。私と目が合った瞬間、彼は助手席から飛び出していって、この男性捜査官の鼻先に顔を突きつけるだろう。

「敷地のどこでも出入りして捜索できる令状があるの？」私は尋ねた。「もし令状がそもそもないとか、敷地全体の捜索を許可する内容じゃないなら、車をどけて私たちを通してちょうだい。拒否するなら、司法長官に電話する。言っておくけど、マサチューセッツ州の司法長官じゃないわ。連邦の司法長官よ」

「捜索令状ならあります」男性捜査官はあいかわらず平板な口調で答えた。ただし、歯を食いしばっているのがわかった。

「ドライブウェイや森、川沿い、船着き場とその周辺を含めた五十エーカーの敷地全体についての捜索令状？」ＦＢＩにそのような令状が出ているはずがないとわかっていて訊き返した。

捜査官は黙っている。私はルーシーのＩＣＥ番号にもう一度かけてみた。キャリーが出るのではないかとなかば本気で思ったが、ありがたいことに、それはなかった。しかし、もう一つの可能性、キャリーが電話に出るよりなお不吉な可能性を受け入れたくない。あの動画を送ってきたのがルーシーだったら？　それはいったい何を意味するだろう？

「来たのね」驚いたことに、ルーシーが電話に出た。同時に、コンピューターの天才ルーシーは無数の監視カメラを設置して敷地全体をカバーしていることを思い出した。

「いまゲートにいる」私は答えた。「この一時間ずっと電話してたのに。無事なの？」

「無事よ」ルーシーが言った。本人の声なのは間違いない。

ただ、言葉数が少なく、沈んだ調子だった。不安や恐怖のせいではない。いざ戦いに臨もうとする戦士の穏やかさだ。ルーシーは自衛モードに入っている。家族を敵から守り抜く覚悟を決めている。目下の敵は連邦政府だ。

「何もかも放り出してきたのよ。あなたが来てもらいたがってると思ったから」携帯電話に届いた動画のリンクだけが張られたメールに関して、それ以上のことをほのめかすつもりはなかった。「知らせてくれてありがとう」

「何のこと？」ルーシーはそれしか言わなかったが、その反応一つではっきりとわかった。

ルーシーはあのメールのことを知らないのだ。送信したのはルーシーではない。私とマリーノがいきなり来るとは予想していなかった。

「マリーノも一緒なの」私はわざと大きな声で言った。「彼も敷地に入ってかまわないかしら、ルーシー？」

「もちろん」

「よかった。ルーシー、あなたはたったいま、ケンブリッジ市警のピート・マリーノに対して敷地内に立ち入る許可を与えたわ。あなたのおばで検屍局長の私にも許可を与えた。私たちは二人ともあなたの地所に入る許可をもらっている」私は言った。「家にFBIがいるのね？」

「いる」

「ジャネットとデジは？」ルーシーのパートナーと幼い男の子のことが心配だ。もう充分すぎるほどいやな思いをしてきている。

「一緒にいる」

「もしかしたらFBIは私たちがあなたの家に入るのを許可してくれないかも」ルーシーはとっくに知っているだろうと思ったが、私はそう伝えた。

「ごめんね」

「謝らないで。筋の通らないことをしてるのはFBIだもの。あなたじゃなく」私は男性捜査官の左右の目の中間地点をまっすぐに見据えた。言葉では言い尽くせないほど愛している誰かを守るためとあらば、私はふだん以上に大胆になれる。「ここまで来てもらえない、ルーシー？」

「FBIがいい顔をしないだろうな」

「FBIにどう思われようと私には関係ないわ」私は捜査官の目と目の間に視線を向けたまま言った。「逮捕されたわけじゃないでしょう。逮捕されたわけじゃないのよね？」

「彼らは逮捕する理由を探してる。あたしを何かで逮捕するつもりでいるのは確か。罪状は何だってかまわない。ごみのポイ捨て。信号無視。治安妨害。反逆罪」

「被疑者の権利は読み聞かせられた？」

「まだそこまでは行ってない」

「そこまで行ってないのは、逮捕するための相当な理由がないからよ。逮捕されていないなら、行動を制限する理由もない。いますぐ外に出て。ドライブウェイまで来て」私は言い、電話を切った。

次は度胸比べだ。私は一歩も引かず、検屍局の巨大な白いトラックの運転席に座っている。ＦＢＩ捜査官は、私のトラックがそばにあるとひどく小さく見えるＦＢＩの白いＳＵＶのかたわらに立っていた。乗りこむそぶりは見せない。ドライブウェイをふさいだままにしておくつもりだ。私は待った。一分待った。二分、三分待った。それでも向こうに譲る気はないらしいとわかると、私はトラックのギアをＤに入れた。

「おい、何する気だよ？」マリーノは、頭の具合に疑念を抱いたような目で私を見た。

「いつまでもここに停まってると、ほかの車の通行の邪魔だから」私はそう答えたが、それは嘘だ。トラックは道路から五メートルは奥に入ったところに停まっている。

じりじりと前進しながらハンドルをめいっぱい回して、斜めに――ＳＵＶに対してほぼ直角をなすようにして、リアバンパーから十センチと離れていない位置に駐めた。Ｓ

ＵＶをバックさせれば、トラックの側面にまともにぶつかる。前進したところで、向きを変えられるだけの道幅はない。

「行きましょう」私はエンジンを切った。

マリーノと車を降り、ドアをロックした。かちり。キーをショルダーバッグにしまう。

「ちょっと！」捜査官は、ふいに人間らしさを取り戻したかのように私の目をまっすぐに見、凶暴な犬のようににらみつけた。「ちょっと！　これじゃ車を動かせないじゃないですか！」

「どう、私の気持ちがわかった？」私は彼に微笑みかけ、開いたままのゲートを抜けると、五百メートルほど先にあるルーシーの家に向かって歩き出した。

11

「あんなことするなんて信じられねえ」マリーノが言った。

「どうして？」空気を攪拌するようなヘリコプターの音は執拗で、そろそろ神経に障り始めていた。それに、歩くだけで骨が折れた。

ルーシーの家は、サドベリー川を見下ろす小高い丘のてっぺんにあり、ドライブウェイは急勾配の上り坂になっている。歩いて上るのはきつい。マリーノは考えなしに大股で歩いていく。それについていこうとしても無理だ。つい最近のできごとなのに、もう忘れてしまったのだろうか。彼はその場にいなかったからかもしれない。現実から目をそらそうとしているからかもしれない。自分さえその場にいたら私はそんな目に遭わずにすんだのにと思っているのだとしたら、いかにもマリーノらしい話だ。私の怪我や私の気持ちより、そのことに意識が向いているとしても、彼ならしかたがない。

「まあ、一つ確かなことがあるな。検屍局のトラックをレッカーしようなんて度胸のある警官はマサチューセッツ州にはまずいねえ」マリーノは言った。

「車重は五トン近くあるし、荷台に遺体が積んであるかもしれない。レッカーするのはあまり得策じゃないわね」私はあきらめてマリーノから数メートル遅れて歩いていた。

マリーノとしても速度を落とすしかないし、話をするには振り向かなくてはならない。

「そりゃそうだ」向きを変えて私を見る。それからヘリコプターを見上げた。「ありゃ何なんだ？ ケンブリッジからずっと聞こえてた音はこれか？ 同じヘリだと思うか？」

「ええ」

「テレビ局じゃないな。それは確かだ。ＦＢＩの連中だよ。さっきの現場からここまで俺たちを尾行してきたんだ。しかし、なんでだろうな。シャネル・ギルバートになんで関心がある？ 俺たちにどうして興味を持った？」

「こっちが訊きたいわ」鋭い痛みがももを貫いた。

「俺たちの行き先を知っててついてきたんだろう」

「ＦＢＩが何を知ってるかなんてわからない」

「ルーシーの地所まで俺たちを護送したみたいなもんだ」

「そうは思えないけど。ついさっき、ここでは歓迎されてないって事実を突きつけられたばかりだもの。私たちを追ってきたというのはそうかもしれない。でも、護送したつもりはないと思うわ」脚が痛くて、いったん立ち止まらなくてはならなかった。

体重を左脚だけで支えた。右脚で鳴り響いていた交響曲クラスの痛みは、まもなく低いドラムロール程度、チェロの優しくゆっくりした音色くらいまで治まった。高音が消えて、これならどうにか我慢できる。静かで穏やかなリズムを刻む痛み。これくらいならもう慣れた。

「おい、先生」マリーノが足を止めた。「大丈夫か？」

「さっきと何も変わってないわ」

マリーノは上空を見上げた。私たちはまた歩き出した。「なんか異様だよな」マリーノが言った。

どれほど異様な事態か、マリーノには想像もつかないだろう。「ただならぬことが何か起きてる。それは確かかね」

ヘリコプターは双発のベル４２９だった。すべての部品が黒く塗ってあり、アパッチ・ヘリのようにまがまがしい外観をしている。鼻先にジャイロスタビライザーつきのカメラを、胴体下部にレーダーのドームのようなサーモグラフィシステムか赤外線前方監視装置を搭載し、〝カーゴラック〟と呼ばれる特殊任務用プラットフォームも装備していた。ＳＷＡＴチームやＦＢＩのエリート中のエリートを集めた人質救出部隊《HRT》の輸送に使われるタイプの機だ。キャビン内のベンチシートに少なくとも六名の捜査官が待機していて、命令が下りしだいラペル降下で目的の地所に降り立つだろう。

「あんたを監視してるとかな」マリーノが言った。その言葉で、別の種類の監視事例を連想した。どうしてもそのことばかり考えてしまう。

ルーシーの寮の部屋にいるキャリーの姿がほんの一瞬、脳裏をよぎった。射貫くように鋭い目、脱色して驚くほど短く刈りこんだ髪。氷のように冷たい敵意。彼女の存在を身近に感じた。手を伸ばせば触れられるような気がした。本当にどこかすぐそこに来ているのかもしれない。

「そうだとしたら、戦術用のヘリよりもう少し目立たない監視手段を用意すべきね」頭の中ではまったく別のことを考えながら、私はマリーノにそう答えた。私たちは弧を描くドライブウェイをたどった。ランニングもできそうな距離がある。

ところどころで野草が花を咲かせている何エーカーもある広い野原の真ん中に、御影石の巨大な彫刻がいくつも飾られている。いずれも動物や架空の生物をかたどったもので、その辺を歩き回っていたり、くつろいでいたりするように見えた。すでにドラゴンやゾウ、バッファロー、サイのそばを通り過ぎた。いますぐそこに見えているのは、子グマを連れた母グマだ。西部のどこかで採れる天然石を彫った作品で、クレーンを使って設置した。一つひとつが重量何トンもあるから、盗まれる心配はない。私はルーシーが現れないかと道の先を見つめていた。頭上ではヘリのローターが空気を叩く単調な音があいかわらず聞こえていた。ぶん、ぶん、ぶん、ぶん。

暑い。汗で体がべたついている。歩くと痛みが走った。騒音が神経を逆なでする。ぶん、ぶん、ぶん、ぶん。ヘリコプターは好きだが、この一機だけは別だ。憎しみさえ覚えた。命を持って呼吸している生物を憎むように。個人的な敵を憎むように。それから、機械を点検するみたいに自分の体のシステムチェックをした。聴覚と視覚と呼吸器が正常に機能しているか確かめ、一歩足を踏み出すごと、体重を移動させるごとに右脚から駆け上がってくる痛みに意識を向けた。

そうやって何かに集中していると、よけいな思考が消え、心が穏やかになる。路面にこもった熱がアンクルブーツのソール越しに伝わってきた。柔らかなコットン地のタクティカルシャツに日光が液体のように染みこんでくる。冷えた汗の粒が胸やおなか、ものの内側を転がり落ちていく。痛みをこらえて斜面を登っていると、地球の引力をいつも以上に意識させられた。体重が倍に増えたように感じた。地上を移動する私は重たくてのろい。水中にいると自分の重さはまったく感じない。水に押されるまま移動する。

水に押され、水に押されて、深い闇に引きずりこまれる。その時が来ると光に向かって上っていくと世間では言うが、それは違う。あのとき光は見えなかった。明るい光も、小さな点のような光も。私たちを迎えに来るのは闇だ。薬が眠りに誘うように私たちを誘うのは、闇だ。いっそ身をゆだねてしまいたいと思った。あれは私がずっと待っていた瞬間、そのために生きてきた瞬間だった。そして何より、私がいまだに過去の記憶にできずにいる瞬間でもある。

私は海の底で死神に出会った。底にたまった砂が渦巻きながら雲のように広がっていた。黒っぽい糸のようなものが私の体からたなびき、私が吐き出した空気の泡がそれを散らした。自分の血だと認識した瞬間、なぜかレギュレーターを口からはずしたくなった。ベントンによれば、私は本当にはずしたらしい。彼が何度くわえさせても、私はそのたびに自分ではずした。最後には彼がずっと押さえていなくてはならなかった。はずそうとする私の手を払いのけ、私に強引に呼吸させなくてはならなかった。生き延びさせなくてはならなかった。

その後ベントンから聞いたところによれば、レギュレーターをはずすのは、水中でパニックを起こしたときの典型的な反応だという。しかし、私はパニックを起こしたことを覚えていない。浮力コントロール装置とレギュレーター、空気タンクをはずしたい、そういったものから解放されたいと思ったことは覚えている。そうしたい理由があったからだ。その理由が何だったのか、それが知りたい。ずっとそれが心に引っかかっている。あのとき、死ぬのが最善の策だと思ったのはなぜだったのか。そのことを考えずに終わる日はいまだに一つもない。

カーブの先からルーシーが現れた。

足早に歩いてくる。空から聞こえる雷鳴に似た音がひときわ大きくなったように思えた。もちろん、私の想像にすぎない。しかしルーシーが着ている服は私の想像の産物ではなかった。古びて形の崩れた灰色のトレーニングショーツとTシャツに〈FBI ACADEMY〉の大きなロゴが入っている。これ見よがしに戦旗を振るようなものだ。軍法会議にかけられてもなお制服で出歩くようなもの、メダルを剝奪されたのにメダルを首から下げて公の場に出ていくようなものだ。ルーシーは中指を立ててＦＢＩを侮辱している。あの態度の底流には何か別の理由もひそんでいるのかもしれない。

私はルーシーをぼんやりと見つめた。過去から蘇った亡霊に遭遇したような心地だった。ＦＢＩアカデミーの寮の部屋にいる十代のルーシーを見たばかりだ。自分の目が錯覚を起こして、現実のルーシーの代わりに動画のルーシーを見ているのかとさえ思った。しかし、いくら見ていてもルーシーの服装は変わらない。しかもルーシーはいまも十九歳で通りそうに若々しい。動画のルーシーがディスプレイから抜け出し、三十代なかばのルーシーの代わりに現実の世界に出現したかのようだった。ただ、どう見ても三十代なかばには見えない。この先どれだけ歳月を重ねても、ルーシーはいつも実年齢より若く見えるのだろう。

ルーシーが発散するエネルギーは子供のそれとどこも変わらない。体つきもほとんど変わっていなかった。体を鍛え、健康に気を配っているのは、美に執着しているせいではない。ルーシーは、危険にさらされた動物のように日々を生きている。ちょっとした動き、ちょっとした物音にいちいちぎくりとし、眠ることさえほとんどせずに周囲を警戒している。かっとなりやすい性分ではあるが、分別は持ち合わせている。冷たいくらいに論理的で合理的な思考をする。ルーシーの姿を認めて足を速めようとしたとき、焼けつくような痛みが駆け上がってきて、そうだ、私はまだ死んでいないのだと実感した。

「脚、前より引きずってる」ルーシーのローズゴールド色の髪が陽光にきらめいている。最近バミューダから戻ったばかりで、肌は小麦色に焼けていた。

「平気よ」

「平気じゃないくせに」

彫刻のように整った顔が作る表情は読み取るのが難しい。しかし、唇が描く線に緊張が表れているのはわかった。暗い気持ちでいるのだろう。その暗さが周囲のまばゆい光を吸い取ってしまっていた。ハグをしたが、ルーシーの態度はそっけなかった。

「無事なのね？　本当に何もないのね？」私は少しだけ長くルーシーを抱き締めていた。怪我をしたり、手錠をかけられたりしていないのを見て、ほっとした。

「どうして来たの、ケイおばさん？」

ルーシーの髪の香り、肌の香りがした。湿り気と塩気のあるにおいがかすかに混じっていた。ストレスが発するにおいだ。私の肌に触れる指の圧力、油断なく周囲をうかがう目。ルーシーは厳戒態勢を取っている。つねに視線をあちこちに動かしていた。キャリーを捜しているのだ。そうに違いない。だが、その話は持ち出さない。私の携帯電話に動画が送られてきたことは知っているかと尋ねることはできない。ルーシーが送ってきたように見せかけてあったとは話せない。キャリーが盗撮した動画を見たことを打ち明けるわけにはいかない。言い換えれば、私はいまやキャリー・グレセンのスパイ行為の共犯者だ。キャリーがほかにも何かしたなら、その共犯者でもある。

「ＦＢＩはどうして来てるの？」私は動画のことを話す代わりにルーシーにそう尋ねた。

「おばさんはどうして来たの？」その答えを引き出すまではあきらめないつもりらしい。「こうなるって、ベントンが匂わせたってこと？　それはご親切なことね。鏡を見てクソみたいに恥ずかしくなったりしないのかな」

「ベントンからは何も聞いてないわ。何も言わないから私が怪しんだということもない。だいたい、どうして汚い言葉を使うの？　どうしてあなたやマリーノはそういう言葉を使わずにいられないの？」

「え？　何の話？」

「罰当たりな言葉が気になるだけ。何かというと〝クソ〟って言うでしょう」私は答えた。ふいにたくさんの感情が波のように押し寄せてきた。

いま目の前にいるルーシーが十九歳に戻ったかのようだった。心がふいに不安に震えた。

た。空費された歳月に圧倒された。私たちに生命を与えたかと思うと次の瞬間からそれを奪い始める、自然の裏切り。日々が積み重なって月になる。年が積み重なって十年に、もっと積み重なって歳月になり、私はいまこうして姪の家のドライブウェイに立って、姪と同じ年ごろだった自分を思い出している。そのころの私は死について詳しかったが、人生についてはほとんど何も知らずにいた。

知っているつもりでいただけだ。脚を引きずって姪の家のドライブウェイを歩きながら、私は自分がどう見えるかを痛烈に意識している。私がスピアガンで撃たれて二ヵ月がたったいま、この家はＦＢＩの管下に置かれている。あれから私は痩せ、髪は伸びっぱなしになっている。動きはのろく、慣性や引力と全面戦争中だ。耳にこびりついたキャリーの声を消すことができずにいる。もう聞きたくない。胸を刺されたような痛みが走った次の瞬間、ふいに怒りが湧き上がった。

「ねえ、大丈夫？」ルーシーが私の顔をのぞきこむようにしていた。

「平気。ごめんなさい」顔を空に向けてヘリコプターを見た。そして深呼吸をした。怒りは鎮まった。「いま何が起きてるのか、頭の中で整理しようとしてただけ」

「どうして来たの？　どうして来たほうがいいと思ったの？」

「おまえが緊急事態発生のメッセージを送ったからだろ？」マリーノが先回りして答えた。「ほかに理由があるかよ」

「何の話かさっぱりわからないんだけど」

「わからないなんて言わせねえぞ」マリーノはクラシカルなデザインのサングラス越しにルーシーをねめつけた。「何だか知らねえが緊急事態だって知らせてきたんだろうが。だから俺たちはやりかけの仕事をほっぽり出して来たんだぞ。死体を床に放ったまんまで来たんだ」

「放ったままではないわ」私は口をはさんだ。

「どういうこと？」ルーシーは本心から驚き、困惑しているようだった。

「携帯電話にテキストメッセージが届いたの」私は説明した。「あなたの緊急時用の電話番号から」

「送ったのは絶対にあたしじゃない。あの連中じゃないの？」ルーシーの言う〝連中〟はFBIのことだろう。

「彼らが？　どうして？」

「とにかくあたしは送ってないから。メッセージが届いたの？　それで検屍局の遺体搬送用のトラックでいきなり駆けつけたわけ？」ルーシーは私たちの説明を信じていない。「ねえ、本当はどうして来たの？」

「それより、彼らがどうしてここにいるか、その話がしたいわ」私は上空のヘリをちらりと見上げた。

んでしょ」

「ベントン」ルーシーはまた非難がましい調子で言った。「ベントンから何か言われた

「違う。本当よ」少し足を休めようと、ドライブウェイで立ち止まった。「ベントンは何も言ってない。私にも、マリーノにも。私が急いでここに来たこととベントンはまったく関係がないのよ、ルーシー」

「おまえ、何しでかしたんだよ？」マリーノにかかると、この世の全員が何か法律上の罪を犯したように聞こえる。

「ＦＢＩが来てる理由はあたしにもよくわからない」ルーシーが答えた。「わかるのは、今朝早く、何かおかしいなと思い始めたってことだけ」

「何を根拠に？」マリーノが訊く。

「誰かがうちの敷地に侵入した」

「誰が？」

「姿を見てないからわからない。監視カメラの録画には誰も映ってなかった。でも、モーションセンサーが反応したの」

「小動物とか？」私はふたたび歩き出した。慎重に。

「違う。何もいなかった。でも何かがいた。それに、誰かがあたしのコンピューターに侵入した。一週間くらい前からかな。〝誰か〟なんてごまかすことはないね。正体は見

当がついてるわけだから」

「だな。その直後にいきなり押しかけてきた連中がいたことを思えばな」マリーノはFBIに対する深い憎悪を隠そうとせずに言った。

「ソフトウェアが独りでに起動したり終了したり、起動するのにやたら時間がかかったり」ルーシーが続けた。「あたしは何もしてないのにカーソルが勝手に動いたり。コンピューターの動作が重くなってるし、この前はクラッシュした。大した被害はなくてすんでるけど。全部バックアップを取ってあるし、重要なデータは暗号化してあるから。そもそも、侵入した人物は自分の痕跡を隠し切れてないし」

「漏れたり、壊されたりしたデータはいっさいなかったの？」私は尋ねた。「まったく？」

「いまわかってるかぎりではね。新規のユーザーアカウントがあたしの許可なく作られてた。知識はそれなりにあるけど、天才ハッカーと言うにはほど遠い人物って印象かな。いまは覚えのないログインや送信されたメールを残らず監視して、相手の目的を探ろうとしてる。巧妙な攻撃とは言えない。本当に巧妙なやり方をされたら、こっちが侵入に気づくころには手遅れになってるはずだから」

「けど、FBIなのは間違いないだろ？」マリーノが言った。「だって、そう考えりゃ筋が通るものな。現に令状を取って押しかけてきてるわけだし」

「相手が誰なのか、あたしもまだ確信は持てずにいる。でも、おそらくFBIだろうと思う。それかFBIに関係のある人物。FBIはサイバー犯罪を捜査するとき、外部サーバーを利用することがあるの。サイバー犯罪の疑いがあるっていうのを口実にして、こそこそ調べるわけ。たとえば、あたしがマネーロンダリングをしてるとか、児童ポルノサイトを閲覧してるとか、そう疑う理由があれば、それが口実になる。つまり今回の侵入者がFBIだとしたら、あとで根拠のない口実をでっち上げて、捜査する正当な理由があったって言い訳するだろうってこと」

「CFCはどうなの？」私はもっとも懸念されるシナリオについて尋ねた。「CFCは安全？　CFCのシステムに侵入された恐れはありそう？」

ルーシーはCFCのコンピューターネットワークのシステム管理者であり運用保守責任者でもある。CFCのシステムのソフトウェアを開発し、電子デバイスやデータ記憶装置の分析も担当している。すべてのソフトウェアは、CFCに運ばれてきた死者に関する扱いに注意を要する情報のほぼすべてを守るファイアウォールでもあると同時に、最大の弱点でもあった。

悪意ある人物がルーシーの守りを破って侵入したら、大変な問題が起きる。これから裁判が行われる事件の証拠が損なわれてしまうかもしれない。そうなると、告訴を取り下げなくてはならなくなる。すでに出た判決がひっくり返ることもあるだろう。マサチューセッツ州はもちろんほかの州でも、数千の殺人犯、強姦犯、窃盗犯を釈放せざるをえなくなる。

「でも、どうしていま急に？」私はルーシーに尋ねた。「ハッキングしてるのがＦＢＩだとして、どうしていまあなたに関心を持ったのかしら」

「始まったのはバミューダから戻ってきたころから」ルーシーが言った。

「いったい何しでかしたんだよ？」マリーノがいつもどおりの気遣いのなさを発揮して言った。

「何もしてない」ルーシーが答える。「でも、向こうは何かの容疑をでっち上げる気満々でいる」

「どんな容疑？」

「何かの容疑」ルーシーは言った。「何だっていいんだろうな。いまから大陪審の選定を始めてたとしても驚かない。ううん、驚かないどころか、きっともう始めてる。あたしはそう思う。ＦＢＩは、あらかじめ大陪審に起訴の決定をさせておいてから家宅捜索を始めるっていう悪癖があるし。証拠に基づいて起訴するんじゃない。自分たちが作ったストーリーに合う証拠を探すの。そのストーリーが間違ってるとしてもね。そもそもまったくの嘘だったとしても。大陪審が不起訴の決定をする例はゼロに等しいって知ってた？　不起訴率は一パーセントに満たない。大陪審は検事局を喜ばせるために存在するみたいなもの。一方の言い分しか聞かないってこと」

「どこなら話ができる？」この話をドライブウェイで続けるのは気が進まない。

「大丈夫、聞かれてないから。そこの街灯とあの街灯、それにもう一つ先の街灯のマイクを切ってあるの」ルーシーは銅色の街灯柱を指さした。「でも、まったく心配がいらない場所に行こう。あたしのバミューダ・トライアングルに。そこに行けば、FBIのレーダーからあたしたちは突然消えることになる」

ルーシーの家を捜索している捜査官は、ルーシーのカメラを介して私たちを監視している。不愉快になった。ルーシー対FBIの戦争の始まりは、中東戦争に負けないくらい古い。ある種の権力闘争だ。あまりにも長い戦いだから、何がきっかけで始まったことなのか、もう誰も覚えていないのではないかとさえ思える。ルーシーはおそらく、FBI史上もっとも有能な捜査官の一人だ。ついにルーシーを解雇したとき、戦いは終結したはずだった。しかし、そのときも終わらなかった。この先も永遠に続くのだろう。

「こっちよ」ルーシーが言った。

12

緑色に輝く芝を踏んで、私たちは歩いた。ところどころに花が咲いている。血のような赤いポピー、黄金色に輝くヒマワリ、白いデイジー、だいだい色のヤナギトウワタ、紫色のエゾギク。

モネの絵画に入りこんだかのようだった。芳《かぐわ》しい香りを放つトウヒの木陰を過ぎると、土地が少し低くなった場所に出た。ここには初めて来た。瞑想の場や野外教会のような雰囲気だ。石のベンチと成形された岩を集めた一角は、白く泡立つ川の水が流れこんでできた自然の池を思わせる。ここからは家もドライブウェイも見えない。見えるのはゆるやかにうねる草と花に覆われた斜面と木立だけ、聞こえるのはヘリのローターが空を切る低い音だけだ。

ルーシーは大きな丸岩に腰を下ろし、私はミズキの木立のそばの石のベンチを選んだ。木漏れ日がベンチの上にまだらの模様を描いていた。怪我をして以来、硬い座面は避けるようにしている。脚をかばいながらゆっくりと腰を下ろし、できるだけ快適な姿勢を探した。

「ここ、前からあった？」私は尋ねた。ミズキの枝が風に揺れ、木漏れ日もそれに合わせて私の頰の上で揺れる。「初めて来たわ」

「最近作ったの」ルーシーが答え、私は最近というのはいつのことかとは訊かずにおいた。

六月の中旬以降のいつか、私が死にかけて以降のいつかだろう。周囲に視線を巡らせた。カメラはどこにもない。ルーシーのロックガーデンの張り番を務めているかのように、ここにもドラゴンの彫刻が置いてあった。ただ、ここにあるものは小ぶりで、大きな紅水晶の塊の上に寝そべった姿がどこかコミカルだ。赤いガーネット色の目が私をまっすぐに見つめている。マリーノは正面のベンチに座り、せわしなく姿勢を変えていた。

「くそ」マリーノが言った。「何のつもりだよ？　洞窟に住んでた古代人の真似か？　クッション付きの木のベンチや椅子はねえのかよ？　な、せめて木の椅子にしようとはまったく考えなかったのか？」熱気と湿気のせいで汗みずくのマリーノは、たかってくる蚊をいらいらとはたいたり、ソックスの履き口を引っ張って虫が入りこんでいないか確かめたりしている。「勘弁してくれよ！　虫除けスプレーを撒いとくのを忘れたか？」黒いサングラスがルーシーをにらみつける。「蚊だらけじゃねえか」

「ペットにも人間にも安全なニンニクのスプレーを使ってる。蚊はニンニクが嫌いだから」

「へえ？　だったらここにいる蚊はイタリア出身なんだな。ニンニクが大好物らしいぞ」また何かをぴしゃりと叩く。

「ステロイド、コレステロール、標準的な体格の人より大量の二酸化炭素を吐き出す大柄な人」ルーシーが言った。「それに、汗をかきやすい人は蚊に好かれやすい。首からニンニクの首飾りを下げておいてもまだたかられそうね」

「ＦＢＩの目的は何？」私は空を見上げた。ヘリは高度三百メートルほどでホバリングしている。「何を捜してるの？　こうして短時間でも盗聴を気にせず話せる間に聞いておきたいわ」

「最初に捜索したのは銃器の保管庫だった」ルーシーが答える。「ライフルとショットガンを残らず押収された」

またしてもキャリーの顔が頭に浮かんだ。あの寮の部屋にいるキャリー。ＭＰ５Ｋを肩から下げたキャリー。

私はルーシーに尋ねた。「特定の銃に関心がある様子だった？」

「ううん」

「特定の銃を捜してるとしか思えないわよね」

「あたしが持ってる銃はどれも合法だし、コッパーヘッドの狙撃事件とはまったく関係ない」ルーシーは言った。「あの事件で使われたのは、ボブ・ロザードのヨットで発見された精密誘導自動照準ライフル《プレシジョン・ガイデッド・ファイアアーム》だってことはＦＢＩが誰よりよく知ってるはず。だって、二ヵ月前に、自分たちであれが凶器でしたって断定したんだから。いまになってまた捜す理由がない。捜すなら、ロザードの甘ったれ息子のトロイを捜すべきよね。逃走中なんだから。キャリーだってそう。ボニー＆クライドにたとえれば、トロイはきっとキャリーの最新のクライドでしょ。なのにＦＢＩは何してる？　あたしの家を捜索してる。これはハラスメントだと思う。何か別の動機があってやってること」

「ショットガンなら二丁くらい貸せるぜ」マリーノが言った。「５・５６ミリＮＡＴＯ弾が使えるブッシュマスターもある」

「いいの、心配しないで。ＦＢＩはあれで全部だと思ってるけど、実はそうじゃないから」ルーシーは言った。「見逃してるものがあるなんて連中は気づいてない。すぐ目の前を通ってるのにね」

「お願いだからトラブルを起こさないで」私は警告を込めて言った。「あなたに苦痛を与える口実をやらないで」

「苦痛？　あの人たちの目的はまさに苦痛を与えることだし、あたしはもう苦痛を与えられちゃってる」ルーシーの緑色にきらめく瞳が私を見つめる。「彼らはあたしを苦しめようとしてる。無防備な状態に追いやろうとしてる。あたしが家族や家を守りたくても守れないように。あたしたち全員を屈服させようとしてる。疲れ切って、いがみ合いを始めさせようとしてるの。もちろん、全員死んでくれたら万歳だと思ってるだろうな。あたしたち全員が殺されてくれたらいいと思ってる」

「何か必要になったら言えよ」マリーノが口をはさんだ。「キャリーみたいな危ねえ犯罪者がうろうろしてるんだ。拳銃だけじゃ足りねえ。もっと強力な銃があったほうがいい」

「拳銃も押収されるだろうな。いまごろはもう持っていかれてるかも」ルーシーが応じる。令状の押収物リストに拳銃まで含めているとしたら、異常としか言いようがない。

「キッチンのカトラリーも端から押収してる。おばさんからもらった貝印のシュン・フジ三徳包丁も」私のほうを向いてそう付け加え、私の怒りはなおも燃え上がった。

キャリー・グレセンが少し前に立て続けに起こした殺人事件の被害者の一人は、戦闘用のナイフで殺害されたとされている。ルーシーが事件に関与しているという証拠は何もない。関与を疑わせる事実もない。ルーシーの銃やカトラリーは、事件で使われた凶器とは特徴がまったく一致しない。保管庫やキッチンにあった銃や刃物をすべて押収したところで無意味ではないか。

一瞬、キャリーの被害者たちが私の心をパレードのように通り過ぎていった。一見したところ互いに無関係の人々だが、実はその全員が私と、間接的にであれ、何らかのつながりを持っていた。被害者はみな、自分の身に何が起きたのか気づく間もなく息絶えた。例外はランド・ブルーム、卑劣な保険会社調査員だけだった。キャリーはブルームを刺殺してスイミングプールの底に放置した。ブルームだけは、息絶える前に、ほんの一秒か二秒であっても、恐怖とパニックと苦痛を感じる時間があっただろう。

しかしジュリー・イーストマン、ジャック・セガール、ジャマール・ナーリ、ロザード下院議員は、苦しむ暇さえなかった。つい一秒前までふだんどおりの日常を営んでいたのに、次の瞬間、無が、死が、訪れた。動画で見たキャリーのしぐさを思い出す。首の後ろ側、第一と第二頸椎の間に指を触れた。あの時点ですでにハングマン骨折のスイートスポットを知っていたのだ。そしてハングマン骨折――外傷性の軸椎すべり症が、人を文字どおり即死させることも知っていた。

キャリーが戻ってきた。いまも生きていて、しかもこれまで以上に危険な人間になっている。そう考えながらも、私は疑念の波にのみこまれた。私たち全員が何者かにだまされているのだとしたら？　キャリー・グレセンとは一九九〇年代から一度も会っていないし、連絡が来たこともないが、それを証明するのは不可能だ。昨年末に始まった連続殺人事件とキャリーを結びつける証拠らしい証拠は一つもない。ルーシーの電話から動画を送りつけてきたのはキャリーではないとしたら？

私はルーシーのほうを向いた。

「初めから話して。何があったの？」

大きな岩に座ったルーシーが説明を始めた。始まりは、今朝九時五分に自宅の固定電話が鳴ったことだった。

その番号は電話帳に掲載されておらず、どこにも公開されていない。しかしＦＢＩに入手できないものはないし、彼らの努力を無にしたうえに仕返しも加えてやろうというルーシーの意気込みはその程度のことでくじかれるものではなかった。ルーシーに不意打ちを食らわせてやろうと考えたところで、ルーシーの情報通信技術のほうがはるかに上を行っていることのほうが多い。ルーシーはものの数秒で発信者を突き止めた。電話をかけてきたＦＢＩのエリン・ロリア捜査官は、少し前にボストン支局に異動になった三十八歳の女性で、テネシー州ナッシュヴィル生まれ、黒髪に茶色の瞳、身長百七十七センチ、体重六十三キロ。ルーシーの口から出たその名前を聞いて私は衝撃を受けたが、表情には出さなかった。

私はエリン・ロリアを知っている。だが、そのことは顔には出さない。私はいっさいの反応を示さないまま、ルーシーの説明を聞いた。エリンが監視カメラの有効範囲に立ち入った瞬間、顔認識ソフトウェアがデータベースを検索し、ゲート前に来ているのはたしかにエリン・ロリア、美人コンテストの元女王であることを通知した。エリンはデューク大学と付属のロースクールを卒業したあと一九九七年にＦＢＩに入局し、しばらくは一介の捜査官として勤務していた。やがて人質解放交渉担当者と結婚した。夫はFBIを辞め、弁護士に転身した。夫妻はヴァージニア州北部に居を構えていたが、二〇一〇年に離婚した。子供はいなかった。離婚後まもなく、エリンは二十一歳年上の連邦判事と再婚した。

「連邦判事？　誰だ？」マリーノが訊いた。

「ゼブ・チェース」ルーシーが答える。

「おいおい、まさかノードーズ判事のことか？」マリーノが訊く（ノードーズは眠気覚ましのカフェイン剤）。

チェース判事がそう呼ばれているのは、〝ノードーズ〟と聞いてとっさに連想するのとは正反対の理由からだ。判事の重たげなまぶたとその下から獲物を狙っているような鋭い小さな目を思い出す。判事席ではいつも顎が胸につきそうなくらい背を丸めて座っていた。小動物が死ぬのを待っている黒衣をまとったハゲタカといった風情だった。その姿勢は、脱力しきっている、あるいは居眠りをしているという印象を与えがちだが、実際には、弁護士や専門家証人が不用意な発言をするのをじっと待っていた。そしてその時が来るや、猛禽のごとく急降下して獲物をさらい、生きたまま丸呑みにする。

私がヴァージニア州で過ごした最初の数年間、チェースはまだ連邦検事の職にあって、さまざまな事件で顔を合わせる機会があった。私の証言のほとんどは検察側の主張を裏づけるものだったのに、ゼブ・チェースとはしじゅう衝突するはめになった。私が気に入らないらしく、法廷ではいっそうの敵意をあらわにした。嫌われていた理由はいまもわからない。法廷侮辱罪に問いますよと私を脅した回数で競ったら、チェース判事がランキングのトップに君臨するだろう。いま彼はエリン・ロリアと結婚している。エリン・ロリアは過去にルーシーと関わりを持っていた。それはすなわち、私と接点があったに等しい。私の心の内の風見鶏が向きを変えた。どこかをまっすぐ指している。ただ、それがどこなのかわからない。それにたぶん、知りたくもない。

「ロリア捜査官はボストン支局に異動してきたが、旦那の判事殿はヴァージニアに残ってるってことか」マリーノがなかば確かめるように言う。

「奥さんが異動したからって、自分も都合よく異動できるわけじゃないから」ルーシーが言った。そのとおりだ。

チェースの縄張りはヴァージニア州東部管区だろう。辞職するか、亡くなるか、解任されるかするまで、判事席に座り続けるだろう。妻が転勤になったからといって、自分もマサチューセッツ州に移るというわけにはいかない。こちらから見ればありがたいことではあるが。

「エリン・ロリアがＦＢＩに入局した年は、さっきあなたが言ってたとおりで本当に合ってる？」私はルーシーに尋ねた。「一九九七年というのは本当？　あなたがＦＢＩにいた年よね？」

「あたしがいたのは一九九七年だけじゃない」ルーシーが言った。私はエリン・ロリアの配偶者が大統領によって任命される連邦判事であることについて考えていた。

それはあまりありがたい事実ではない。少しもありがたくない。私の仕事にベントンが口をはさまないのと同じように、自分の仕事に夫の影響が及ぶことはないとエリンは主張するだろう。夫が連邦判事閣下であろうと自分の仕事には関係がない、法によって定められた境界線を互いに行き来することはないと言い張るだろう。だが、もちろん、そんなはずはない。関係がないはずがない。

「そうね、あなたは一九九七年の前後にもクワンティコにいた」私はルーシーに言った。頭の中で複数の考えがビリヤードの球のように激しくぶつかり合っていた。「実習生になって以来、ＦＢＩとの縁が完全に切れたことはなかった」

「向こうがあたしを追い出すまではね」ルーシーは言った。事実上の解雇などちっぽけなことだとでもいうように。「正式に入局する前から、夏休みや連休、週末はクワンティコで過ごしてた。時間が空けばいつもクワンティコにいたよう。授業の取り方を工夫して、木曜の朝にはシャーロッツヴィルを発って日曜の夜までクワンティコにいられるようにしてた。大学にいる時間より、クワンティコにいるほうが長かったくらい」

「本当かよ」マリーノがつぶやいた。「エリン・ロリアは同じ時期にクワンティコにいたのか。大人数が集まる場所ってわけでもねえのに」

「そういうこと」ルーシーが答える。

「キャリーと同じだな。過去から突如吹きつけてきた爆風。見聞を広める時期《informative》にどえらいものを踏んづけちまったらしいな。強力接着剤みたいに二度とはがせない犬の糞がくっついたか」

マリーノは〝見聞を広める時期《informative》〟ではなく〝人格形成期《formative》〟と言いたかったのだろうが、ルーシーも私も指摘しなかった。にこりともしなかった。ルーシーの瞑想スペース、あるいは教会、あるいはストーンヘンジの、硬くて座り心地の悪い腰かけに座っているいまは。

「何か特殊な犬の糞なのか？」マリーノが言った。「いまだにおまえの靴の裏にくっついてるだけならまだしも、行く先々にその足跡を残すもんだから、俺たちまでそいつを踏んづけることになる」

「どの年度の話？」まさかこんな展開になるとは。信じがたい思いで私は尋ねた。

「ちょうど時期が重なってた」ルーシーが言った。「あたしが技術開発研究所《ERF》にいたころ、エリンもクワンティコで研修を受けてた。キャリーも同時期にいた。それは事実。しかもエリンとキャリーは親しかった」

「親しかったって、どのくらい？」私はさりげなく訊いた。

「ものすごく」ルーシーは動じる様子もなく答えた。「かなり親しかった」

「ほんとかよ」マリーノは、またもや蚊に刺されたのか、背中に手を回してぼりぼりと掻いた。刺されたように錯覚しているだけかもしれない。「ほかにもいろいろありすぎて、偶然とは思えねえ。なあ、どんな虫除け剤を撒いたか知らないが、効果ねえぞ。今後の参考に言っとく。蚊に食われまくった。でかい痕がいくつもできたよ。宇宙からでも見えそうなでかいやつが」

「エリンとあたしはワシントン寮の同じ階にいた。でも、無視されてたから、エリンのことはあまりよく知らない」ルーシーが話を続けた。マリーノはあちこちを掻きむしったり、蚊を叩いてつぶしたり、悪態をついたりしている。「直接は知らないの。研修中の新人捜査官とはつきあわなかったから。少なくともその年度はね。その二年後、同期の捜査官とはつきあったけど。ミス・テネシーだってことは知ってた。でも、美人コンテストのキャリアはそこまでだった。ミス・アメリカ大会ではパフォーマンス審査で大失敗したから。そのあとはロースクールに行って、FBIアカデミーに志願した。バービー人形みたいな顔してたら、おとり捜査には向かないだろうね。ああ、でも、連邦判事に見初められて奥さんになれたりはするのか。ホワイトハウスのクリスマスパーティに招かれたりとかも」

「エリンと同時期にクワンティコにいたわけね。つまりエリンは、あなたの経歴に関して、ＦＢＩの職員ファイルにある以上のことをおそらく知ってる」私はキャリーの影響についてそれとなく触れた。

ルーシーは黙っている。

「キャリー・グレセン」私はしかたなくその名前を出した。「いろんな事情を考え合わせると、エリンはキャリーのことを知ってる。エリンはキャリーがどのような人間かよく知ってる」

「いまは知ってる」ルーシーは言った。「知らないわけがない。でも、一九九七年当時は、周囲の誰もキャリーの正体を知らずにいた。あたしも含めて」

私たちの知るかぎり、一九九七年の時点ではキャリーはまだ殺人を犯していなかった。そのころはまだ十大重要指名手配犯に名を連ねてはいなかった。触法精神障害者として精神医療刑務所に収容されてはいなかったし、そこから脱走するのもまだ先の話だ。その当時はまだ、ノースカロライナ沖で起きたヘリコプター墜落事故で死んだことにされてはいなかった。ＥＲＦで勤務していた当時はまだ重罪犯ではなかったし、死亡したと見なされてもいなかった。キャリーとエリン・ロリアは協力関係にあったのかもしれない。親友同士だったのかもしれない。そのころ恋人関係にあって、いまも連絡を取り合っているのかもしれない。そう考えると空おそろしくなる。

地球上でもっとも危険な逃亡犯の一人が、アメリカ合衆国大統領に任命された連邦判事の配偶者であるFBI捜査官と友好関係にあるとしたら。私の脳味噌は考えうるかぎりの可能性をめまぐるしく検討し、2と2を足し合わせた。足し算の結果、出てくるのは正解の4かもしれない。5やそのほかの間違った答えかもしれない。そもそも答えは存在しないのかもしれない。

しかし、いまからほんの二時間ほど前、エリン・ロリアがルーシーの自宅に向かっていたちょうどそのころ、キャリーがルーシーの寮の部屋――FBI捜査官に転身したミス・テネシーの部屋と同じ階の部屋――を盗撮した動画のリンクを含むテキストメッセージが私の携帯電話に送信されてきたのだと思うと、ひどく落ち着かない気持ちになる。しかも動画の中のキャリーとルーシーは、よりによってエリンを巡って口論をしているのだ。

「ちょっと待った」マリーノがルーシーに言った。「その二人が関係してるって頭から決めてかかってあれこれおかしな想像をふくらませる前に、今朝かかってきたって電話に話を戻そうぜ。パソコンのソフトウエアが発信者の情報をかき集めた結果、FBIのロリア捜査官が家宅捜索の指揮を執ってるらしいとわかった。で?」

「全部聞きたい?」

「ああ、細大漏らさずな」

「おばさんたちがさっき通ってきた道を、エリンの車が時速二十キロで近づいてきてるってわかった」ルーシーは岩に座ったまま膝を胸に抱き寄せた。

この野外教会の居心地はお世辞にもよくない。それでも、湿度は高いとはいえ、降り注ぐ日射しは心地よかった。停滞した空気がときおり優しい風に揺れ、汗で湿った肌を冷ます。激しい嵐の到来を予告するような蒸し暑くて重苦しい天候だった。事実、天気予報でも午後から荒れ模様になるだろうと言っていた。空を見上げると、南の方角から黒々とした雲が近づいてこようとしていた。やかましい音をまき散らしながら川沿いでホバリングしているヘリコプターに目を凝らす。百貨店のメイシーズが毎年感謝祭に開催するパレードの、大きな黒いシャチのフロートを連想した。

「電話があったのは、エリンがうちのゲートまであと五十メートルくらいの地点まで来たときだった」ルーシーが説明を続けた。「用件を尋ねたら、ＦＢＩはあたしの家と付属建築物すべてについて家宅捜索令状を取ってるって言われた。ゲートを開けて、そのまま開けておくようにって。五分後には、ＦＢＩの車が五台、家の前に停まってた。警察犬も来た」

「ヘリコプターに気づいたのはいつ？」私は空の一点でホバリングしたまま動かずにいるヘリをまだ見上げていた。ここからルーシーの家は見えないが、いまヘリはその家に向かって左手にある鬱蒼とした林の上空に浮かんでいる。

「ちょうどおばさんたちが来たころ」

「つまりはこういうことか」マリーノが難しい顔をして言った。「俺たちがケンブリッジの現場を検証してたころ、FBIのヘリもたまたまケンブリッジ上空を飛んでたのか？　でもって、俺たちを追いかけてここまで来たってことか？　なるほどな。いよいよいやな予感がしてきたよ。ぞっとして髪の毛がおっ立っちまいそうな類いのいやな予感だ……」

「髪の毛なんか一本もないじゃない」ルーシーが口をはさんだ。

「で、どんな容疑をでっち上げたって？」マリーノは上を向いて空をにらみつけた。FBIは神で、その神に恨みがあるとでもいうみたいに。

「訊いたところで、あたしには教えてくれないと思う」ルーシーが言った。「あのヘリがここに来る前にどんな理由でどこを飛んでたか知らないし、調べてる時間もなかった。車が家の前に停まった瞬間から、プライバシーなんかかけらもなくなったの。航空交通管制に問い合わせたり、管制塔の無線を傍受したりすれば、どこのヘリか、どうしてうるさく飛び回ってるのか、突き止められないこともないだろうけど、そうするのは賢明じゃないと思ったし。それに、ほかに対応しなくちゃならないことが山ほどあったから。とくに警察犬はほんと迷惑。あれは絶対にわざとだと思う。いやがらせでやってるとしか思えない」

「誰のいやがらせ？」

「エリンしか考えられない。あたしのことを事前に調べたなら、うちには年取って足も目も弱ったジェット・レンジャーって名前のイングリッシュブルドッグがいるって知ってるだろうし、ベルジャンマリノワみたいな大型の犬が家の中を捜索して回ったら、ジェット・レンジャーが死ぬほど怯えるってことも知ってるはず。デジも怖がってる。ジャネットまでいらいらして、いまにも誰かに殴りかかりそうな形相をしてた。個人的な動機があってやってることとしか思えない」

ルーシーの緑色の目は怒りに燃えていた。その目でまっすぐに私を見つめている。

「そう決めつけるのは早いんじゃないかしら」私は言葉を選びながら言った。「個人攻撃だと決めてかかるのはまだ早いわ」そうアドバイスしつつ、私は姪を心のどこかで疑っている。「いまは冷静に、客観的に状況を見きわめて、理性的な判断をしなくちゃ」

「誰かが恨みを晴らそうとしてるんじゃないかって気がするの」

「たしかに、俺もそんな気がするな」マリーノが言う。

「これは事前に計画されたことなの」ルーシーは断定するように言った。「時間をかけて計画されたこと」

「誰が何の恨みを晴らそうとしてるの？」私は訊いた。「キャリーじゃないわよね」

「キャリーじゃないわけねえだろうが」マリーノがうなるように言った。

「はっきり言わせて」私はそう切り出したものの、やはり慎重に言葉を選びながら続けた。「あなたがた二人がクワンティコにいた当時、キャリーがエリン・ロリアを知っていたとしても、FBIがキャリーの指図を受けて動くはずがないでしょう」

「あの二人は単なる同僚じゃなかった」ルーシーは引き締まった力強い脚を前に伸ばし、そのまま上げ下ろしして腹筋運動を始めた。目は、燃えるようなオレンジ色をしたランニングシューズが上下するのをじっと追っている。「それよりずっと深い関係だった」

「よせよ。まさかその二人も恋人同士だったってか」マリーノは硬い石のベンチの上で座り直して腰のあたりをもんだ。「そのこと、連邦判事殿は知ってるのか?」

「いつまで関係が続いたのか、あたしは知らない」ルーシーの口調は、もう何とも思っていないと言いたげだった。だが、心の傷はいまも完全には癒えていないだろう。

「キャリーに関して一つだけ確実にわかってるのは、徹底した機会均等主義者だってことだな」マリーノが言った。「年齢、人種、性別。すべて不問、来るもの拒まずだ。この話は先へ行けば行くほど悪いほうに進む」

「いつだったか、カフェテリアに行ったら、あの二人が同じテーブルで食事をしてた」ルーシーはマリーノを無視し、私に向かって続けた。「ジムで話してるのを見かけたことも何度かあった。キャリーが雨の中イエロー・ブリック・ロードに走りに行ったとき、ロープ伝いに岩場を下ってる最中に足をすべらせたことがあったの。ロープの摩擦でひどい火傷をしたんだけど、たまたま通りかかった新人捜査官が傷を消毒して包帯を巻いてくれたって話してた。その新人捜査官がエリン・ロリアだった。あたしはその話を聞いたとき、エリンがキャリーの手当てをしたのは、たまたま同じときに同じ場所に居合わせたからじゃないだろうって思った。偶然に行き合ったんじゃない。初めから訓練コースを一緒に走ってたんだと思う。でも、そういうこと以前に」ルーシーは肩をすくめ、顔を空に向けてまぶたを閉じた。「キャリーはあたしよりずっと社交的だった。言いたいこと、わかるでしょ？」

「おまえの前でエリンについて何か話したことはあったか？　わざわざエリンの話を持ち出したことはあったか？」マリーノが訊いた。

「ないと思う。でも、キャリーは人を操る天才だから。政治家みたいなもの。あたしなんかとうていかなわないくらい人の扱いが巧みだし、どんな相手にだって一線を踏み越えさせられる」

「まあ、それは確かだな。しかもだ、いま誰や誰と連絡を取り合ってるか、俺たちには皆目見当がつかねえ」マリーノが辛辣《しんらつ》な口調で言った。「FBIがどこから情報を手に入れてるかだってわからねえぞ。情報さえ手に入るなら、誰にだっていい顔をする連中だものな。いざとなったら悪魔とだって喜んで取り引きするだろうよ」

「そうね」ルーシーが言った。「キャリーがFBIに何か吹きこんだんだろうな。誰かを介して、かもしれないけど」

13

ルーシーの話を聞いていると、動画で見た情景が次々と蘇った。ただ、その動画の存在をルーシーは知らない。知らないはずだ。そう考えたとき、また別の好ましくない可能性が頭に浮かんだ。

あの動画のリンクを私に送ってきたのがキャリーだとするなら、似たようなものをＦＢＩにも送っているのではないか。エリン・ロリアにも送ったのかもしれない。あれがＦＢＩの手に渡ったらどうなるか、考えたくもなかった。ルーシーは言い逃れしにくい立場に置かれる。あの動画はルーシーにとって爆弾のようなものだ。私は違法なマシンガンのことをまた考えた。

ＦＢＩがいまルーシーの家で捜しているのはあのマシンガンなのかもしれない。

「キャリーがＦＢＩに情報を提供してるなんてことはねえし、何かに関わってるってこともねえだろうな」マリーノが話を続けた。「だって、ＦＢＩはキャリーがいまも生きてるとは思ってないんだから。いや、ほんとに。俺たちはつい二ヵ月前までキャリーは死んだもんだと思ってたわけだろ。ＦＢＩだってそのつもりでいるかもしれないぜ。旦那が判事だろうと関係ねえし、クワンティコで起きたことも関係ねえ。肝心なのは、キャリーが生きてるって証拠はどこにもないってことだ。俺たちがどう思っていようと、証拠がなけりゃそれまでだ」

「私たちがどう思っていようと？」私はマリーノを見つめた。「私はキャリーにスピアガンで撃たれた。それも私たちの意見にすぎないってこと？　私が出血多量で死ななかったのは、溺れて死んだりせずにすんだのは、奇跡みたいなものだってことも、やっぱり私たちの意見にすぎないの？」

「いかにもキャリーが好きそうなことだよね。自分は存在しないって思わせるの」ルーシーは目を閉じたまま言った。まばゆい日射しを受けた顔は、安らいだ表情を浮かべていた。

見かけは穏やかだが、その奥では嵐が吹き荒れているに違いない。ルーシーほどプライバシーを詮索されるのを嫌う人物を私はほかに知らない。こうしている間にも、大勢のＦＢＩ捜査官がルーシーの私生活を隅々までのぞき回っているのだと考えると、信じがたい思いにとらわれる。そしてふと気づいた。次は私かもしれない。ケンブリッジにある私たちの家、絵に描いたように美しい古い邸宅に彼の同僚が大挙してやってきたら、ベントンは果たしてどう対応するだろう。

「とりあえず目の前のことに集中しようぜ」マリーノは石のベンチに見切りをつけ、立ち上がって伸びをした。「連中は何の容疑だって言ってるんだ、ルーシー？」

「FBIのやり口は知ってるでしょ」ルーシーは岩にちょこんと腰かけたまま肩をすくめた。「何を疑ってるかひとことも話さないし、何も訊かない。見つけたものを手当たりしだいに壁に投げてみて、張りついて落ちないものを探す。たとえば、詳細を正確に思い出せない時間帯がないか。土曜に買い物に行ったって話したのに、実際に行ったのは日曜だったとしたら、虚偽の陳述をした、重罪だって叫ぶわけ」

「ジル・ドナヒューには連絡してないのよね」返事はわかりきっていたが、それでも念のため尋ねた。

ジル・ドナヒューはアメリカ全土に名を轟かせる豪腕の刑事専門弁護士で、反則すれすれの手管で無罪を勝ち取る達人だ。いま私たちに必要なのは彼女のような味方だろう。ただ、そのことと、私が彼女を好きかどうかはまったく別の話だ。

「彼女にも誰にも連絡してない」思ったとおりの答えだった。

「どうして？」私は訊いた。「最初に連絡すべきだったのに」

「ルーシー、頼むぜ。妙な意地張るなって」マリーノが言った。「弁護士なしでFBIを相手にするなんて無理だ。何考えてんだよ？」

「あたしは元FBIだもの。向こうが何考えてるかくらい読める」ルーシーが言う。

「とりあえず協力的な態度を示して情報を集めようと思ったの。いったい何をあそこまで熱くなってるのかわかるまで。熱くなってるふりをしてるだけかもしれないけど」

「理由がわかったあとはどうするの？」私は尋ねた。

ルーシーはまた肩をすくめた。答えられないからなのか、答えたくないからなのか、表情からはわからない。

「ちょっと家の様子でもうかがってくるかな。連中が何やってるのか見てくる」マリーノは言った。「心配するな。中には入らねえから。ただし、俺が来てることはわからせる。少しはプレッシャーを与えてやる」

「ジャネットとデジとジェット・レンジャーはボートハウスにいるから」ルーシーがマリーノに言った。「ついでに様子を見てきて。ボートハウスから出ないようにって伝えてね。ボートハウスにいてもらうのが一番だから。あと、ジェット・レンジャーは泳げないの。桟橋には近づけないでね」ルーシーは強調するように繰り返した。「桟橋には絶対に近づけないように伝えて。絶対に目を離さないでって」ルーシーがそう言ったとき、それが見えた。

ルーシーの頬がぴくりと動いたのが見えた。内心の不愉快な考えに対する無意識の筋肉反応。

「あたしもすぐ行くからって言っておいて」ルーシーは続けた。人を殺しかねないほど激しい怒りが伝わってきた。

しかしそれは即座に隠された。何層も重なった心のひだの下に。手を伸ばしても決して届かない深い深いところに。まるでダイバーのようだ。ほんの一瞬だけ水面に顔を出したあと、すぐにまた水中に潜って消える。あとに残るのは静かに揺れる水とその表面できらめく光、そしてどこまでも平らに続く水平線だけだ。

私は覚えていない。それが起きた事実を知っているだけだ。生まれるというのはあんな感じなのだろうと思う。温かな水中にいたのに、突然、強引に産道へと押し出され、空気と光を浴びて驚く間もなく呼吸をしろと手荒に背中を叩かれる。さあ、この世界で生きていくんだよと放り出される。ベントンの手を借りて海面まで浮上したことは覚えていない。ボートのともに手をかけたことも覚えていない。どうやってボートに体を引き上げたのかもわからない。はしごを使ったとは思えない。

次に鮮明に覚えているのは、酸素マスクが顔に押し当てられていたこと、口がからからに渇いていたことだ。右大腿部に万力で締め上げられているような感覚があった。その力はあまりに強くて、大腿骨が折れるのではないかと思った。あんな痛みはほかに経験したことがない。少なくともいま思い返すかぎりでは。黒いカーボンファイバー製のシャフトが四頭筋から入って内側広筋を貫き、骨を削りながらさらに進んで、脚の反対側に銛先が突き出したところで止まった。私は自分の目が見たものをすぐには理解できなかった。

なぜかとっさに建設作業中の事故に巻きこまれたのだと思った。鉄筋が突き刺さったのだと思った。次に自分の目が見ているものは現実ではないのだろうと思ったが、脚の裏側に突き出した銛先に手が触れたとたん、シャフトを震わせて痛みが反響した。両手が血まみれになっていた。ボートのファイバーグラスの床板に血だまりができていた。私は何度も内ももを触って、シャフトが大腿動脈の近くにないことを確かめた。お願いです、神様、私を出血多量で死なせないでください。大丈夫、出血多量で死んだりしないから。そうよ、それで死ぬなら、いまごろはもう死んでるはず。そのとき何を考えたかは覚えている。支離滅裂な考えの一つひとつがとげのように意識をちくちくと刺した。まもなく暗闇に包まれたが、ときおり水中から浮上するように意識が戻った。ボートの床に横たわっているらしいとぼんやり思った。血と、大量のタオルがあった。そしてベントンが私のほうにかがみこんでいたことも覚えている。

「**ベントン？　ベントン？　ここはどこ？　何があったの？**」

ベントンは私の脚が動かないよう優しく押さえていた。そして私にゆっくりとした呼吸を繰り返させながら、話をした。何があったか、すべて話した。ベントンは説明したと言っているが、私はそのとき何を聞いたかよく覚えていない。いまとなってはひとことも思い出せない。何もかもがもやに包まれている。手を伸ばしてもどうしても届かない。

「デジは何が起きてるか理解できてる様子だった？」私はルーシーに意識を戻して言った。ルーシーはいつのまにか立ち上がっていた。

「ねえ、大丈夫？」ルーシーが私を見下ろしている。「いまどこか行っちゃってたでしょ。どこ？」

そこがどこだか自分でもよくわからないが、とりとめのないイメージの寄せ集めのような場所だ。だが、そのことはルーシーには話さない。私は一度死んで蘇ったのだという考えがしじゅう心に入りこんでくる。しかし、そのことは誰にも話さない。思いがけない瞬間に、その感覚やイメージに心を乗っ取られることがあるのだということは打ち明けない。そういうことが起きるきっかけは予想がつかなかった。煙草のライターのしゅっという音のこともある。噴霧ホースから水が噴き出す音のこともある。視界の隅を何かが横切った瞬間にということもある。

何かきっかけがあると、どこからともなく、ふいに、まるで病気の発作のように激しく、脳の内側で痛みが悲鳴のように反響する。サメに脚に食いつかれ、激しく振り回されながら海の底に引きずりこまれようとしているかのようだ。私は抵抗をあきらめる。このまま溺れ死ぬのだと観念する。しかし次の瞬間、電池が切れたように、何もかもが空っぽになる。真っ暗になる。そのとき、唐突に、空気を切り裂くように、その音が鳴り響く。

エレキギターの音。Cシャープのコード。

ぼんやりと手に握っていた携帯電話に、ディスプレイの最上部に表示されたアラートに、目が吸い寄せられた。

〈LucyICE　メール着信〉

パスワードを入力してアプリを開いた。最初のメールとそっくりだった。リンクが一つ。それだけだ。ただ、これを送ったのはルーシーではありえない。だってそうだろう？　どう考えても不可能だ。ルーシーは二メートルと離れていないところに立っている。ルーシーも着信音に気づいていた。よく知っている音だからだ。私とルーシーの視線がぶつかった。

次にルーシーの目は自分の携帯電話を見下ろした。そしてまた私を見た。「何も送ってないけど」

「わかってる。正確に言えば、送るところは見てない」

「見てない？　いまのはあたしのICE番号用の着信音でしょ？　この電話の第二番号用の着信音」ルーシーは自分の携帯電話を持ち上げ、困惑と警戒が入り交じった表情を浮かべた。「あたしは何も送ってない」

「わかってる。あなたが携帯電話をいじってるところを私は見てないわ」

「どうしてそんな話し方するの？」

「何を見て何を見ていないか、伝えてるだけ」私は答えた。

「その着信音、ほかの人の番号にも設定したってこと？」

「この電話の着信音を設定したのはあなたよ。いまの着信音はあなたがオリジナルで作ったもの。ほかの人のと重ならないように。連絡先に登録してるほかの人には……」

「わかった」ルーシーはもどかしげにさえぎった。「発信元の番号は？」

「表示されてない。〈LucyICE〉ってあるだけ。この番号はその名前で連絡先に登録してあるから。連絡先のアプリを開くと――ほら」私は携帯電話のディスプレイをルーシに向けたが、見せただけで渡さなかった。「いつもどおり、変わってない。〈LucyICE〉」番号を読み上げた。「あなたの番号よね」私はルーシーの目をまっすぐに見つめた。「この番号が誰かに乗っ取られたということはありえる？　もっと具体的に言うと、誰かがあなたの緊急用の番号を乗っ取って、本当は緊急事態なんか起きていないのに、あなたから電話やメッセージが届いたように見せかける手段を見つけたということはありえる？」

「おばさんの注意を引きつけるには手っ取り早い方法ね。そのときやってることを即座に放り出させる一番の近道。その証拠に、おばさんはこうしてここに来てる。何らかの理由があって、おばさんを特定のタイミングで思いどおりに動かすには、一番確実な方法」ルーシーは監視の目がないか確かめるようにあたりに視線を巡らせたあと、私の目の前に立って手を差し出した。「見せて」

携帯電話を渡すつもりはない。私は座っていた椅子から立ち上がり、一歩下がってルーシーから離れた。

「見せてくれないと何とも言えないの」ルーシーはまだ手を差し出したままでいる。

「いま何が届いたにせよ、あたしが送ったものじゃない。何が来たのか、あたしに見せて」

「それはできない」

「どうして？」

「法的に許されない。法的な観点から、そういう無謀なことはしない。こんなことしてるのが誰なのか、確かなことはわからないのよ、ルーシー」

「こんなことって？」

「あなたからと見せかけていろんなものを送ってくる」

「本当はあたしがやってるんじゃないかって疑ってるわけね」ルーシーはむっとした様子で言った。それから傷ついたような顔をした。

「送ってきてるのが誰なのか、確かなことはわからないの」私は同じことを繰り返した。

「法的な観点ってどういう意味？」ルーシーは腹立たしげに言った。私も腹が立ち始めていた。「それじゃ連中と一緒じゃない。あたしが何かしたと思ってる。ＦＢＩがうちの敷地内をうろうろしてると、それだけで何か罪を犯したことになるの？」

「この話はやめましょう。あなたは何も聞いてない。着信音さえ聞いてない。お願いだから離れて」私は自分の声の調子に気づいて当惑した。そしてルーシーは癇癪《かんしゃく》を起こしかけている。

「しかたないでしょ、ケイおばさん。だって、何も話してくれないんだもの！」

「その前に一つ、とても簡単な質問に答えてくれるかしら、ルーシー。誰かがあなたの番号を使ってるという可能性はある？　誰かが乗っ取った可能性は？」

「あたしが電話番号をやたらに教えたりしないことはおばさんが一番よく知ってるよね」ルーシーは挑むように腕を組んでいた。「そもそも緊急用の電話番号を使うことなんてめったにない。ＩＣＥ番号を知ってるのはおばさんくらいのもの。ほかにはベントンとマリーノ。もちろんジャネットも」

「それ以外の誰かが知ってるみたいよ。でも、どうしてそんなことになったのかわからない。何しろあなたの番号だもの」

「あたしにもわからない。情報が少なすぎる」

「あなたが〝わからない〟って言うなんて。ちょっとごめんなさい。しばらく一人にしてもらえる？」

ポケットからワイヤレスイヤフォンを取り出して耳に入れた。送られてきたリンクをタップすると、ディスプレイ上に即座に文字が流れ始めた。前回と同じように血のように赤い色をした文字だった。

邪悪な心　シーン2
キャリー・グレセン製作
1997年7月11日撮影

紅水晶の塊に寝そべった彫刻のドラゴンの視線を感じた。ルーシーからできるだけ遠ざかろうとする私を、赤くきらめくガーネット色の視線が追ってくる。

キャリーの顔が大写しになった。マイクロカメラをのぞきこむその顔は、まるでネズミイルカのように見える。カメラは、煉瓦のような形をした、ベージュのプラスチックでできた電池式の鉛筆削りの中に隠されている。

キャリーが鉛筆削りを持ち上げ、さまざまな角度から自分の顔を写したあと、口を開けてそこに極小のレンズを向けた。暗いピンク色をした洞窟が映し出された。キャリーが舌を勢いよく動かす。でっぷりと太った巨大な舌は、いやらしいメトロノームのようにさまざまなテンポで左右に揺れた。ゆっくりと上下に。高速で左右に。キャリーがピンク色の唇をすばやく合わせ、音楽の効果音のようなぽんという音を鳴らす。それから鉛筆削りを『ハムレット』の頭蓋骨のように掌に載せると、それに向かって話し始めた。

「神になるべきか、ならざるべきか。それが問題だ。禁欲して悦びを先に延ばすのと、目の前の快楽に屈するのと、どちらがりっぱな行いか。問いの答えはノーだ。ここで屈してはいけない。忍耐強くあらねばならない。どれほど困難であろうと、苦しかろうと、耐え抜かなくてはならない。神は未来のできごとをその数百万年前から計画する。私にも同じことができるのよ、局長」最後のひとことはまたもや不自然に聞こえた。あとで音声を編集したのだ。

キャリーは誰に向けて局長と呼びかけているつもりなのだろう？

「こんにちは。また会えたわね」キャリーはデスクのパソコンの前に立ち、鉛筆削りをデスクに置くと、椅子を引いてそこに座った。

マウスに手を伸ばしてクリックする。今度はルーシーと私の静止画像が大写しになった。私は身ぶりを交えて何か話しているようだ。ルーシーは木のピクニックテーブルに座り、微笑みながら私の話を聞いている。私が着ているパールグレーのシルクのスーツに見覚えがあった。もうずいぶん前に処分してしまったもの。キャリーは望遠レンズを使い、どこか私たちからは見えない場所からこの写真を撮影したのだろう。すぐにぴんときた。この光景には覚えがある。この天気、この木々にも。

ERFの駐車場。よく晴れて暑かった日、その夕暮れ前のひととき。

硬木の木々の枝が作る屋根は深い緑色をしていた。若葉ではない。かといって、紅葉も始まってはいない。黄金色や赤はいっさい交じっていなかった。夏だ。七月か八月。六月の後半という可能性はあるだろうが、前半ではない。六月の中旬か下旬よりはあとの季節。キャリーは車の中から撮影したのだろう。職員用駐車場の両側に設けられた小さな緑地のピクニックテーブルでおしゃべりをしているルーシーと私。まるでいまそこにいるかのように、その光景が見えた。手触りが蘇った。においが漂った。

私はベントンが誕生日に贈ってくれたエレガントなシルクのスーツを着ている。私の誕生日は六月十二日、マリーノの誕生日とざっと一月違いだ。そのスーツをもらったのは一九九五年だった。それはまず間違いない。そしてそのスーツを着たのは一度だけ、法廷に出るときだった。それきり着なかったのは、ひどく皺になりやすかったからだ。証言に喚《よ》ばれるころには、スカートは丸めて抽斗にしまっておいたのをそのまま穿いたみたいだったし、ジャケットの脇から巨大なカラスの足跡みたいな皺が放射状にくっきりついていた。私は写真のスーツに目を凝らした。皺になって困ったと冗談交じりにルーシーに話したことを覚えている。

その裁判はヴァージニア州北部で行われた。そこからクワンティコはそう遠くなかったから、帰りがけに寄って、ピクニックエリアでルーシーと昼食をとった。一九九七年ではない。間違いなく一九九五年の話だ。ルーシーはインターンシップを始めたばかりだった。私はスーツの話をして笑っていた。汗染みも目立ちやすいのだと話した。ベントンはそういったことに気が回らない典型的な男性だと言った。感受性が豊かで直観的な閃きがあり、センスも抜群にいいが、服を選んでもらうには向かないと話した。ルーシーにそんなようなことを言ったのを覚えている。**私の勤務先はFBIではないから。捜査会議に出るための服はいらない。ごみを掘り返しに行くような服をいつも着てるから。アイロンが必要ない服。それが私の制服よ。**

一九九五年の時点で、キャリーはすでにスパイ行為を始めていた。初めて出会った直後から、隠れてルーシーを撮影していたのかもしれない。私のことも隠し撮りしていたのかもしれない。携帯電話のディスプレイを見つめる。写真が撮影された二年後の一九九七年七月、キャリーはデスクから立ち上がり、寮の部屋を横切った。そうだった、動画に集中しなくては。記憶を確かめることに気を取られて、キャリーのいやらしい小細工に注意を払うのがおろそかになってはいけない。

「どう、局長？　懐かしい思い出に浸っている？　きっといまごろ、長いこと一度もたどったことのない長い記憶の小道をゆっくり散歩しているんじゃないかって気がするわ」キャリーはまた別のカメラに視線を移し、それに向かって話し続けた。「いまこの瞬間、あなたは宇宙暦何年に生きているのかしら。私はね、銃を持ってバッジをひけらかすお馬鹿さんに囲まれた、ルーシーの実用一点張りの散らかった寝室にいるの」

キャリーは一本目の動画と同じ白いランニングウェアに素足でいる。ブラインドの周囲から漏れている光は前ほど明るくない。夕方のようだ。

「ルーシーはいまいないの。家事をしてるのよ。びっくりでしょ？　きっと驚いて頭を掻いているところじゃない？　でも、どうして？　本当のことを教えてくれない？」キャリーは共犯者めいた表情を作ってカメラのほうに身を乗り出した。「ケイおばさんの家では家事を手伝ったりするの？　お皿を洗ったりトイレ掃除をしたり、ごみを出したりする？　せめて手伝おうって自分から申し出たりはするの？　もししないなら、そのあまりにも未熟で甘ったれた根性を叩き直したほうがいいと思うわ。だって、私がひとこと言うだけで、ルーシーも自分のことは自分でやれるんだもの。私はこう言うだけよ。〝ルーシー、これをやって。あれをやって。いますぐ！〟」キャリーは笑い、指をぱちんと鳴らした。「いまは二人分の洗濯をしに行ってる。

おかげさまで、こうしてあなたと二人きりで話ができるわけ。この機会に、今後の予定を少しだけ教えてあげるわね。この動画をあなたが見るのは、いまから何ヵ月も何年も先のことになる。どのくらいの歳月が過ぎているか、私にはわからない。五年かもしれないし、三十年かもしれない。まばたき一つでそのくらいの時間は過ぎてしまうわ。年を取れば取るほど時間の経過は速くなって、老化が進み、やがてあなたは物理的に存在しなくなる。

いまの時点でもう、私の毎日はルーシーのそれより速く過ぎていく。あなたの毎日はそれよりもずっと速く過ぎているでしょうね。脳が持っている生物時計、視床下部にある視交叉上核も」――キャリーは自分の額を指先で軽く叩いた――「肉体のほかの部分と同じように老化するから。変わるのは時間のスピードじゃない。私たちの時間の認識よ。肉体という容れ物に収められたメカニズムは、ストレスを受け、疲弊し、摩耗していく。狂いの出た歳差方向指示ジャイロスコープや液体コンパスのように、正確な計測ができなくなっていくわけ。あなたの時間経過の認識がずれてしまうということ。

いま、特定の時期の記憶が蘇ったおかげで、組み立てラインを逆行するみたいに時間をさかのぼったんじゃないかしら。過去は短時間で奇跡のように再構成され、修復されて、あなたはいま脳裏に映っているものを再体験している。すてきなひとときでしょうね。私からのプレゼントだと思ってちょうだい。不死のかけら、若さの泉から汲んだ一杯の水。ただ、何度も言うけれど、ごめんなさいね、いつなのかは私にもわからないの。

世界の歴史の流れを注視し、あなたの生と死が持つ意味について、私を含めてあなたと深い関わりを持っている人々の命の始まりと終わりについて、正確に、そしてついに、あなたに教えるべき時がいまこそ来たと私が判断するのはいつなのか、ここで予言することはできない。そうよ、あなたと深い関わりを持つ人間の中には私も含まれるの。友人になる機会には恵まれずに来たわね。本音で会話をしたことがない。打ち解けたおしゃべり一つしたことがない。とても残念だわ。あなたが私からどれだけのものを学ぶことができたかを思うと本当に残念。せめてキャリー・グレセンという人間について少し話をさせて」

キャリーが部屋を横切り、床に置いてあったアーミーグリーンのキャンバス地のバックパックに近づく。また別の隠しカメラが彼女をとらえる。キャリーはしゃがんでバックパックに手を入れた。マニラ封筒を引き出す。封はされていなかった。中から折りたたんだ書類を取り出した。台本の続きらしい。

「私が作家で談話家で芸術家だってこと、知っていた？　ヘミングウェイ、ドストエフスキー、サリンジャー、ケルアック、カポーティの愛読者だってことは？　そうよね、知っているわけがない。あなたは私を人間と認めたくないだろうから。詩や散文を楽しむというようなポジティブな要素、注目に値する要素と私を結びつけたくないのよね。私にユーモアのセンスがあるなんて考えたくない。

短い人物評論をするわね。理解を深める手がかりをあげる。それを誰かに伝えたいなら、好きにしてくれてかまわない。あなたが書く退屈な専門書で紹介してくれてもいい。そうよ、それがいいかもしれない。さて、一つお断りしておきたいことがあるわ。

私は自分のことを話すとき、三人称を使うのが好きなの。私の話はしない。彼女の話をする。さあ、準備はいい？　覚悟はいい？」

14

「むかしむかしあるところに錬金術師がいました。彼女は永遠の若さを保つための秘密の保護薬を調合しました」

キャリーはローションのボトルを持ち上げながら台本を読み上げる。

「彼女の肌は透けるように白く」——自分の青白い頬に手を当てる——「髪の色もごく淡く」——プラチナ色の髪に触れる——「味気ないオフホワイトで統一されたＦＢＩの寮の部屋に蛾のようになじんでしまいます。自然淘汰を生き延びるためにそのような外見になったかのようでした。けれども、そうではありませんでした。彼女の魂から色を抜き取ったのは別のものでした。その結果、魂は突然変異を起こし、科学では説明できない欲求と習性を生み出しました。彼女は光のない場所、暗い場所を探し求めるようになったのです。

キャリーは幼いころから自分が善良な人間ではないことを知っていました。教会に集まった人々が、忠実なる僕《しもべ》、善きサマリア人、心の清らかな信者といった話をしているのを聞いて、自分はその一人ではないと理解したのです。物心ついたときには、学校の友達とも家族とも異質な存在であることを意識していました。彼女は誰とも似ていませんでした。そのことに当惑する一方で、自分は特別に祝福された存在であるということに喜びも覚えました。どれほど暑かろうと、また寒かろうと平気でいられること、猫のように暗闇で目が利くこと。それはめったにない才能です。眠っている間に肉体を離れ、遠く離れた土地や過去へと旅をし、学んだことのない言語を話し、一度も行ったことのない土地の記憶を持てるとは、なんとすてきなことでしょう。キャリーのＩＱは高すぎて計測不能とされました。

しかし、多くを与えられた者はまた、多くを奪われるのが世の常です。ある日、彼女のお母さんは、子供には言ってはならないひどい言葉を彼女に投げつけました。小さなキャリーは幼くして死ぬ運命にあるというのです。キャリーは特別の存在であり、イエスは彼女がそばを離れたことをたいへんさみしがって、ほかの人よりも早く天国へ連れ戻そうとしていると。

〝神に取り置きされたと思えばいいわ〟キャリーのお母さんはそう説明しました。〝イエスはショッピングに出かけて、じきに生まれる予定の何百万もの赤ん坊を見て歩いた。そしてあなたを選んで、取り置きを頼んだの。そろそろイエスがあなたを引き取りに来て、おうちに連れて帰るのよ〟

〝でも、その分のお金を払わなくちゃいけないのよね？〟キャリーは尋ねました。

〝イエスにお金なんて必要ないの。イエスはどんなことでもできるのよ。イエスは完璧で全能だから〟

〝どんなことでもできるなら、最初にあたしを見つけたとき、どうしてその場で持って帰らなかったの？〟

〝イエスのなさることに疑問を差しはさんではいけません〟

〝だけど、いまの話を聞くと、イエスは貧しい人みたいに聞こえるし、できないことがあるなら全能とは言えないでしょ、ママ。イエスはあたしを買うお金がなかったみたいに聞こえる。ママがすぐに買えないものをローンで買うのと同じじゃない？〟

〝主や救世主に無礼なことを言ってはいけません〟

〝無礼なことなんて言ってないよ。言ったのはママでしょ。イエスはいますぐあたしを買うお金がないって言ったのはママ。もしそのお金があったら、あたしはもう天国でイエスと一緒にいるはず。そうしたらママは荷物が一つ減って楽になるね。ママはあたしがいらないんでしょ。あたしなんか死んだほうがいいと思ってる〟

それに対するお母さんの返事は、幼い娘の口をアイボリー石鹸でごしごし洗うことでした。石鹸を力ずくで口に押しこんだために、キャリーの歯茎から血が出て、真っ白な石鹸は真っ赤に染まりました。それを境に、お母さんは商品の取り置きにたとえるのをやめました。自分の言いたいことにとても近いけれども、微妙にずれていることに気づいたからです。その代わりに、現世にいられる間は心清らかに品行方正な日々を過ごし、神に感謝しなさいと繰り返し言い聞かせました。果たしていつまで現世で過ごせるか、誰にもわからないのだからと。

そして、取り置きの比喩を持ち出したのは、現世で生きるのは百貨店の倉庫にしまわれているのと似ているからだと説明しました。その倉庫にいる時間がごく短い人も中にはいます。どのくらいそこにいるかは〝どんな付属品と一緒に現世という倉庫に納められたかによる〟のだとお母さんは言いました。そして私たちはその倉庫でイエスの迎えを待つのです。

つまらない取り置き理論を持ち出したときお母さんの頭にあったのは、おそらく、キャリーの家系に伝わる問題のことだったのでしょう。キャリーにも受け継がれたその問題は、命に関わりかねない種類のものでした。これは作り話ではありません。残念ながら事実です。十四歳になる前に、キャリーは骨髄異常性真性赤血球増加症を原因とする血栓塞栓症で母方の祖母と母を失いました。キャリーは同じ運命をたどらずにすむよう神と契約を結び、二ヵ月に一度、瀉血《しゃけつ》を受けることにしました。抜き取った五百ミリリットルほどの血液は、あとで使うために持ち帰りました。キャリーがおとなになっても続いた奇妙な習慣は、それだけではありませんでした」

キャリーは大きな身ぶりつきで台本を読み上げながら寮の部屋を歩き回り、ときおりカメラをのぞきこむ。楽しそうだ。心の底から楽しんでいる。

「やがてＦＢＩの技術開発研究所《ERF》で奇妙な噂が立ちます」キャリーは続けた。「民間人であるベテランＩＴ技術者の健康状態、個人的信念とその表現方法をあれこれ詮索するのは、人権侵害に当たります。たとえ自分の血液を保存して飲んでいようと、パンセクシュアルであろうと、あの世と交信していようと、他人が口を出すことではありません。彼女が何を好もうと、どんな空想をしようと、それを他人に押しつけようとしないかぎり、他人には関係のないことです。

彼女が何歳まで生きようと、それもまた本人以外には関係のないことでしょう。連邦政府が彼女を雇用した理由である重要な仕事、そこらのＦＢＩ捜査官では歯が立たない専門的な仕事をきちんとこなしているかぎり、他人が口を出す筋合いはありません。ちなみに、キャリーはＦＢＩ捜査官ではありませんでした。職務の上では、特別に国家機密事項取り扱い許可を与えられた、警察機関にも軍にも属さない民間の独立業者でした。私生活ではオタク、変人に分類され、陰で下品なあだ名をつけて笑いものにされていた、どこの誰でもない人間でした」

カメラをにらむようにしているキャリーの瞳は、暗い色味を帯びて冷たく光っている。「性差別的で悪趣味なあだ名で呼ばれ、嘲笑されていましたが、ＦＢＩはそういった悪口はキャリーの耳には入っていないと思っていました。でも実際にはキャリーは知っていました。しかし、子供のころの経験から、中傷に反応したり、報復したりすればかえって敵に力を与えてしまうことをよくわかっていました。

罰は、与えられる者がそれを罰だと思わなければ、罰の目的であるはずの苦痛を感じなければ、罰になりません。すべては認識の問題なのです。何かに対してどう反応するか。その反応こそが真の武器なのです。武器とは相手を傷つけるものです。あなたの場合は自分で自分を傷つけるだろうと、自分の反応に傷つくだろうと期待しています。あなたはまだ教訓を学んでいないから。私は他人に教えてもらうまでもなく身につけていた教訓を、あなたはまだ学ばずにいるから。苦痛を感じず、傷を相手に見せなければ、武器は最初から存在しなかったも同然であり、試みが失敗したという事実だけが残るという……」

キャリーの柔らかで耳に優しい声、ヴァージニア地方の歌うようなアクセントがかすかに感じ取れる声はふいに途切れ、ディスプレイは真っ暗になった。前回と同じだ。リンクは無効になった。最初に送られてきた動画と同じように、瞬時にすべてが消えていた。

ジル・ドナヒューは席をはずしていた。私はジルの秘書に、会議でも何でも邪魔をして、いますぐ電話をつないでと言った。どうしても必要な場面以外、私は人に指図をしない。いまの私は過出力になりかけたエンジンのようだ。傲慢な態度だと自分でも思うが、どうしようもない。

「申し訳ありません、ドクター・スカーペッタ。ただいま宣誓証言に立ち会っておりまして」秘書は命乞いするような声音で言った。「正午には終了する予定です」

「正午では遅いの。いますぐ話したいの。本当にごめんなさいね。そちらの用件もきっと大事なことなんでしょう。でも、私の用件のほうがもっと大事なのよ。この電話をつないでくださる？」私は言った。そして忍耐というものについて考えた。私は忍耐強い人間だろうか。いまの私はとうてい忍耐強い人間には分類できないだろう。でも、それだけの理由があるのだと思った。今日は気長にかまえてはいられない。キャリーは何らかの構想があってこんなことをしている。私に手がかりを与えている。いいように踊らされていると思うと我慢ならないが、かといって見て見ぬふりをするほうがよほど無謀で愚かだという気がする。すべてはタイミングの問題だとキャリーははっきり伝えてきていた。つまり、メールが私の携帯電話に届くタイミングも計算されていると考えるべきだろう。

こうしてルーシーのロックガーデンにいる間もキャリーに監視されているのだろうか。太陽は雲の陰から出たり入ったりしている。真っ白な雲の下側は洗濯板のように波打ち、上側は垂直方向に大きくふくらみ始めていた。嵐が近づいている。とほうもなく大きな雷雨セルだ。オゾンのにおいが漂う中、歩き回っていると、いつしかルーシーの野外サンクチュアリからだいぶ遠ざかっていた。緑色の深い芝がスプリングのように靴底を跳ね返す。ミズキの木陰に入り、鼓動が落ち着くのを待った。ドナヒューの法律事務所の保留の音楽はとても聴いていられない代物で、私の内心の怒りをさらに燃え上がらせた。頰は火を噴きそうに熱い。

自分は自制心の強い慎重な人間であると信じてきた。忍耐力があって辛抱強く、論理的で、感情に動かされない科学者のつもりでいた。ところが、いまの私は忍耐力を欠いている。辛抱強さとは無縁だ。さまざまなイメージが次々と脳裏に閃き、無数の思考が頭の中を駆け巡っている。何度消そうとしても、キャリー・グレセンの顔が思い浮かぶ。紙のように白い彼女の肌の冷たさ、彼女が台本を読み上げている間、一人芝居をしている間、くるくると色を変え続けていた彼女の目。深い藍色、わずかに緑色を感じさせる青、シベリアンハスキーの目を思わせる氷のような水色。やがてその瞳は黒といってもいいような暗い色を帯びた。彼女の心の内で起きていること、彼女のモンスター、彼女の邪悪な魂が微妙に色合いを変えていくのをリアルタイムに目撃しているかのようだった。私はまた一つ深く息を吸うと、ゆっくり時間をかけて吐き出した。

動画そのもの、そしてあの唐突な終わり方は、トリプルのエスプレッソを飲んだような、あるいは強心剤のジギタリスを大量に投与されたような効果を発揮していた。心臓はいまにも胸を突き破って飛び出していきそうに激しく打っている。毒でも盛られたようだった。言葉では表せない無数の感情が渦巻いている。ゆっくりと深呼吸を繰り返した。肺を大きく開いて空気をたっぷりと取り入れ、また空っぽになるまで吐き出す。それを時間をかけて繰り返しながら、ドナヒューと電話がつながるのを待った。ようやくかちりという音が聞こえて、保留の音楽が止まった。

「何があったの、ケイ？」ジル・ドナヒューは挨拶もなくそう尋ねた。

「よくないこと。そうじゃなければこんなふうに電話してない。仕事の邪魔をしてしまってごめんなさい」私はまた歩き回ろうとした。すかさず右のももが悲鳴を上げて自分の存在を誇示した。

「どんなご用かしら。その物音は何？　ヘリコプターの音？　いまどこ？」

「おそらくFBIのヘリコプター」私は答えた。

「きっと犯行現場で検証中なのね……」

「ルーシーの家にいるの。ルーシーの地所は目下、犯行現場扱いされてる。あなたを私の弁護士として雇いたいの、ジル。いますぐ」ルーシーは少し離れたベンチに座り、私の電話のやりとりに興味がないふりをしている。

「それについてはあとでゆっくり相談するとして、ねえ、何があったの……？」

「私があなたを雇ったという証拠として」私はさえぎった。「メモを取ってもらえる？　八月十五日午前十一時十分、私はあなたを弁護士として雇い、ルーシーの代理人も務めるよう依頼した。あなたが引き受けてくれるなら」

「私たち三人のやりとりが弁護士と依頼者間の秘匿特権で守られるように、ということね」ジルは考えをまとめようとするような調子で言った。「ただ、私がいないところであなたがルーシーと話した内容は守られない」

「わかってる。どのみち、何一つ秘匿できないだろうし、何一つ特権で守られないだろうと思い始めてるところ」

「時代に適応するという意味では正しい認識かもしれないわ。いまのところ、あなたの依頼に対する返事はイエスよ。ただ、利害の衝突があると判明した場合、あなたかルーシーのいずれか一人の代理人しか務められない」

「それでけっこうよ」

「いまそこで話をしても大丈夫？」

「ルーシーによれば、いまいる場所でなら盗聴の心配はない。どうやら敷地内のほかの場所は安全ではなさそうだし、私の携帯電話が盗聴されてる可能性もある。ＣＦＣの私のメールアカウントについても同じこと。正直なところ、何なら安全なのか、まったくわからない」

「ルーシーはＦＢＩの事情聴取を受けたの？　ルーシーは〝おはよう〟くらいは言った？」

「ある程度までは協力してるわ。ただ、ルーシーがいつになくのんびりかまえてること
が気になる」ヘリコプターを見上げた。乗っている捜査官たちがこちらを見つめ返して
いるのが目に見えるようだった。「すぐにあなたに連絡すべきだったのに」
「そうね、すぐ連絡してくれたほうがよかった。でも、ルーシーはいつもそうだもの。
FBIを過小評価する癖がある。決して彼らを侮ってはいけないのに」
見ると、ルーシーは携帯電話でメールを打ちながら行ったり来たりしていた。FBI
がメールをのぞき見するのではないかと真剣に心配している様子はない。いまさら驚く
ことではないのだろうし、ルーシーのプライバシーに立ち入ってみようなど大それた
決断をしてしまう人の運命をうらやましいとは思わない。ルーシーは勝負を挑まれたと
受け止めるだろう。喜んで仕返しをするだろう。本気になったルーシーがどんな〝サイ
バー戦争〟を仕掛けて相手を破滅させるか、私には想像することしかできない。ルーシ
ーは甘やかされた勘違い人間だと言ったときのキャリーの目つきを思い出す。ついさっ
き見たばかりの映像はいまも私の心の中で再生を続けていた。どうやっても止めること
ができない。
キャリーの嘲笑が、とほうもない自己陶酔ぶりが、底なしの憎悪が、思考にまつわり
ついている。そんなものにわずかでも自分をさらしてはいけなかった。それが間違いだ
った。いま私は悲しみと怒りに打ちのめされ、破滅の淵に立たされているような心地で

いる。私にあの動画を見せた真の意図はこれなのだろうか。そう思ったとき、別の考えが浮かんだ。ジル・ドナヒューを含め、誰かにあの動画のことを話したところで、信じてもらえるとは思えない。

誰も私の話を信じないだろう。当然だ。メールで届いたリンクはすでに無効になっている。キャリー・グレセン製作であろうとほかの誰かが作ったものであろうと、私が見た二本の動画とその文字列が結びついていたことは、もはや証明のしようがない。

「あなたとルーシー以外にはいま誰が敷地内にいるの？」ドナヒューが質問を続けた。事務所を出る前に、情報を集められるだけ集めようとしているのだろう。

「マリーノ。ジャネットと、二人が養子に迎えた息子のデジ」私は答えた。「厳密に言うと、養子縁組みの手続きをいましてるところ。デジのお母さん、ジャネットのお姉さんは、三週間前に膵臓癌で亡くなったばかりなの」

ドナヒューはとても気の毒なお話ねと言った。同情や思いやりを示そうとすると、彼女の声は独特のトーンを帯びる。調律が微妙に狂ったピアノの音や、安物のグラスを叩いたときの抜けの悪い音を連想させた。ドナヒューは慣れた調子で同情の言葉を並べる。しかしそれはあいにく口先だけの言葉だ。ドナヒューと接するときは、彼女のカリスマ性、彼女が口にする共感は、ゴムでできたニワトリのようなものであることをいつも頭のどこかに置いておいたほうがいい。貪るように歯を食いこませたあとになって、実は偽物だったとわかるからだ。

「ジャネットとルーシーの関係は?」ドナヒューが尋ねた。「正式に結婚してるの?」

その質問に不意を突かれた。またしても不安の波に襲われた。そこには恥の意識も混じっていたかもしれない。「実は私も知らないの」

「娘同然に育ててきた姪が結婚してるかどうか知らないの?」

「当人たちが何も言わないから。私は何も聞いてないのよ」

「でも、結婚してたらさすがに知ってるはずよね?」

「そうとも言い切れない。極秘で結婚していたとしても、それはそれでルーシーらしい気もするし。もちろん、驚きはするけれど」私は弁解した。「しばらく前に、ジャネットに出ていくように言ったりもしてたから」

「それはどうして?」

「ジャネットとデジの安全に不安を感じたから」私は自分の声がルーシーに聞こえていないか、目を上げて確かめた。

ルーシーはこちらに背を向けて携帯電話のディスプレイに見入っていた。

「でも、ルーシーといたほうが安全じゃない?」ドナヒューが訊く。

「数ヵ月前のルーシーはそう思っていなかったみたい」

「正式に結婚してても、相手に出ていけと言ったりすることはあるわ。そう言ったからといって、結婚していないということにはならない」

「それでも返事は変わらない。あの二人が正式に結婚してるかどうか、私は知らないの。配偶者間の秘匿特権によって守られるかどうか、わからないということ。本人たちに確かめてもらうしかない」

「FBIとはいっさい話をしないほうがいいってこと、ジャネットは理解してるかしら」ドナヒューが尋ねた。「FBIはあの手この手でジャネットにしゃべらせようとすると思うの。どんな小さなことでもいいからとにかく話させようとする。たとえ時刻を訊かれただけでも、朝食には何を食べたかという質問であっても、答えてはいけないわ」

「ジャネットは元FBI捜査官だし、いまは弁護士をしてる。彼らのあしらい方は心得てるはず」

「そうね、それは私も知ってる。ただ、ジャネットもルーシーも元FBI捜査官だからこそ、FBIのあしらい方に関して自分を過信してしまうのではないかと心配なの。ところで、ベントンはこのことを知ってるの？　きっと知ってるでしょうけど」

「わからない」知りたくない。

考えたくない可能性の一つだった。しかもかなり蓋然性の高い可能性だ。それどころか、家族の一員が家宅捜索を受けることをベントンが知らなかったとはまず考えられない。知らなかったわけがない。家宅捜索は自然発生的に始まることではない。ＦＢＩは前々から計画していたはずだ。

「今朝早く開かれた状況公聴会でベントンと顔を合わせたわ」ドナヒューが言った。

「そのときはふだんと変わらない様子だったといま言いかけたけど、考えてみたら、彼はいつも変わらないわよね」

「ええ、そうね」今日は法廷に出るという話をベントン本人から聞いた覚えはなかった。

「いまどこにいるか、何があったか、まだ伝えてないんでしょう？」ドナヒューが確かめるように訊く。「彼のほうも、家宅捜索のことを知ってると匂わせたりはしていないのね？」

朝は一緒にコーヒーを飲んだ。出勤の支度を始める前に、短時間だけれど朝日の当たるポーチに一緒に座ってコーヒーを楽しんだ。ほんの数時間前に見た彼の端整な横顔が思い浮かぶ。

「何も言ってなかった」私は答えた。

何か気にかかっていることがあったのだとしても、それがベントンの態度に影を落としてはいなかった。とはいえ、ベントンは何があろうと動揺を顔に出さない人だ。あれほど本心を読み取りにくい人物を私はほかに知らない。

「彼が知らないという可能性はどのくらいあると思う、ケイ？」

その可能性はない。おそらくそれが厳然たる真実だ。だって、同僚捜査官がルーシーの自宅に捜索に入り、ルーシーの持ち物を押収しようとしているのに、彼がそのことをまったく知らずにいたなどということはありえない。もちろん彼は知っていた。そのことを知っていてよく平然としていられたものだと思う。こんなことが起きるとわかっていて、よくも私と同じベッドで眠り、私と愛を交わすことができたものだ。小さな怒りを感じた。裏切られたような気がした。しかし次の瞬間、いっさいの感情が消えた。これがベントンと私の日常ではないか。彼と私は、私が知るほかのどんな二人組より会話ではない会話を交わすことが多い。

日ごろから互いに隠し事をしている。ときには嘘もつく。省略による嘘をつく場合もあるが、故意に誤解させたり、真実を曲げて伝えることも少なくない。職業柄しかたのないことなのだ。FBIのヘリが頭上をやかましく飛び、FBI捜査官が姪の自宅を荒らしているいまのようなとき、果たしてそれは意味のある犠牲なのだろうかと首をかしげたくなる。ベントンと私は自分を超える力の指揮下にあるが、その力は現実には自分より低いところに位置している。私たちは司法制度に誠実に仕えているが、そのシステムには不備と弱点があって、崩壊しかけている。

「今朝、家を出て以来、彼とは一度も話をしてないの」私は簡潔に答えた。「私からは何も話してない」

「わかった。当面は彼には話さずにおきましょう」ドナヒューは言った。それから、一瞬の重たい沈黙があったあと、続けた。「彼の話が出たところで、一つあなたに尋ねておきたいことがあるの。〝データ・フィクション〟って用語を耳にしたことはある？」

「データ・フィクション？」私は聞き返した。ルーシーが振り向いてこちらを見つめた。私の声が届いたかのように。「いいえ、初めて聞いたわ。どうして？」

「今朝の裁判の争点がそれだったの。裁判自体はあなたとは直接関係ない。詳しくは会ってから話すわ。いまからそっちに向かうから」

15

電話を終え、ミズキの幹にもたれて考えを整理しようとした。ヘリコプターはまるで真っ黒の巨大なスズメバチだ。鼻先を低く下げ、大きな音を轟かせながら、川沿いを行ったり来たりしたかと思うと、急に向きを変えて川と直角に往復し始める。碁盤目状に行き来しながら誰かを捜しているかのようだった。

首筋に熱い日射しを感じた。刈ったばかりの芝生や青々と茂った木々に視線を巡らせる。ロックガーデンの奥に広がる野原は、鮮やかな原色の絵の具を撥《は》ね散らしてサイケデリックな模様を描いたカンバスだ。息をのむほど美しい場所だった。穏やかな一角のはずなのに、ＦＢＩはそれを交戦地帯に変えた。気づくと、深い孤独にのみこまれていた。誰にも相談できない。本当のことは打ち明けられない。中でもベントンには、何も話せない。

ジル・ドナヒューは今朝、状況公聴会でベントンに会ったという。彼はどんな用件でボストンの連邦裁判所に行ったのだろう。出勤前にその話がいっさい出なかったのはなぜだ？　ジル・ドナヒューが持ち出した話題、データ・フィクションというものが気になってしかたがない。ジルは私が連絡した理由はそれだと思った様子だった。それとルーシーや私たちにどんな関係があるというのだろう。それとも、ふと頭に浮かんだことを口に出しただけのことだろうか。体をねじって上空を振り仰いだ。ヘリコプターは機体を傾けて東へ旋回し、轟音とともにルーシーの家の上を越えてこちらに近づいてこようとしていた。

「そろそろ行く？」ルーシーは石のように硬い表情で尋ねた。

いまのドナヒューとの会話はルーシーに聞こえていただろうか。ルーシーが何をどこまで知っているのか、私にはまったくわからない。

「そうね、そろそろ行きましょう」私は答え、ルーシーと並んで家の方角に歩き出した。「話を先に進める前に、念のために言っておくわ。あなたと私の間のやりとりは、秘匿特権で守られない」

「そんなのいつものことじゃない、ケイおばさん」

「だから、ルーシー、あなたに質問すること、話すことを慎重に選ばなくちゃならない。そのことをあらかじめ了解しておいてもらいたいだけ」生い茂った草がブーツにこすれて軽やかな音を立てている。湿度は急激に上昇して、そろそろ露点に達しそうだ。一時間もすれば、ノアの箱舟の伝説クラスの大雨が降り出すだろう。

「秘匿特権のことならちゃんとわかってるから」ルーシーがこちらに顔を向けた。「で、何が訊きたいの？　安全なうちに訊いて。あと数分で安全地帯から出ちゃうから、こういう会話はできなくなる」

「ジル・ドナヒューがデータ・フィクションがらみの事件のことをちらっと話してたの。彼女がどうしてその話題を持ち出したか、あなたなら想像がつくかなと思って。私はデータ・フィクションという用語を初めて聞いたから」

「データ・フィクションっていうのは、アンダーネットで話題になってる概念。アンダーネットっていうのは、簡単に言えばアンダーグラウンドのインターネットのこと」

「〝表〟のインターネットには出せない違法な情報が集まった〝裏〟のインターネット？」

「それは考え方による。あたしにとっては、サイバースペースの開拓の最前線にすぎない。ならず者だらけの西部開拓時代の開拓地みたいなもの。データマイニングしたり、あたしのサーチエンジンを解き放ったりする場所の一つにすぎない」

「データ・フィクションのことを教えて」

「テクノロジーを信用しすぎて、目に見えない物事に完全に依存すると起きかねないこと、それがデータ・フィクション。何が真実か、何が偽りか、何が正しいか、何が間違ってるか、自分ではもう判断できなくなったときに起きる。たとえば、人間の代わりにソフトウェアに何もかもやらせたとすると、ソフトウェアが現実を定義することになるでしょう。でも、そのソフトウェアが嘘をついたら？　真実のつもりでいたことが、実は真実なんかじゃなくて、単なる見せかけ、蜃気楼にすぎなかったら？　戦争を始めたり、生命維持装置をはずしたりといった、人の生死に関わる判断をデータ・フィクションに基づいて下したら？」

「すでに想像したくないほどの頻度で起きてることだって気がする」私は答えた。「私たちがパソコンに作らせた年間犯罪統計をもとに、政府が将来の方針を定めたりするとき、いつも不安に感じることだわ」

「信頼できないソフトウェアが武器を搭載したドローンを操作したらって想像してみて。マウスのクリック一つで、本来の標的じゃなかった誰かの家が吹っ飛んじゃう」

「想像するまでもないわ」私は応じた。「すでに現実に起きてることだもの」

「経済関連の誤報や情報操作、ポンジ式投資詐欺よりもっとたちの悪い詐欺行為もある。オンラインの金融取引や、インターネットバンキングを考えてみて。目の前のディスプレイに表示されてるからとか、ソフトウェアが作成する四半期報告書にそう書いてあるからというだけで、自分の銀行口座残高や資産や負債はいくらなんだって信じる。でも、ソフトウェアが一セント単位できっちり計算して出したはずのデータが、実際の数字とは違ってたら？　詐欺の入り口だったら？　それがデータ・フィクション」

「いま、そのデータ・フィクションがからんだ裁判が連邦裁判所で進行中らしいの」私はふたたび上り坂をゆっくりと歩き始めた。「ジル・ドナヒューはそれに関わってるみたい。ベントンもかも」

「ケイおばさん、少し休んだほうがいい？」ルーシーは立ち止まって私が追いつくのを待っている。

「その呼び方も考えたほうがよさそうね。いつまでもケイおばさんって呼ぶわけにはいかないわ」

「じゃあ、何て呼ぶ？」

「ケイ」

「すごい違和感」

「ドクター・スカーペッタ。局長。ねえ、あなた。ケイおばさん以外なら何でもいいわ。あなたはもう子供じゃない。あなたも私もりっぱなおとななのよ」

「脚、痛いんでしょ」ルーシーは言った。「どこか座って休めるところまで行こう」

「私の心配はいいから。大丈夫よ」

「痛いくせに。大丈夫には見えないよ」

「ごめんなさいね、歩くのが遅くて」

脚の傷痕から脈打つような痛みが響いていたが、この程度ならもう慣れている。週を追うごとに少しずつ回復してはいるものの、すばやく動くのはまだ無理だ。階段の上り下りはかなりきつい。解剖室の硬いタイルの床に長時間立っているのもつらい。炎天下、しかも湿度の高い日に、上り坂を延々と歩いていたら、まもなく限界に到達してしまいそうだ。血圧を上げないようにと注意も受けている。

　血圧が上がると、骨も生きた組織なのだと実感させられる。ヒトの骨の中でももっとも重く長いものは大腿骨であるということも。大腿部には大きな神経が二本通っている。大腿神経と座骨神経だ。腰から膝にかけて走るその二つの神経は、痛みを運ぶ超高速貨物列車の線路のようなものだ。私はいったん立ち止まって、ももの筋肉をそっともみほぐした。

「ステッキを使えばいいのに」ルーシーが言った。

「いやよ」

「まじめに言ってるんだけど」ルーシーは私の顔と脚をちらりと見た。私はぎこちない歩き方でまた前進を始めた。「だって、その状態じゃ不利じゃない？　誰かに追いかけられたら逃げ切れない。でも、頑丈なステッキを持ってれば、武器に使える」

「七歳の子供が考えそうなことね。デジが言いそうなこと」

「そういうふうに、いかにも怪我してます、襲われたら抵抗できませんって状態で歩いてたら、目をつけられるよ。悪人は、サメが血の臭いを嗅ぎ取るみたいに他人の弱みを敏感に嗅ぎ分ける。発信しちゃいけないメッセージをわざわざ発信するようなもの」

「この夏はもう、サメの一種みたいなものにもう狙われたわ。でも、あんなことはもう起きない。それに、いつもバッグに拳銃を入れておくことにしたの」私は言った。少しだけ息が上がっていた。

「見られないようにね。あの人たち、あたしたちを撃つ口実を見つけたら、大喜びで飛びつくから」

「笑えない冗談ね」

「冗談を言ってるように見える？」

ルーシーの家が見えてきた。木材とガラスでできた建物に銅の屋根。川が入り江のように広くなった部分をちょうど見下ろせる小高い丘の上に建っている。ヘリコプターはまた林の上空に移動していた。先ほどよりずっと低いところを飛んでいて、吹き下ろされた風が木々の枝を激しく揺らしていた。

「いったい何を捜してるのかしら」私は訊いた。

「捜してるのは動画」ルーシーがこともなげに答え、私は愕然とした。

ドライブウェイの途中で立ち止まってルーシーを見つめた。「何の動画？」

「あたしがどこかに隠してると思ってるの。宝物みたいに土の中に埋めたとか、秘密の保管庫にしまってるとか。正気なのって言いたい」ルーシーは嘲るように言った。「カメラごとちっちゃな金属箱に入れて、穴を掘って埋めたら、さあこれで安心なんて、あたしが思うとでも？　あたしが本気で何かを隠したら、ＦＢＩには百万年かかっても見つけられない」

「何の動画？」

「地中探知レーダーを使ってるのは間違いないと思う。地質パラメーターをじっと見て、あたしが土中に何か隠した地点を捜してる」ルーシーはヘリコプターをじっと見上げたまま続けた。ヘリの音がやかましくて、大声を張り上げなければ互いに話が通じない。「ヘリの次はバックホーでも持ってくるんじゃない？　あたしの美しい庭園を壊すっていう楽しみのためにね。これは仕返しだから。あたしに思い知らせてやろうとしてるだけだから」

「何の動画なの？」ルーシーが認めるのではないかと思った。『邪悪な心』の動画は自分にも送られてきていると。

「フロリダの動画」

いまから二ヵ月前、フォートローダーデール沖の沈没船のダイビングポイントで私が潜ったとき撮影された動画。

「あれには手がかりらしきものは何一つ写ってない。でも、ＦＢＩはそれを知らないんだと思う。捜してるものが何なのかにもよるけど」ルーシーが言った。そして私は理解した。ルーシーは私に嘘をついていたのだ。私たち全員に嘘をついていた。「彼らの眼中にないものは何なのかにもよるって言ったほうがいいかな。そのほうがありそうな話だから。でも、そのプレゼントは渡せない。彼らが欲しがってるのがなんなのか、あたしは知ってるつもりだけど、あたし経由でそれが手に入ることはない」

超小型カメラを搭載した私のダイビングマスクは見つかっていない。少なくとも私は見つかっていないものと思っていた。私がキャリーに殺されかけたあと、捜したが見つからなかった。私はそう伝えられていた。

マスクの回収は最優先事項ではなかった。私はそう説明された。私の命を救うほうが優先だった。ダイバーがマスクを捜してふたたび潜ったときには、マスクは潮に流され、おそらく海底の砂に埋もれてしまっていた。

「でも、FBIがあの動画を確かめたがってたのは二ヵ月も前よ」私はうかつなことを口にしないよう用心しながら言った。「どうしていまになってまた？」

「これまではあるはずのものにすぎなかったから。いまはあたしが持ってるって確信してるから」

「FBIがそう確信してるということね？」私は言った。ルーシーがうなずく。「何を根拠に？」

「ついこの前バミューダから帰ったとき、ローガン国際空港に着陸したんだけど、着陸から何分とたたないうちに、関税警察があたしの飛行機に乗りこんできて捜索した」

「ちょっと待って」私は片手を持ち上げ、ドライブウェイの途中でまた足を止めた。「先を続ける前に、一つ確認させて。あなたがバミューダに行ったからといって、どうしてFBIが関わってくるの？ あなたをバミューダまで追いかけていって監視する理由は何？」

「あたしがバミューダである人物と会ったと思ってるからかな」

キャリーの顔が頭に浮かぶ。「ある人物というのは？」

「ジャネットの友達に会いに行ったの。おばさんは気にしなくていい相手」

「FBIがその人物に関心を寄せてるなら、私も気にしたほうがいい相手だという気がするわ」

「キャリーが本当に存在する場合に備えて、FBIはこのあともまだこそこそ嗅ぎ回るんじゃないかな」

「キャリーが本当に存在しないとしたら、私のこの傷は誰が負わせたものということになるの？」

「手短に言うと、FBIが関税警察をけしかけたの。飛行機にあったものを端から調べて、バミューダ行きに関して延々と質問した。どうしてバミューダに行ったのか、スキューバダイビングはしたのか。一時間以上も足止めされた。目的はわかりきってる。ダイビングマスクを捜せって指示を受けてたのよ。カメラを捜せって。つまり、FBIは動画に関心を持ってるけど、それを捜してることはあたしに知られたくない。FBIが自分たちで飛行機に群がってきて、納得いくまであたしの荷物を調べたら、どうしたって注意を引くでしょう。でも、関税警察ならさほど目立たない」

ルーシーはいったいどうやって私のマスクを手に入れたのだろう。次に頭に浮かんだのはベントンだった。彼が見つけたのに提出しなかったのだとすれば、FBIの同僚たちは、証拠改竄《かいざん》罪、司法妨害罪など、ありとあらゆるかどで彼を有罪にできるだろう。

「そろそろ……？」私は最後まで言わず、街灯を——街灯に設置されたカメラを見上げた。

「さっきからずっと、すぐ近くのカメラのマイクを切りながら歩いてる。FBIがそれに気づいてないわけがない。家に入るなり、この電話も押収されるだろうな。セキュリティシステムをいじれないように。あたしのセキュリティシステムなんだけどね」ルーシーは言った。「さっき、あたしのダイビング用具も調べてた」

「あのとき一緒に潜ってたわけじゃないのに」

「連中はあたしも一緒だったって主張すると思う」

「ばかげてる。だってあなたはフロリダにさえ来てなかったのよ」

「証明できる？」

「FBIは、私が撃たれたときあなたも一緒だったって言い張ろうとしてるの？　あのとき一緒にダイビングしてたって？　それこそ証明なんかできるわけがないでしょう？　あなたは一緒じゃなかったんだから」

「その主張に対して、誰が反駁《はんばく》の余地のない証言をしてくれるの？」ルーシーは一歩も引かない。「ベントンとケイおばさん？　ほかの証人は口なしだものね」

ルーシーの言う〝ほかの証人〟とは、沈没船のダイビングポイントに先に潜って殺害された警察のダイバー二人のことだ。私が撃たれるところを目撃していた証人は、私の知るかぎり、ベントンと、撃った張本人のキャリーだけだった。

「FBIは、あたしがおばさんのダイビングマスクを持ってると思ってる」ルーシーは言った。

「持ってるの？」

「持ってるとは言えないけど、持ってるかな」

「それはどういう意味？」

「マスク搭載のカメラは、おばさんが起動すると同時に、撮影した映像をある場所に転送し始めた」

バミューダのことがまた頭に浮かぶ。ジャネットの友人。ルーシーが会ったという人物。

「ある場所って？」

「そこにはあまり突っこまないで」

「私には話してくれないことが、これで二つになった。バミューダで会ったという人。映像が転送された先」

「そういうことになるね」

「あのマスクを誰かが持ってるという話は聞いてない」私は付け加えた。ルーシーは沈黙でそれに答えた。ルーシーの家はもうすぐそこだ。「私が知るかぎり、マスクはそもそも発見されてない。私をボートに引き上げた直後の最優先事項は、言うまでもなく、私の救命だったから。それに、水中に検証すべき犯行現場もあった。二人の命が奪われた現場」

スピアガンのシャフトが突き出した遺体が二つ、沈没船のハッチにもたれかかっている光景が脳裏に蘇った。ベントンと私がボートからジャイアントストライドで海に飛びこむ少し前に殺害された警察のダイバーたちだ。二人の遺体を目にした瞬間、次に狙われるのは私だと直感した。そしてちょうどそのとき、錆びた船体の陰からキャリーが現れた。水中推進機の低いモーター音がかすかに聞こえて、キャリーが私のほうに近づいてきた。最初の銛先は私のタンクに当たった。続く二発目で、ももを貫かれる衝撃が私を襲った。

「撃たれたとき私が落としてしまったダイビングギアのほかに、遺体も引き上げなくてはならなかった」私はルーシーに指摘した。「沈没船の周囲の捜索が完全に終わるまでに何時間もかかった。私のマスクは最後まで見つからなかったって聞いてる」私は同じことを繰り返した。

「でも、確かに存在したことはFBIも知ってる」ルーシーが応じた。「キャリーがおばさんを襲撃したとされるとき、おばさんがそのマスクを着けてたことを知ってるの。問題はそれね。FBIはマスクのことを供述から知ったということ」

「襲撃したとされる？」

「FBIはそういう受け止め方をしてる。それに、そう」ルーシーは続けた。「おばさんのマスクには超小型カメラが取りつけられてて、問題のダイビング中に撮影された映像がリアルタイムに転送されてた、おそらくあたしのところに転送されてたと考えて間違いなさそうだってこともFBIは知ってる。あのときおばさんの身に起きたことの一部始終を記録してたデバイスをあたしがどこかに隠してるようだと考えるのは、当然と言えば当然よね」

「どうしてそう考えるの？」

「そう考えるだろうから」

「もっとちゃんとした根拠があるはずよ」内心の動揺が大きくなっていく。「根拠を教えて」気持ちが揺れ動き、胸の内側を飛び回っていた。

「根拠はおばさんの話」ルーシーが言い、それと同時に私も思い出した。「事情聴取の中で、おばさんが自分でマスクの話題に触れてる。あたしが小型カメラをマスクに取りつけた、キャリーに撃たれたときもそのマスクを着けてた、だからあのとき何が起きたか正確に記録した疑いの余地のない動画があるはず――おばさんが自分でＦＢＩにそう話したの。ただ、そんな記録は存在しない」

「存在しないって、どういうこと？」

「病院でＦＢＩから事情聴取された直後に、あたしとその話をしたのは覚えてる？」

「ええ、なんとなく」

「ＦＢＩにマスクのことや、マスクの機能について話したことは覚えてる？」

「ええ、なんとなく」

記憶は曖昧だった。ルーシーに何を話しただろう。ＦＢＩには？　ほかの誰にどんな話をしただろう。事件直後のやりとりは断片的で、夢の中のできごとのようだった。それに、どんな質問をされたか、それに対して自分がどう答えたか、正確なところは思い出せない。ただ、訊かれたことには正直に答えたはずだ。負傷して薬を投与されていたのなら――いま思えばそのために朦朧《もうろう》としていたのだろうから、なおさらだ。自分が何をしたか、何をしたつもりでいるか、本当のことを話すのは危険かもしれないと考える理由はその時点ではなかった。私が提供した情報が自分たちに不利に使われる可能性には考えが及ばなかった。二ヵ月後、ＦＢＩがルーシーの地所の隅々まで這い回り、空からも捜索を行うことなど予想できたはずがない。

「私のせいで迷惑をかけたなら謝るわ。いえ、かけたならではないわね。迷惑をかけたのは明らかだもの」私はルーシーに言った。

「迷惑なんてかけられてない」

「でも、そうとは知らずに事態を悪化させてしまったみたい」私は言った。ルーシーの家の前の歩道はもうそこだ。「本当にごめんなさい、ルーシー。そんなつもりはなかったの」

「おばさんは謝らなくちゃいけないようなことは何もしてない。それに、そろそろおしゃべりはやめにしないと。いい？　三、二、一——マイク復活」ルーシーは携帯電話のアプリをタップし、私を見てうなずいた。

タップ一つで、私たちのプライバシーは失われた。

16

登場のキューを待っていたかのように、カーキのカーゴパンツに黒いポロシャツという服装の女性が玄関を開けた。私たちの話の内容は聞こえなかっただろうが、監視カメラの映像を見て、私たちが玄関前に来ていることはわかったのだろう。

ベルトに下がった四〇口径のグロックとつややかな真鍮のバッジは、エリン・ロリアの華奢《きゃしゃ》な骨格には不釣り合いに大きく見えた。私は一瞬のうちに相手を値踏みした。肩が前に入って、やや猫背になりかけている。歯並びはきれいにそろっており、エナメル質が溶けて歯が黄ばんでいることもなく自然な白さを保っていた。腕は赤ん坊の産毛のように柔らかな黒っぽい毛で覆われていた。拒食症と過食症が彼女の内側でせめぎ合っているのがわかる。気をつけないと、その影響で若年性骨粗鬆症《こつそしょうしょう》や心臓障害に苦しむことになるだろう。この女性と会うのは初めてだ。顔を合わせたことは一度もない。しかし、どのような人物かは知っている。

過去にキャリー・グレセンと恋人関係にあったかもしれないＦＢＩ捜査官、今日の家宅捜索を取り仕切っている女性捜査官は、石敷きの歩道に近づく私たちをじっと目で追っていた。その視線を意識しながら、私たちは無言で歩道を進んだ。エリンの顔を縁取っている長い黒髪は、まだそんな年齢ではないだろうに、こめかみや頭頂部が薄くなり始めていた。顔に浮かんだ笑みは歪んでいて、その表情は好意的に見ても心のこもらない愛想笑い、悪意に受け取るなら人を小馬鹿にしているように見えた。いまは後者だ。注意深く観察して初めて、日に焼けた皮膚の下に隠された美人コンテストの元女王の骨格がようやく見えてくる。曲線の消えた体は、尖った骨や平らな尻、垂れた乳房で構成されていた。黒っぽい目は左右に離れていて、目の下は大きくたるみ、ふくれ面を作っているような口の両脇から顎に向けてくっきりとした皺が刻まれている。

バービー人形の美しさの名残は急速に失われようとしていた。ルーシーがクワンティコにいたころ、私がエリン・ロリアと会ったことがあったとしても、その記憶といま目の前にいる女性とは結びつかなかっただろう。私は人の顔をよく覚えているほうだ。それでも、まるでぴんとこない。あのころきちんと紹介され、世間話程度でも交わしたことがあるのなら、かならず思い出しているはずだ。おそらく、廊下ですれ違ったことがあるかどうかといったところだろう。同じエレベーターに乗り合わせたりもしたかもしれない。ただ、私はまったく覚えていないし、彼女とキャリー・グレセンが本当に性的な関係を結んでいたか否かにも関心はなかった。私にとって意味があるのは、その当時ルーシーがどう思っていたかだ。エリン・ロリアがルーシーの自宅の捜索指揮を執るのはとんでもなく不適切なことだと思えた。そもそもエリンがルーシーに関わること自体い。

「奇妙な利害の衝突があるようね」私は言った。愛想よく接するつもりはさらさらない。

「え？　どういう意味かしら？」

「自分でよく考えてみて。そうしたら私の言う意味がわかるかもしれないから」握手のためにこちらから手を差し出すこともしなかった。

あの動画で見たものを思い出さずにはいられない。エリンがイエロー・ブリック・ロード訓練コースに現れたあと、ルーシーが傷つき、嫉妬して、我を失いかけていた姿が思い浮かぶ。エリンの出現は偶然ではなかった。キャリーとエリンがルーシーの気持ちを顧みることなく関係を持っていたと疑われてもしかたがないだろう。それから十七年後の今日、エリンが突然自宅に押しかけてきて、捜索令状を鼻先に突きつけた。そのときルーシーがどう感じたか、私には想像することさえできない。

「マサチューセッツ州検屍局長のケイ・スカーペッタよ」

「ええ、存じ上げてます」

「もしかしたらご存じないかもしれないと思って。必要なら、身分証明書もお見せしましょうか？」私は言った。エリンは玄関をふさぐようにして立っている。どちらの方向にも、一ミリたりとも動く気配はない。「ルーシーとはお知り合いなんですって？」

私は思いきり皮肉を込めてそう言った。

「あなたのことは存じ上げてます。姪御さんのこともね。ルーシーとはずいぶん昔からの知り合いなんですよ」またしてもあの、人の神経を逆なでする笑顔を作ってルーシーを見つめた。「逃げずに戻ってきてくれてほっとしたわ」

「ああ、それでヘリを飛ばしてるわけね。私が自分の土地から逃走を試みた場合に備えて。さすがFBI。考えることが違うわ」相手に軽蔑を感じているとき、ルーシーはまるで退屈しているような話し方をする。

「よく回る口だこと。私は冗談のつもりで言ったのに。ちょっとふざけてみただけよ」

エリンは茶目っ気を示したつもりかもしれないが、人を小馬鹿にしているようにしか聞こえない。「まさか逃亡するほどおばかさんではないでしょう。からかっただけよ」

「あのヘリの操縦士が誰か、当ててみようか」ルーシーは軍用機のような黒いツインエンジンのヘリコプターを見上げた。「ジョン。身長百九十五センチ、体重百四十キロの、ステロイドでできてるみたいな大男。大型トラックなみに小回りがきくビッグ・ジョン。この前、FBIが使ってるハンスコムの格納庫で、ジョンがヘリをドリーに下ろそうとしてるのを見たけど、あれは笑えたな。あっと、失礼、言っちゃいけないことだったかも。でも、もうみんな知ってる。FBIがハンスコム空軍基地に特殊部隊用の秘密の格納庫を持ってるって話ならね。ほら、メドフライトの救急ヘリ基地の隣にある格納庫のこと。最近、莫大な税金を投入して大改装したでしょ？

まあ、改装の話はともかく」――ルーシーはエリンを挑発するかのように、ボストン郊外にあるFBIの、もはや誰もが知っている〝秘密の〟格納庫の話を続けた――「ビッグ・ジョンはドリーの真ん中にヘリを下ろそうとして、三回も派手に失敗してた。一度なんて、初めて階段を下りる子犬が震える足で次の段の感触を確かめるみたいに、ドリーにちょっと触ってみてはまた引っこんで、また触ってみてはまた引っこんでってを延々繰り返してた。操縦してるのはビッグ・ジョンだなって、見ればすぐわかる。操縦のコツを二つ三つ教えてあげたいくらい。手じゃなくておつむを使いましょうとか、そんなアドバイス」

エリンの目の奥ではさまざまな考えが渦を巻いている。激高している。ルーシーをやりこめられる痛烈なひとことを必死に探している。しかし私は言い返すチャンスをエリンに与えなかった。

「姪の家に入りたいんだけれど」エリンの肩越しに、大きな川の上に浮かんでいるように見える、木とガラスでできた広々とした空間をのぞきこんだ。

「それは都合がいいわ」エリンはあいかわらず入り口をふさいだまま応じた。「こちらからもいくつかお尋ねしたいことがあるから」

赤みがかった深い茶色のチェリー材の床に、土埃の靴跡が無数についていた。壁際に白い書類ボックスが積み上げてある。

リビングルームに入ると、ランプのマイカのシェードが残らず消えていた。ミッションスタイルの家具は無造作に動かされ、クッションもいい加減に並べ直されていた。テーブルにも、マホガニーに手彫りの装飾を施したアフリカ製のマントルピースにも、テイクアウトのコーヒーのカップやファストフードの紙袋を丸めたごみが散らかっている。私がヴェネツィアのムラーノ島からお土産に持ち帰ったガラスのボウルには、砂糖の空パケットやプラスチックのマドラーが放りこんであった。『アーキテクチュラルダイジェスト』のグラビアページから抜け出してきたようなルーシーのリビングルームは、たった二時間ほどの間に小さな軍隊によって踏み荒らされていた。ＦＢＩは――もっとはっきり言えば、インターン時代に寮の同じ階で暮らしていた人物は、自分も中指を立ててルーシーを愚弄したのだ。

「質問はジル・ドナヒューが来るまで控えていただける？」私はエリンに伝えた。「ジルはいまこっちに向かってるの。ところで、私が仕事をしてる世界では」私はエリンの冷笑的な目をまっすぐに見て言った。「誰も現場で食べたり飲んだりしないわ。コーヒーを持ちこむこともないし、水道やバスルームを勝手に使ったりもしない。自分たちの痕跡はいっさい残さないのよ。でも、あなた方は現場検証の研修で習ったことをすっかり忘れてしまったようね。あなたのご主人は連邦判事なのに、驚きだわ。捜査の手続きをおろそかにすると、裁判でしっぺ返しを食らうことになると知っておいたほうが身のためよ」

「どうぞ入って」エリンが言った。自分の家に招き入れるような口ぶりだ。しかも私がいま言ったことはまったく聞こえなかったかのような態度だった。

「みんなの様子を確かめてくる」ルーシーは立ち去ろうとした。

「そうあわてないで」エリンがルーシーの腕を軽くつかんだ。

「放してくれる？」ルーシーが静かに言う。

「脚の具合はいかがです？」エリンは私に向き直った。ルーシーの腕を放すどころか、その手にいっそう力を込めていた。「怪我をされたと聞いて最初に思ったのは、よくそのまま溺死せずにすんだものだということでした。ああ、ところで、ゼブからよろしくと伝言を預かってます」

ええ、ええ、ノードーズ判事は私がいなくなって、さぞさみしく思ってくれてるでしょうよ。心の中ではそう切り返したが、口ではこう答えた。「私からもよろしく伝えて」

「手を放してもらえるよう、あたしはものすごく礼儀正しく頼んでるんだけど」ルーシーが言い、エリンは放したほうが無難だとようやく悟ったらしい。

「このところ、歩くのに不自由を感じてらっしゃるようですね」エリンは私に向き直って言った。「水深……何メートル？　三十メートルとか三十五メートルとかで意識を失ったんでしょう？　スピアガンで撃たれたら、私も間違いなく気絶してるわ」

「脚の傷が治るにはまだしばらくかかりそうなの。でも、かならず完治するって信じてる」つい棒読み口調になる。この何週間、同じ台詞を何度も繰り返して、そろそろうんざりし始めていた。「これ以上の質問は、ジル・ドナヒューが来るまで控えていただけるかしら」

「こちらはかまいませんけど。お好きなようになさるといいわ。ただ、あなたに被疑者の権利を読み上げたりする予定は誰にもないと思いますよ。あなたを尋問する予定はない。あなたの意見を参考にさせていただければと思ってるだけ」それから今度はルーシーに向き直った。「悪いけど、携帯電話を預からせてちょうだい。いままでは厚意から黙ってただけなの。ここに来た直後に押収しようと思えばできたけど、疑わしきは罰せずの原則を適用した。でも、あなたは何をした？　携帯電話を使ってセキュリティシステムをいじったのよね」

「ただのセキュリティシステムじゃない」ルーシーが言った。「あ、あ、あたしのセキュリティシステムなの。何をしようとあたしの勝手でしょ」

「疑わしきは罰せずの原則を適用した」エリンはそう繰り返した。「あなたはその厚意を仇で返したわね。私たちの捜査を妨害した」そう言いながら、ルーシーの手から携帯電話を受け取る。「手加減はここまでにするわ」

「あなたの〝疑わしきは罰せず〟は要するに、誰に連絡するか、携帯電話で何をするか、情報を集める間だけ持たせておいて、そのやりとりを傍受するってことよね」ルーシーが切り返す。「その気遣いに感謝しなくちゃ。おかげであなたたちがあたしの何に関心を持ってるか知る参考にはなったけど、そっちは有益な情報なんて一つも手に入らなかっただろうから。本当の狙いは、ユーザーネームやパスワードなんでしょ。でも、一つも手に入らなかった。そうよね？　いいこと教えてあげようか。いくらがんばっても永久に手に入らないから。国家安全保障局（ＮＳＡ）やＣＩＡでもあたしのファイアウォールは破れなかった」

なのに、何者かが破った。

誰かが、おそらくはキャリーが、ルーシーの携帯電話を乗っ取り、ルーシーのコンピューターシステムやワイヤレスネットワークに侵入し、ルーシーの自宅のセキュリティシステムをぐらつかせようとした。ルーシーの世界は、私の理解の及ばない、クモの巣のように複雑な網でできている。ネットワークの中にさらにネットワークがあり、サーバーの先にまたサーバーがあり、プロキシーの陰にまた別のプロキシーがある。

ルーシーが何をどう設定しているか、どこまでの範囲をコントロールしているか、本当のところは誰にもわからないというのが現実だ。何者かがシステムに侵入してルーシーのプライバシーを探っているとしたら――その何者かがあのキャリーなのだとしても――ルーシーはあえて侵入を許しているのではないかという気がしてならない。ひょっとしたら、餌をぶら下げて侵入者を自分から誘ったのかもしれない。コンピューターの世界で挑戦状を受け取ったら、ルーシーは〝かかってきなさいよ〟と返すだろう。勝つのは自分だと信じている。

「私たちさえその気になれば、入れないところはないわ」エリンは胸を張るようにして言った。「ただ、自分から協力するほうがお利口さんだと思うの。最終的には私たちに要求されるままに何だって差し出すことになるんだから。パスワードも含めて。抵抗すればするほど、あなたが不利になるだけのこと」

「うわあ、怖い」ルーシーの声はドライアイスのように皮膚に嚙みついてきた。その口調を聞いて、動画の中でキャリーに皮肉を込めて「おーこわ」と言ったシーンを思い出した。

ルーシーは怖がってなどいない。ふつうの人々なら震え上がるところだろうが、ルーシーは怯えていない。

「昔から自信過剰だったわよね」エリンは腕を伸ばして玄関口をふさいだ。その態度は私に向けてのものらしいと気づいた。

驚きだ。自分の力を誇示しようとしている。これほど深刻な場面でなかったら、滑稽で、思わず口もとをゆるめていたことだろう。

「最初のトラブルの原因もそれだものね」エリンがルーシーに言った。ヘリはまたしてもルーシーの敷地の上空を一周しようとしていた。「それっていつの話だっけ？　いつだろう？　あたしが最初にトラブルに巻きこまれたのっていつ？　二歳か三歳のころ？　ううん、もしかしたらまだ生まれる前だったかも」

「自分を不利な立場に追い詰めたくてたまらないみたいね」

「この気温と湿度で、高度二百メートル？　きっと荷重も相当なものよね」ルーシーは家のすぐかたわらの木立の上を低空飛行しているヘリから目を離さずに言った。「どのくらいかな。後ろに少なくとも六人乗ってる。脳味噌まで筋肉でできてるみたいな大男ばかりで、しかもそれぞれが銃やら何やら重装備でいる。あたしがビッグ・ジョンなら、あまり長時間デッドマンズカーブでうろうろしないようにするけど。あれってデッドマンズカーブより下の高度でしょう？　緊急事態が発生しても、オートローテーションに安全に移行できない。それにあたしなら、嵐が接近してることもわかってるわけだから、もうとっくに着陸してるな。ビッグ・ジョンに無線連絡して、教えてあげたら？有視界飛行ができるのはあとせいぜい三十分くらいだってこともね。もうじき特別有視界飛行の許可が必要な状況になるだろうし、あっという間にそれさえ許可されないような視界になっちゃうと思うの。いますぐ大急ぎでハンスコムに帰ったほうがいい。カスタム仕様の高価なヘリをカスタム仕様の高価な格納庫に無事に返せるうちにね。雹《ひょう》が降るって予報もあるし」

「ちっとも変わってないのね。あいかわらずお高くとまった……」エリンは何か低俗なことを言いかけたようだが、寸前で口をつぐんだ。

「お高くとまった何？」ルーシーがエリンの目をまっすぐに見た。

「昔とちっとも変わってない」エリンはルーシーをにらみつけたあと、私のほうを向いた。「あなたの姪御さんと私は、クワンティコで一緒だったことがあるんです」

「そうなの？ あなたのことなんて記憶にないけど」ルーシーは平然と嘘をついた。説得力のある口調だった。「そのころの集合写真とかない？ あったら見せて。あなたがどこにいるか、指さして教えて」

「ちゃんと覚えてるくせに」

「ほんとに覚えてない」ルーシーは無邪気に言った。

「覚えてるでしょう。私はあなたを覚えてる」

「あたしを覚えてるから、あたしを知ってる、知ってるって言いたいの？」

「そうね、知っておくべきことは知ってるわ」エリンは私に視線を向けたまま応じた。

「知ってるつもりでいるだけで、実は知らない」ルーシーは言った。「あたしのことなんて何一つ知らない」

いまこの場でルーシーに説教を始めるわけにはいかない。しかしもし何か諭すとすれば、そのような話し方をするのは危険だということだろう。怒りが爆発して、ルーシーが着けていた冷徹な仮面は吹き飛ばされてしまった。暴走した怒りが、ルーシーの翼を切ってかごに閉じこめてやろうというFBIの意欲をいっそう煽《あお》り立ててしまった。

「令状を見せてもらえるかしら」私はエリンに言った。

「この不動産の所有者はあなたではありませんから」

「この家には私の所有物も置いてあるの。その中には犯罪捜査に関係するような資料も含まれてる。不用意に手を触れると、あなた方が責任を問われかねない」

「まずこのことを頭に入れておいていただきたいわ。あなたがいまここにいるのは、私が許可したからです」エリンは戦法を変えて意地の張り合いに持ちこむことにしたらしい。「私が寛容で排他的ではない対応をしてるから」

私はショルダーバッグからペンと黄色い法律用箋を取り出した。「私もあなたに倣うことにしたわ。メモを取る」

「私は何も書いてませんけど」エリンは何も持っていない両手をこちらに見せた。

「でも、これから書くでしょう」私は腕時計を確かめた。「八月十五日金曜日、午前十一時二十五分。私たち三人はコンコードにあるルーシーの自宅の玄関ホールにいる」私はメモを取った。「たったいま私はFBI捜査官のエリン・ロリアに家宅捜索令状の提示をお願いした。私もこの家の住人の一人だから。ここに定住してるわけではないけれど、この家には私専用の部屋があって、そこに所有物や機密情報を保管してる。というわけで、令状を見せていただける？」

「ここはあなたの家ではありません」

「憲法の人権保障規定、修正第四条にはこう定められてる」私は言った。「〝不合理な捜索および押収に対し、身体、家屋、書類および所有物の安全を保障されるという人民の権利は、これを侵してはならない〟。判事の署名がある適切な令状があることを確認したいわ。さらに言えば、その判事がエリン・ロリア捜査官の夫のゼブ・チェース閣下ではないことを確認したい」

「そんなばかなことあるわけないでしょう！」エリンがさえぎった。「彼はヴァージニアの判事よ」

「でも、連邦判事でしょう。理屈のうえでは、他州の連邦裁判所の命令であっても署名して発効させることができる。倫理のうえではルール違反でしょうけど」私はメモを取りながら言った。「とにかく令状を見せて。同じことをお願いするのはこれで三度目よ」私は〝三度目〟にアンダーラインを引いて強調した。

17

標準的な令状だった。狡猾な小細工も、予想外の記述もない。エリンが提示した捜索押収令状には、ありとあらゆる物品が挙げられていた。載っていないのはキッチンのシンクくらいのものだろう。母屋および付属建築物の一部をなす秘密のハッチ、ドア、部屋、出入り口まで並んでいた。

ここまでにFBIが押収した物品は、長銃、拳銃、弾薬、リロード用品、ナイフ、切る・刺す用途に使えるあらゆる道具、ダイビング用具、船舶用品、電子記憶装置、コンピューター、ハードディスクを含めた外部記憶装置。そしてこれから押収したいもの――法的〝ウィッシュリスト〟には、生物学的証拠、とくにDNAが採取可能な物品も含まれている。奇妙だ。とはいえ、今日はふつうとはかけ離れたことばかり起きている。

奇妙だというのは、FBIはルーシーのDNA型をとっくに持っているはずだからだ。ルーシーは過去にFBIの一員だった。つまり、ルーシーのDNA型と指紋はその当時すでにデータベースに登録されている。それを言うなら、除外の目的で、ジャネットやマリーノや私のものだって登録されている。七歳のデジにはさすがのFBIも関心はないだろう。デジは何にも関わっていない。ＦＢＩはいったい何が見つかると期待しているのか、やはりよくわからなかった。ただ、捜索を終えるつもりはまだしばらくなさそうなのは明らかだった。彼らがこの家にある全パソコンとそこに保存されているデータを手に入れるまであきらめるつもりがないらしいことを考えると、別のありがたくないシナリオがいやでも浮上する。ＦＢＩが捜しているのは、ケンブリッジ法病理学センター（ＣＦＣ）本部に保管されている機密情報にアクセスする手段だとしたら？　ルーシーは、ＣＦＣで行われている万事のマスターキーだ。ルーシーはＣＦＣの電子の王国の番人であり、したがってＦＢＩから見れば、王国に入る門《ポータル》でもある。ルーシーを突破口にして、ＣＦＣ職員のメールアカウントや、過去数十年分の記録ファイルにアクセスすることが可能なのだ。しかし、彼らの狙いがそれだとして、ＣＦＣのいったい何に関心を抱いているのだろう。ヘリコプターが私をここまで尾行してきたのはなぜだ？　そもそも私を尾行していたのだろうか。たまたまそう見えただけのことか？　ＦＢＩが照準を合わせているのはルーシー一人なのか。それとも実はルーシーは無関係で、本当の狙いは私なのだろうか。

「ＣＦＣが扱った案件や、それに関わる調査記録や検査結果はどれも機密よ」私は令状をエリン・ロリアに返した。「州法と連邦法によって保護されてる機密。ルーシーがＣＦＣ職員であるという事実を利用して、ＣＦＣに保管されてる情報にアクセスすることはできない。そのやり方は不適切だということあなたにもわかってるわよね」

〝違法〟とまでは言わなかった。違法とはされないことをＦＢＩが事前に確認していないわけがない。自らの行為を正当化するために真実をねじ曲げたり順序を入れ替えたりするのが得意な組織なのだから。ＦＢＩに立ち向かおうとするのは、ダビデとゴリアテの故事に似ている。ただし条件はいっそう厳しい。ダビデ少年の投石器には石がなく、巨人兵士ゴリアテにはライフルが与えられている。だが、勝ち目はないとわかっていても、政府の役人と戦う勇気が萎えることはない。彼らは公衆に奉仕するために存在しているのだ。彼らが法律そのもののようにふるまったとしても、彼らが法律であるわけではない。人数でもこちらが不利といつも決まっているが、戦うときはそのことも私はつねに頭に置いている。

「そのような侵害行為がＣＦＣで扱ってる犯罪捜査にどれほど深刻な影響を及ぼすか、それも知ってるでしょう」私は続けた。「ＣＦＣが保管してる記録の無謬《むびゅう》性を保証できなくなる。その中には連邦の事件、ＦＢＩの捜査の記録も何千とあるのよ。どんな結果を招きかねないか、あなたもよくわかってるわよね。司法省にしても、プライバシーを侵害したとまたしても報道されるのは避けたいんじゃないかしら。スパイ行為によって犯罪捜査を破綻させたと書き立てられたくないでしょう」

「マスコミを使って脅す気？」

「いいえ、あなたの行動によってはそういう結果を招きかねないと指摘してるだけのこと」私はエリン・ロリアのあとについて廊下を歩きながら、表現に気を配って同じことを繰り返した。深い色合いのチェリー材を張った壁に、ミロの絵画やリトグラフが並んでいる。「いま見せてもらった令状は、私の姪の自宅を捜索する許可は与えてるけど、CFCの資料やデータなどにアクセスする許可は与えていないし、私の名前も挙げられていない」

「もしこの件をマスコミに持ちこんだりしたら」マスターベッドルームの手前まで来たところで、エリン・ロリアは言った。「司法妨害で告発します」

「あなたを脅してなどいないわ」私はメモを取りながら言った。「脅されてるのは私のほうだって気がするくらい」その部分にまたアンダーラインを引く。

「脅していません」

「そういうふうに受け取れる」

「こちらはあなたの立場に配慮してるつもり」彼女もメモ帳を取り出して私の発言を書き留めていた。自衛のためだろう。

ＦＢＩはキツネのように狡猾で、捜査官が見聞きしたことを紙とペンという原始的な方法によって記録に残すことにこだわる。彼らはひたすらメモを取る。ほかの方法に比べ、容疑者や目撃証人がしたこと、言ったことを第三者に伝えるとき、故意に説明を誤るのが簡単だからだ。

「配慮してもらうだけじゃ足りないわ」私は応じた。マスターベッドルームで起きていることを直視するのはつらい。「捜索する相当な理由がないでしょう。検屍局の記録やそれに関するメールなどのやりとりを調べる根拠は何一つない。そういった記録には、軍の兵士に関する機密情報だって含まれてるのよ。私やCFC職員のメールなどの通信記録を閲覧する権利はFBIにはない」

「あなたの立場は理解してます」エリン・ロリアは言った。

「CFCで遺体を預かった殺人事件を立件できなくなるようなことがあったら、その理解はいっそう深まることでしょうね」私はいくらかきつい口調で言った。「いまのは脅しじゃないわ。可能性を話しただけよ」

「書き留めておきます」

ルーシーがこの場にいなくてよかったと思った。手袋をはめた女性捜査官が二名、ルーシーのウォークインクローゼットに入り、ルーシーが一度でも着たことのある服のポケットを残らず探っている。ジーンズ、フライトスーツ、ドレスアップ用の服。靴やブーツも調べている。ブリーフケースや造りつけの抽斗も開けてのぞいている。部屋の反対側では、男性捜査官がジャネットのクローゼットをあさり、もう一人別の捜査官は、壁に飾られたアフリカの野生動物をとらえた大きな絵画や写真を下ろして壁を掌で叩いていた。壁の奥に隠し部屋や空間がないか調べているのだろう。私はみぞおちのあたりにソフトボール大のしこりができたかのような息苦しさを感じた。

「正直に話をしてもらえていたらここまで大事《おおごと》にならずにすんだのに」エリンが言った。私は窓の前に立って日よけを開けた。「何があったのか、本当のことを話してくれてたら、こんなことにはならなかったのに」

「何があ、あ、あったのか？」私は振り返らなかった。

「フロリダで」エリンが言った。「本当のことを話してください」

「あの一件に関わった全員が嘘をついたと言いたいの？　この世の全員が嘘をついていると決めつけるのがあなたの基本スタンスのようね」私は窓の外の陽光あふれる風景を眺めた。振り向いてエリンと向き合う気はなかった。「それも間違いではないのかもしれない。あなたの世界では、全員が嘘をつくんでしょうから。あなたが所属してる組織も含めた全員がね。あなたの世界では、目的が手段を正当化する。何だってやりたい放題で、真実は付随的なものにすぎない。少なくとも真実の存在には気づいているという前提で言えばね」

「六月に怪我をしたとき……」

「襲われたときの話ね」私は広大な裏庭を見つめた。すぐそこが崖のように切り立っていて、その下には緑に覆われた急斜面が続いている。

「あなたが撃たれたとき。撃たれたことを示す証拠が充分そろってることは認めます」

「認める？　まるで法廷で弁論してるみたいな言い方……」

「お尋ねしたいことがあります」エリンがさえぎった。「過去または現在、スピアガンを所有していたことはありますか」

「その質問はジル・ドナヒューが来てからにしてもらえる？」

「ルーシーは？　彼女銃器や武器を集めるのにご執心のようだけど。ルーシーの銃器庫に何丁保管されてるかご存じ？　百に近いと言ったら意外かしら？　どうしてあれだけの武器が必要なの？」

仮にその質問に答えるとするなら、ルーシーは手職による少量生産の銃器を収集しているからだ。ルーシーは複雑なテクノロジーや美術、革新的な科学をこよなく愛している。たとえ人を殺すことを目的として作られたものであったとしても、その愛は変わらない。ルーシーは力を象徴するものに抵抗しがたい魅力を感じるのだ。銃、自動車、航空機。それらを収集するのは、その財力があるからだ。ルーシーにとって、金額が問題で買えないものはないと言っていい。ＺＥＶがカスタマイズしたグロックや、左利き用にパーツから手作業で組み直された美術品のように美しいＭ１９１１をコレクションに加えたいとなれば、ルーシーは値札を確かめもせずに購入する。

私はエリンの質問には答えない。しかし、無視していてもエリンは質問を続けた。私は日射しを浴びてきらきら輝いている川面を見つめていた。穏やかな流れ、長さ三十メートルほどあるスギ材の桟橋、その突端に見えるチーク材とガラスでできたボートハウス。ルーシーはジャネットとデジとジェット・レンジャーの様子を見てくると言って家を出ていき、私はジル・ドナヒューが来るまで母屋には戻ってこないようにと言って送り出した。ドナヒューが早く来てくれればいいのだが。マリーノの姿を捜したが、どこにも見えなかった。

「あなたには遠慮なくはっきり言わせてもらうわ、ケイ。そうだ、〝ケイ〟って呼んでもかまわないでしょう?」

私は黙っていた。なれなれしい呼び方は不愉快だった。

「六月に起きたことについて、私たちの手もとにあるのは、あなたの主張と、ベントンが目撃したと主張してることだけ。あなたはキャリー・グレセンに撃たれたと主張してるけれど……」

「私やベントンが主張してることではないわ。事実であり、真実よ」私は振り返って彼女と向かい合った。

「あなたはキャリー・グレセンに撃たれたと主張してる。その根拠は、彼女を見たという一点だけ。相手は――最後に見たのはいつ? 少なくとも十三年だか十四年だかの間、一度も会ったことも見かけたこともなかった相手でしょう？　死ぬところをあなたが目撃したはずの相手よね」

「それは違うわ」これだけは言わなくては気がすまない。「彼女は死んだものと推定されたにすぎない。墜落したヘリコプターに彼女が乗ってるのを目撃したわけじゃないのよ。遺体も発見されてない。彼女が死んだという証拠は何一つないの。それどころか、いまも生存してることを示す証拠ばかりがある。ＦＢＩだって知ってるはず。私が説明する必要なんて……」

「あなたの証言。あなたの憶測と妄想に基づく証言」エリンはまた私の言葉をさえぎった。「あなたはカモフラージュ柄のウェットスーツを着た人物を一瞬だけ目撃した。ほんの一瞬見ただけなのに、なぜかそれが誰だかわかった」

「カモフラージュ柄のウェットスーツ？　それは興味深いディテールね」

「あなたの供述にあったディテールよ」

私は黙っていた。ぎこちない沈黙に我慢できなくなったエリンがそれを埋めるのを待った。

「あなたは覚えていないのかもしれないわね。そんな怪我を負ったんだもの、思い出せないこともたくさんあるでしょう」エリンが言った。「ところで、いまは記憶が戻ってるのかしら。水中で呼吸が停止していた時間はあったのかしら」

私は無言のままでいた。

「呼吸の停止は記憶に大きな影響を及ぼしかねない」

私は相手にしなかった。

「あなたを撃った人物はカモフラージュ柄のウェットスーツを着ていたとあなたは主張した」エリンは続けた。「そのディテールはあなたの口から出たものよ」

「そう話したことは覚えてないけれど、話したのかもしれない。カモフラージュ柄のウェットスーツを着ていたのは事実だから」

「そうでしょうね、覚えてらっしゃらないでしょうね」エリンは私をばかにするような口調で言った。

「FBIの捜査官にそう話したことは覚えてない」私は答えた。「でも、自分が何を目撃したかは覚えてる」

「あなたはなぜか、死んだと思われている人物を一目で見分けた」エリンは言葉を換えてキャリーの話題をふたたび持ち出した。「十年以上、本人に会ったことはおろか、写真の一枚も見たことがなかったのに、その人物に間違いないと断言してる。私はあなたが六月十七日にマイアミで入院中にFBI捜査官に対してした宣誓証言を引用してるの。表現の一つひとつは正確ではないかもしれないけれど」

「録音されなかった供述」私は指摘した。「紙とペンで書き留められただけの証言。捜査官が書き留めた内容と、実際の証言内容が本当に一致することを証明するのは難しいわ。疑う余地のない記録と照らし合わせることはできないわけだもの。それに、私の証言は本当に宣誓のもとに採取されたものなの？」

「それはつまり、宣誓したうえで証言するとき以外、あなたはかならずしも真実を話すとはかぎらないという……？」

そのとき、耳慣れた声が廊下から聞こえた。「ちょっと待って！　ちょっと待って！　そこまで！　私が来る前にパーティを始めるなんてマナー違反よ」

ジル・ドナヒューが笑顔で入ってきた。いつもどおりブランドものの服でセンスよく決めている。今日のスーツの色はミッドナイトブルーだった。黒っぽいウェーブヘアは、この前会ったときより短くなっていた。それ以外はどこも変わっていない。いつ見てもエネルギーに満ちあふれ、はつらつとして、何年たっても三十五歳とも五十歳とも見える外見をしている。

「お会いするのは初めてよね」ジルはエリンに自己紹介した。短い縄張り争いがそれに続いた。ＦＢＩが負けると、始まる前から決まっている戦い。「ボストンに異動してきたばかりなのね」ジルがやりとりを要約するように言った。「だったら、ボストンの常識を教えておくわ。私が来るまで話したくないと私のクライアントが言ったら、あなたも即座に口を閉じること」

「キャリー・グレセンだと一目でわかった件について、ざっくばらんに話をしていただけ……」

「ほらね？　口を閉じていなかったということでしょう」

「……キャリー・グレセンだったにせよ誰だったにせよ、瞬間的によく見分けられましたねと話していたんです。起きたとされる襲撃は一瞬で終わったのに」

「起きたとされる？」ドナヒューの声には笑いが混じっているように聞こえた。「ドクター・スカーペッタの脚の傷は見た？」

「いいえ。見せてください」エリンは挑戦的に目をきらめかせた。私が服を脱ぐとは思っていない。

しかし、それは大きな間違いだ。私はカーゴパンツのジッパーを下ろした。

18

「待って、やめてください」エリンがあわてて言った。「証明は必要ありませんから」

「この仕事をしてるとね、慎み深さとは無縁になるものなのよ」私はパンツの右側を膝まで下ろした。「腐乱死体、溺死体の検死解剖をしたあとは、隣のブースでシャワーを浴びてるのが誰かなんて気にしてるゆとりはなくなる。射入創はここ、射出創はここ」

私は十セント硬貨よりも小さな円い真っ赤な傷痕を指さしてみせた。

「シャフトが四頭筋を貫通したの」説明を続ける。「ここ——ものの真ん中あたりから入って膝蓋骨のすぐ上から出た。先端は皮膚から十センチ近く飛び出してたわ。もっとも大きなダメージを受けたのは筋肉と骨。ロープのせいで、損傷はさらに大きくなった。ロープの片端をシャフトに、もう一方を海面のフロートに結びつけてあったの。それに引っ張られて動いたらどうなるか、想像できるでしょう」

「想像したくもない。痛そう」エリンは芝居がかった間をおいてから続けた。「でも、自分でつけた傷だという可能性は排除できませんね。それをごまかすために、カモフラージュ柄のウェットスーツを着た過去の亡霊が現れたという架空の話をでっち上げたのかも」

私は目に見えないスピアガンを握り、先端をもの射入創に当てた。「ちょっと難しいけれど、やれないことはなさそう。でも、自分で自分を撃つ動機は何？」

「姪のためならどんなことでもしますよね？」

「その質問には答えなくていい」ジル・ドナヒューが言った。

「答えないわ」私は応じた。「自分で自分を撃ったりなんてしてない。カモフラージュ柄のウェットスーツのことは何も知らないけど、私が知らないからといってキャリーが着ていなかったということにはならない」

「ルーシーの命がかかっているとしたら？　嘘をつきますか」

「その質問にも答えなくていい」ドナヒューが言う。

「自殺願望を抑えきれなかったという聞こえの悪い事実を隠すためなら？　どうでしょう、嘘をつきますか」

「ストレスや危険の源のほうを撃つと思う。そういう性格なの」私は言った。

「説明する必要はないのよ」ドナヒューが私に警告するように言った。

「自分を撃つなんて絶対にしない。筋が通らないもの」私は続けた。「それに、あなたが言いたいのはどっちなの？　話についていけないわ。私はルーシーをかばおうとして嘘をついてるの？　それとも、自殺を試みて失敗したことを隠そうとしてるの？　ほかにもまだ選択肢が増えるの？」

「恐怖で混乱状態にあったと自分で思いますか」エリンは平静を装っているが、いまにも爆発しそうな気配を漂わせていた。「撃たれたとわかったとき、パニックになりましたか」

「その質問には答えなくていい」ドナヒューが繰り返す。

「自分を撃った人物はキャリー・グレセンであるという主張に、わずかでも疑念を抱いたことはありますか」

「答えなくていいわ」

「こう思ったことはありませんか、ドクター・スカーペッタ？　パニックを起こしたせいで、そのときはキャリーだと思ったけれども、それは勘違いだったとあとで思ったりしたことは？」

「答えなくていい」

「大丈夫、答えないから。質問が意味不明で、答えようがないし。次々と新たな仮説が出てきて、もうわけがわからないもの」私は窓の向こうに見えている川を見つめていた。渦を巻きながらゆっくりと波打つ川面。

古いガラス瓶に似た緑色がかった水は、ルーシーが所有する土地をぐるりとなぞるようにしながら気だるげに流れている。そのとき、脳裏に映像がひらめいた。泥で濁った水の中、曇ったダイビングマスク越しに見える私の顔。私は死んでいる。

「失礼」エリンはいまにも凍りつきそうに冷たい声で言った。「話を整理させてください。あなたが目撃した人物は、あなたが思っているのとは別人だったという可能性が頭に浮かんだことはありますか」

「その質問には答えなくていい」

「ああ、なるほど。自殺願望説は撤回して、私は誰かに撃たれたという説に立ち戻るということね」私は言った。

「たとえば」――エリンは論理の一貫しない尋問を続けた――「問題の人物を目撃した一ナノ秒くらいの間に、相手はキャリー・グレセンに違いないととっさに思いこんだと考えるほうが、ありそうな話でしょう？　キャリー・グレセンだとわかったわけじゃない。そう思っただけということです。それならそれで納得がいくわ。あなたの頭には彼女の名前があったでしょうから」

「その質問にも答えなくていいわ」ドナヒューが言った。

「彼女を恐れて、彼女が近くにいないかしじゅう気にしていたとしても、もっともな話ですから」エリンは私の目の前で餌をぶらぶらさせ、私に食らいつかせようとしている。「そもそも彼女を捜していたんだとすれば、一ナノ秒だけ見た人物を彼女だと思いこんでしまったとしても無理はないでしょう」

彼女は〝一ナノ秒〟という表現をくどいほど繰り返している。陪審を説得する練習をしているかのようだった。襲撃事件はほんの一瞬のうちに起きた、私が何かを目撃する暇はなかったと言いたいのだ。私が自分を撃った犯人の顔を見ているわけがないと。私はある人物に襲われるのではないかと怯えていた、だから撃ったのはその人物であると思いこみ、しかも意地になってその主張を取り下げずにいる。もしその理屈が通らなければ、次はきっと私の精神状態は怪しいと言い出すのだろう。理由もなく自分をスピアガンで撃つような人物だと言うだろう。そんなやりとりが数分続いたころ、ドナヒューが割って入り、クライアントと二人だけで話をしたいと言った。

「ここは初めてなの」ドナヒューはエリンにも聞こえるように言った。「敷地内を案内してちょうだいよ、ケイ。とてもすてきなところみたいだから」

ドナヒューと一緒に部屋を出て、赤褐色のジャラ材を張った廊下をゆっくりと歩いた。どちらも口を開かない。マイカのシェードがついたランプが放つ柔らかな銅色の光が私たち二人を頭上から照らしている。ルーシーのセキュリティシステムを意識せずにはいられない。暗証番号を打ちこむためのキーパッドや監視カメラ、モーションセンサーがあちこちに設置されている。つねに誰かに見られている、話を聞かれているという前提でふるまわなくてはと自分に言い聞かせた。

「とくに見てみたいものはある？」ルーシーの家に無数に設置されたカメラを気にしながら、うわべはごく無害な質問をドナヒューに向けた。

「玄関を入ってすぐ右に折れたけど、そのとき左の廊下の突き当たりに興味深いものがあるように思ったの」深い意味があるようには聞こえないドナヒューの返答は、実は深刻な問題の存在を指摘していた。

左の廊下の突き当たりには、ルーシーが私のために改装したゲストルームがある。私の寝室、ここに泊まりに来たときに私室として使っている部屋だ。玄関のすぐ手前まで来たところで、ドナヒューが言っている意味が私にもわかった。玄関の先には別の廊下が延びている。その突き当たりに見える私の寝室のドアが開けっ放しになっていた。そちらに近づいて行くと、安手のカーキ色のスーツを着た男性がちょうど部屋から出てきた。封をした茶色の大きな紙袋を両手で抱えている。筋肉質のたくましい体、浅黒い肌、きらきら光る茶色の目。サイドの髪はごく短く刈り上げ、頭頂部だけクルーカットくらいの長さを残している。軍人のように見えた。

「どうも、こんにちは」まるで同僚か何かに声をかけるような調子だった。「何かご用ですか」

「それ、どこに持っていくつもり？　どうして持ち出すの？」ドナヒューは彼が抱えている茶色い紙袋に目をやって尋ねた。

「何を押収したか、いちいち説明してたら日が暮れちまいます。それに、いまその部屋には入れませんよ。ところで、ダグ・ウェイドです。失礼ですが――？」

「ジル・ドナヒュー。身分証明のバッジを見せていただける？」

「バッジがあれば喜んでお見せするところですが」男は答えた。「私は国税庁の徴収官なんです。あいにくバッジや銃みたいな格好いいものは持っていなくて」

部屋の入り口まで来ても、中には入らなかった。ただし、私が来たことを中にいる人たちに気配で伝えた。

開いたままの戸口に立ち、二人の捜査官がクイーンサイズのベッドを調べている様子を眺めた。シーツをはがし、マットレスをひっくり返してフレームから半分ずらしている。ハチミツ色のエジプト綿のリネンは床に無頓着に積んであった。手袋をはめた手でマットレスを丁寧に探り、隠し場所がないことを確かめている。課税を逃れた現金がマットレスに詰めてあると疑っているのでないかぎり、この二人は国税庁の職員ではないだろう。何かほかのものを捜している。いったい何だ？

ここにもライフルがあると思っているのか。それともスピアガン？　私のダイビングマスク？　違法薬物？

クローゼットのドアも開いている。いったん出された私の服や靴がいい加減に戻してあった。川が見える窓がある私の〝田園オフィス〟のデスクにあったｉＭａｃは消えていた。ルーシーは私の好みに合わせ、心を砕いてこのゲストルームを改装してくれた。

ガラスを多用し、つややかなチェリー材の床にカラフルなシルクのラグを配置し、ライトはすべて銅製でそろえ、コーヒーメーカーのあるカウンターを設えて、大きな額に入ったヴェネツィアの写真を何枚も飾ってある。

この部屋でゆったりと心身を休めて過ごした時間は数え切れない。急ぐ必要のない穏やかな休息の時間。だが、もうここでくつろぐことは二度とできないだろう。さっきすれ違った男性が抱えていた大きな茶色の紙袋のことを思い出して、怒りがふつふつと湧き上がった。デスクには何が置いてあっただろう。どんな情報が記載された書類があっただろう。国税庁やFBIやそのほかの政府機関の関心を引くようなものが何かあっただろうか。

不要になったファイルはすぐにデリートし、iMacの〝ゴミ箱〟もまめに空にするよう心がけている。それでも、政府機関のラボがその気になれば、パソコンに保管されていたデータを復旧するくらいはわけもないことだろう。削除されたファイルを復旧できないよう、ルーシーがハードディスクを初期化したかもしれない。だが、今日はその暇さえなかったのではないだろうか。エリン・ロリアから固定電話に連絡があっていまから行くと告げられるまで、家宅捜索の予定があるとは知らなかったとルーシーは言っていた。もしそれが本当なら、セキュリティ上の問題を解決する時間はほんの数分しかなかったことになる。しかし何が真実か、私にはわからない。他人を操ること、嘘をつくことにかけて、ルーシーはFBIに負けず劣らず巧みだ。それはFBIの訓練の賜《たまもの》なのかもしれない。

「おはよう」私が声をかけると、捜査官は二人同時に顔を上げてこちらを見た。いずれも年齢は四十歳より下、連邦政府の職員らしく身だしなみはきちんとしていて、カーゴパンツにポロシャツという出で立ちだった。「これは税務調査かしら」

「違うと言いたいですね。税務調査なんて退屈なだけですから」一人が快活に答えた。

「税務調査なのかどうかを知りたいだけ。もしそうなら、国税庁の徴収官がたったいま私のパソコンを抱えて出ていった理由がそれだとわかるから。といっても、何かの間違いではないかという気はするけど。だって私の知るかぎり、国税徴収官は許可なく個人宅に立ち入ったりしないはずだもの。ルーシーは国税庁に立ち入りを許可したの？」

返事はない。

「パートナーのジャネットは？」

答えはやはりなかった。

「私は許可してない」私は言った。「そうなると、この家を捜索して個人の所有物を押収する許可を国税庁に与えたのは誰なのかしらね。ルーシーの所有物だけじゃないわ。私の所有物も押収する許可」

「現在進行中の捜査について話すことはできません」もう一人の捜査官が大きな声で突

き放すように言った。

「現在進行中の捜査のターゲットがこの私で、税務調査を受けているのだとしたら、その事実を知る権利が私にはある。そうよね？」私はドナヒューに同意を求めたが、答えを待つまでもない。「事情がのみこめないから、何度でも言わせてもらうけれど、国税徴収官には、所有者の許可を得ずに所有物を持ち出せる権限は与えられていないはずよね」

私は遠回しに彼らを非難した。彼らもそれに気づいている。二人の顔から笑みが消えていた。

「苦情は国税庁にお願いします」声の大きいほうの捜査官が言った。さっきよりもきつい言い方だった。「我々は国税庁の職員ではありませんので」

私のiMacを抱えて出ていったカーキ色のスーツ姿の男性も、本当に国税庁の職員なのか怪しいものだ。そうは見えなかった。あんな会計検査官には会ったことがない。それに、自分のことを国税調査官ではなく国税徴収官と言った。徴収官の仕事は滞納された税金の徴収であり、調査官は税金が適正に納められているかどうかの調査を行う。いずれにせよ、ルーシーの家に国税庁の職員が来ている理由がわからない。

「こちらは私の弁護士よ。あなた方の捜査の現場をちょうど見てもらえてよかったわ」私は言った。「百聞は一見にしかずと言うものね。じゃあ、よい一日を」

「あれがあなたの部屋だってどうしてわかったのかしら」廊下を玄関のほうに戻り始めたところで、ドナヒューが訊いた。

「あなたはどうしてわかったの？」私は質問で答えた。

「玄関から入ったとき、たまたま話し声が聞こえたの。断片しか聞き取れなかったけど、つなぎ合わせると、〝先生〟のパソコンを梱包したとか、あの部屋にあるものはあなたの所有物なのは明らかだとか、そんなようなことを話していた。自信ありげな口ぶりだったわ。国税庁の調査を受ける理由に心当たりは？」

「私が調査を受けるなら、私の知り合い全員が調査の対象になってしまいそう」

「ルーシーはどう？」

「お金の面について私は何も知らないの。ルーシーのほうからもその話はしないし。でも、税金はきちんと納めてるはずよ」私は答えた。

「国税庁がルーシーの脱税を疑う理由はありそう？」

「私の知るかぎりでは一つもないわ」カーキ色のスーツを着たダグ・ウェイドは、本当に国税庁の職員なのだとしても、調査官ではないだろうと私は思っているが、そのことは黙っていた。

脱税の容疑を調査する権限を持つ調査官なのだとすれば、銃とバッジを支給されているはずだ。それに国税庁の調査官はかならず二人一組で行動する。ダグ・ウェイドの正体や彼がここにいる理由はいかにも怪しいと思ったが、それは言わずにおく。ただ、表向きの理由とは別の目的を持っていることは間違いないだろう。FBIには何か狙いがあるのだ。その狙いは好ましいものではないだろうし、どう言い訳しようと正当化できない種類のものだ。

「それより」私はわざとほかの全員にも聞こえるような大きな声でドナヒューに言った。「FBIには、私の所有物を持ち出す権利があるの？　たまたまルーシーの家にあったというだけの理由で？」ドナヒューの返答は聞くまでもなくわかっている。しかし何か抜け道があるのかもしれない。それに、いやがらせをされて黙っているつもりはないとFBIに通告しておきたい気分だった。

「捜索令状に書かれている対象の不動産にある物品については、その権限があるわ」ドナヒューが言う。「たとえばこの家にはノートパソコンがあちこちにあるでしょう。どれがルーシーのもので、どれがジャネットやあなたのものか区別するすべがないからと彼らは主張するでしょうね。確実に区別する唯一の手段は、中身を調べることだと」

「言い換えれば、何でも好きなものを押収できるということね」

「そうね」ドナヒューが答えた。「そういうことになる」

家の外に出るなり、息が詰まるような熱気がのしかかってきた。屋外を捜索している捜査官はいない。玄関前に駐まった車輌を眺める。白いシボレー・タホばかり四台並んでいた。その後ろに黒いフォードのセダンが一台。あれは誰の車だろう。偽の国税徴収官かもしれない。

ヘリコプターは消えていた。風が木々を揺らし、遠くでティンパニのような雷の音が鳴っている。南に目をやると、雲が盛り上がって万里の長城を築こうとしていた。宇宙からでも確認できる巨大建造物。空気は湿り気と不吉な気配を帯びていた。

「どうして？」ドナヒューが荒れ模様の空を見上げて言った。

「何が？」

「どうしてヘリコプターを飛ばしたの？　あのヘリは何をしてたの？　ずっと旋回していたわよね。どのくらい？」

「一時間くらい」

「ここでの動きを撮影してたのかも」

「何のために？」

「政治的な用心のため」ドナヒューは少し考えてから言った。世間体、外聞の悪さ。そういったことを指しているのだろう。

「あそこの桟橋まで歩きましょう」私はマイク付きのカメラを一つひとつ指さしながら言った。街灯柱のすべてと、木々の一部にカメラが設置されている。

裏庭から水辺に続く木の階段をのろのろと慎重に下りた。ちょうど干潮らしく、腐植土のような臭いが鼻をついた。熱い空気はよどみ、暴力の気配がそれをかすかに揺らしている。南の地平線の黒い雲は猛スピードで成長していた。激しい雷雨になりそうだ。嵐が来る前にＦＢＩが引き上げてくれることを願った。雨と泥で汚れた靴で出入りしてもらいたくない。あれだけ家を汚せばもう充分だろう。

二人分のうつろな足音を立てながら、日に焼けた灰色の板張りの桟橋を歩いた。ボートハウスは杭に支えられて建っている。真下にさまざまな色のカヤックが並んでいるが、めったに使われたことはない。ルーシーはエンジンのついていない乗り物にはほとんど興味を示さなかった。パドルで漕がなくてはならない乗り物を欲しがったのは、きっとジャネットだろう。

「今朝の公聴会はどうだった？」私はボートハウスの玄関へとドナヒューを案内しながら尋ねた。データ・フィクションのことを考えていた。ドナヒューが今朝出席したらしい、連邦裁判所で開かれた公聴会のことも。

ベントンがその場にいた。データ・フィクションと、ＦＢＩによるルーシーの自宅の捜索には何か関連があるのだろうか。私はその疑問をじかにぶつけたりはしなかった。ドナヒューもその件については何も言わない。

「あなたがさっき話してたから、どうだったのかなと思って」何を話したのかは言わなかった。しかしドナヒューは私の意図を正確に読み取った。

「ええ、その話をしたわね」しばしの沈黙のあと、ドナヒューが答えた。「証拠が信頼に足るものではないという理由で棄却の申し立てがあったの」

「信頼できないとする根拠は？」

「たぶん、デジタル記録の性質から言って、改竄が可能だと思われるからじゃないかしら」ドナヒューは答えた。そして言葉の選択に気を遣いながらそつのない説明を続けた。その口調を聞いて、申し立てをした弁護士はドナヒュー自身ではないかと私は思った。

ジル・ドナヒューは強い影響力を持った有能な弁護士だ。検察側の主張のあらゆる側面について、何か穴がありそうだと陪審に疑念を抱かせるチャンスがあれば、かならずそれをとらえて指摘する。データ・フィクションは、ドナヒューにとっては夢が現実になったようなものだろう。しかし、タイミングが疑問だった。なぜ今日なのだろう？　なぜベントンがその場にいたのか。ＦＢＩはなぜルーシーの自宅に押しかけてきたのだろう。

「全部つながってるのね」私は小声で言った。そのとき、また聞こえた——あの音が。エレキギターで弾いたＣシャープの和音。たったいま携帯電話に届いたメールを確かめる。私の表情を見て、ドナヒューも私の動揺を察したようだった。

「何かあった？」彼女は鋭い視線を私の携帯電話に向け、唇をほとんど動かさずに小さな声で言った。「用心して。ＦＢＩはルーシーのネットワークを完全に押さえてると思うわ」

私は立ち止まった。「ちょっと待ってもらえる？」

「私で何か役に立てそうなこと？」ドナヒューはあいかわらず慎重な言葉遣いでそう尋ねた。

「ここは眺めがいいわね」私はそう大きな声で言い、顔を上げて川面を見やった。それ以上の質問は控えてくれという私の意図をドナヒューはまた正確に読み取った。

いま受け取ったメールをドナヒューに見せるわけにはいかない。これから私が目にするものが犯罪に関連しているとしたら、弁護士であるドナヒューは知らないほうがいい。このメールが届いたというだけですでに難題なのだ。ドナヒューは先を歩いて行く。私は桟橋に一人立ち、ふたたびワイヤレスイヤフォンを耳に入れた。川のほうに向き直り、私に許されたほんの小さなプライバシーを守るべく携帯電話を目の前に持ち上げると、ルーシーの監視カメラが設置されていそうな位置をさりげなく確かめ、それに背を向けるように姿勢を微調整した。それから、不愉快な映像をまたしても見る覚悟を決めた。

これまでに届いた二つのメールと同じように、このメールもやはりルーシーのＩＣＥ番号から送られてきていた。本文はない。ただリンクがあるだけだ。私はリンクをタップした。即座に再生が始まった。今回もまた、ルーシーの寮の部屋が映し出された。まもなくクレジットが表示された。血のように赤い文字が上から下へ、ゆっくりと滴っていく。

邪悪な心　シーン3
キャリー・グレセン製作
1997年7月11日撮影

19

キャリーは読むのをやめた。青白くて器用な指がすばやく動いて、台本形式で文字が書かれた無地の白い紙を折りたたむ。

その紙を入れた封筒をアーミーグリーンのバックパックに隠す。背景でドアが閉まる気配がし、カメラが切り替わって、寮の部屋に入ってくるルーシーが映し出された。前回の動画からいままでにシャワーを浴びたらしい。動画は何らかのメッセージを伝えるために切り貼りされているという私の確信はなおも強まった。それではキャリーの術中にまんまとはまっているという気がしようと、どれほど不愉快であろうと、細心の注意を払って動画を見るしかない。聞いたこと見たことをすべてしっかりと記憶に刻みつけなくてはならない。この動画もおそらく、再生が完了するなり自動的に消滅するのだろうから。

ルーシーの髪は湿っていた。色落ちしたジーンズを穿き、ＦＢＩのロゴ入りのポロシャツを着て、ビーチサンダルを履いていた。たたんだ下着やショートパンツ、シャツ、一足ごとにまとめたソックスなどを腕に抱えている。ベッドの足の側に来ると、洗濯物をそこに下ろした。ミスター・ピクルの琥珀《こはく》色をしたガラスの目はその様子を見つめていた。

「上半分があなたの分」ルーシーはキャリーに目を向けないまま冷ややかに言った。「白いものはほとんど全部あなたの服。皮肉なものよね。白ずくめの服と悪人はふつう結びつかない。それより、帰ってってさっき言ったよね。どうしてまだいるわけ？」

「悪人と善人の区別は主観的なものよ。それに、帰ってほしいなんて本当は思ってないでしょう」

「善悪の区別は主観じゃないし、そう言ってるんだから帰ってよ」

「白い服を着るのには理由があるの。あなたも同じ理由から白い服を着るべきよ。化学染料に長期間さらされると毒になるんだから」キャリーは白い服をバックパックにしまった。「そうね、あなたはそういう細かなことに頓着しないのよね。自分が老化の心配をする日は決して来ないって信じてるから。それに、神経障害や癌を患うことも絶対にないし、免疫系が破壊されて、慢性的に自分で自分の体を攻撃するようなことになるわけがないって信じてる。言っておくけど、あまり楽な死に方じゃないわよ」

「楽な死に方なんて、そもそもないでしょ」

「いやな死に方なら数え切れないくらいあるわよ。そんな死に方をするくらいなら、撃たれて死ぬほうがまし、飛行機が墜落して死ぬほうがまし。病気や毒で死ぬのはいやなものよ。不自由な体でずるずると生き続けるのだっていやなもの。年を取るのもね。老化は何より不愉快なものだし、最大の敵でもある。私は闘って打ち負かしてやるつもり」

「銅が入ったおかしなクリームを武器にして？」

「あなたもいつの日かこの会話を振り返って、あのとき別の選択をしていたらと悔やむことになるでしょうね。何もかもやり直したいと思うでしょう」キャリーの視線は揺らがない。彼女はまばたきをしない。「洗濯してくれてありがとう。混んでた？」

「乾燥機が永遠に空かないかと思った。だから他人と何かを共用するのっていや」ルーシーは沈んだ冴えない顔をしていた。あいかわらずキャリーを見ようとせずにいる。

「私たちはなんて恵まれているのかしらね。いま自分が言ったことをよく考えてみなさいよ。忘れたの？　バスルーム付きの一人部屋を与えられてるエリート中のエリートは、この階であなた一人だけ」

「黙ってよ、キャリー」

「あなたはまだ十九歳なのよ、ルーシー」

「黙りなさいってば」

「あなたは子供なの。ここはあなたの居場所じゃない」

「MP５Kを返して。どこにあるの？」

「安全な場所」

「あれはあなたのマシンガンじゃない」

「あなたのでもないでしょう？　私たちは本当に似たもの同士ね。そう思わない？」

「似たもの同士なんかじゃない」ルーシーは洗濯物を片づけた。抽斗を乱暴に開け、また閉める。

「何から何までそっくりよ」キャリーが言った。「一つの角氷の表と裏」

「それっていったいどういう意味？」

キャリーはタンクトップとスポーツブラを脱いで上半身裸になり、ルーシーのほうを向いた。「あなたの言うことは信じない。だって本気じゃないものね。あなたは私を愛してる。私なしでは生きられない。ね、本気で言ってるんじゃないでしょう」

ルーシーはキャリーを見つめた。それから最後に開けた抽斗を荒っぽい手つきで閉めた。キャリーは床に放り出した汗まみれの服を拾おうとせずにいる。キャリーの肌にはいっさいの色むらがない。色合いが異なる部分は一つもなかった。乳房、腹部、背中、首。どの部分の皮膚も均一でマットなミルク色をしていた。

「ベントンだってあれがなくなってることにいつか気づく」ルーシーが言う。「どこにあるの？　冗談じゃすまされない。返して。もうあたしに関わらないで」

「本来あるべき状態に早くレストアしてみたいわ。しゃれたブリーフケースに収めて試射するの。だって想像してみて。ブリーフケースを提げて混雑した歩道に立つあなた。

その目の前を車列が通りかかる」

「何の車列よ？」ルーシーはキャリーを見つめた。

「選択肢は数え切れないほどあるわ」

「あたしが思ってた以上に頭がおかしいのね」

「何を大げさな」キャリーはデスクに置いてあったセント・パウリ・ガールのボトルを取ると、ルーシーの目の前に近づいて一口大きくあおった。「さっき言ったこと、本気じゃないでしょう？」ビールを飲みながらルーシーのほうに身を乗り出し、片手をルーシーのシャツの下にもぐりこませた。

「やめて」ルーシーがその手を振り払う。「水には表も裏もない。角氷は水でできてる。あなたが言ったことはいつものごとくでたらめ」

「そうかしら」キャリーはルーシーにキスをした。二人の顔は鏡に映したかのようにそっくりで、見ていると胸がかき乱された。

「やめて」ルーシーが言った。

二人とも鋭角的な顔立ちをしている。鋭い目、力強い顎、きれいに整った真っ白な歯。どちらも猫のように敏捷で優雅だ。だが、意外なことではない。ベントンによれば、キャリーは自分自身に恋する典型的なナルシシストだ。自分のイメージをくるくると変える。世界は鏡でできていて、そこに映るのは自分の姿だけだ。そしてルーシーという自分にそっくりな相手をついに見つけた。ベントンはキャリーをルーシーのドッペルゲンガー、邪悪な分身《ダブル》と呼ぶ。

「やめてよ、キャリー。やめて」

二人はまるでオリンピックの陸上選手のように鍛え上げられた肉体をしている。身長百七十二センチ、胸が豊かで、腰回りはほっそりしている。六つに割れた腹筋、彫刻のようにくっきりと筋肉が盛り上がった腕、もも、ふくらはぎ。姉妹と言っても通るだろう。

「やめて！」ルーシーが身を引いた。「やめてったら！」

「どうしてそう思ってもいないことを言うの？」キャリーはルーシーを見つめたまま言った。「私と別れたら生きていけないってわかってるでしょうに」

「夕食の約束があるの。帰ってくるまでに消えててよね」ルーシーは震え声で言うと、デスクの端に座ってソックスと黒いレザーのスニーカーを履いた。

「マリーノにお誕生日おめでとうって言っておいて」キャリーは上から圧力をかけようとするかのようにルーシーのすぐ目の前に立った。「グローブ・アンド・ローレルで楽しいひとときをね。私が出席できない理由をマリーノにきちんと伝えてちょうだい」

「招かれてないからでしょ。あなたは呼ばれてないし、招かれるなんて期待するほうが間違ってる。それに、招かれたところでどうせ行かないじゃない」

「いいえ、もちろん行くに決まってるわ。でも、文句を言うつもりはない。だって、お気に入りの店でお気に入りの人たちに誕生日を祝ってもらう権利くらい彼にもあるものね」キャリーの目は冷たい鋼色をしていた。「マリーノに一杯おごるお金を預けるわ。キャンドルをのせた特別なデザートでもいいけど」

「マリーノはあなたに来てもらいたいとは思ってないし、おごられたいとも思ってない」

「でも、失礼な話よね。盛大なバースデーパーティに私を呼ばないなんて」キャリーは言った。「用心することよ。あとで毒入りリンゴが届くかも」

「あたしたちと一緒に食事するなんてありえないって自分でもよくわかってるでしょ」

「今夜、私を仲間はずれにしようって言い出したのは誰かしら。マリーノじゃなさそうね。あなたの大事なケイおばさんじゃない？」

「おばさんがあなたを最低の人間、あたしに関わらせたくない人間に分類してるのは確かね」

「つまらないこと言わないの」

「ほんと、病的なコントロールフリークなんだね。しかも負けず嫌い」ルーシーは室内を行ったり来たりしている。しだいにいらだちを募らせているのが見て取れた。

「あなたは未熟で退屈。そういうときのあなたって本当につまらないわ」キャリーは抑揚のない声で言った。身じろぎ一つしない。デスクのすぐそばに立つ姿は穏やかそのものだった。「退屈させられるのって大嫌いなの。この世の何より嫌いかも。そうね、自由を奪われることの次くらいかしら。ねえ、ルーシー・ブー、あなたはどっちのほうがいや？　死ぬのと、牢獄に閉じこめられるのと」

ルーシーはバスルームに入った。シンクでグラスに水を汲み、ベッドルームに戻る。キャリーはデスクのそばに立ってスイスアーミーナイフをもてあそんでいた。

「どうしてやめてなんて言うの？　そんなの初めてよね」キャリーは平たい声でそう繰り返した。

ルーシーは咳払いをして目をそらした。「もう充分でしょ。これ以上いやな気持ちにさせないで」

「そうやって意地を張らないの」キャリーは爬虫類のようにぴたりと静止したまま言った。

「意地なんか張ってない」ルーシーはまた咳払いをし、水を一口飲んだ。

「思ってもいないことを言ってみてるだけのことでしょう」キャリーは言った。「だって、私と離れられるわけがないもの。そうやって脅しめいたことを口にしたところで、実行に移せるわけがない。これまでだってそうだった。見てごらんなさいよ。いまにも泣きそうじゃないの。私を失ったらって考えただけでもう、ばらばらに崩壊しかけている。あなたは私を愛している。これまで愛した誰より私を愛しているのよ。私はあなたが本気で愛した最初の人間なの。あなたの初恋の人ってこと。それがどういう意味かわかる? わからないでしょうね。私と比べたらまだまだ子供だもの。でも、覚えておいて」キャリーは人差し指でこめかみを軽く叩いた。

「初恋は一生忘れない」ゆっくりと、一語一語を強調しながらそう続けた。「初恋は決して過去にはできないの。このあとどんな経験をしようと、最初の恋の印象はそのどれよりも強烈だから。耐えがたいくらいの熱い欲求は最初で最後だから。ときめき。頬の熱さ。胸の高鳴り。首筋を血液がごうごうと音を立てながら駆け上がり、興奮した脳は頭蓋骨を突き破りそうになる。まともに考えられない。言葉も出ない。とにかく触れていたい、それだけ。どんな犠牲を払ってもその人に触れていたいと思う。情欲ほど強烈なものがほかにあるかしら」

「美人コンテストの女王と浮気してるんだものね。情欲について知らないことなんてきっともう一つもないに決まってる。あたしたちはこれでおしまいよ」

「本気なの?」キャリーは掌に載せた赤い大きなスイスアーミーナイフを見つめている。「口先だけの言葉なら考え直したほうがいいわ。言葉はすべてを変える力を持っているから。言葉には気をつけるべきよ。本心から言うか、何も言わないかのどちらかにしたほうがいい」

「初めて会った瞬間にわかってもよさそうなものだったのに」ルーシーはさっきよりも足早に室内を行ったり来たりしている。両手を振り回すようにしながら話している。「ERFに案内されて、あなたに預けられたとき——あたしのスーパーバイザー、あたしのメンター、あたしの疫病神に引き合わされたあのとき、どうして気づかなかったんだろう」

「私があなたに会ったのはあれが初めてではないのよ、ルーシー。あなたが私に会ったのは初めてだったけれど」キャリーは切れ味を確かめるように親指でナイフをなぞっていた。「いらっしゃいよ。そう深刻に考えることはないでしょう」

「あなたは裏切り者の偽者。詐欺師。知識の泥棒。それって泥棒としては最悪の種類だよね。他人の魂を盗むわけだから。あたしはCAINを作った。あなたはそれが我慢できない。本当はあたしが作ったのに、初めから自分の手柄にしてきたよね。あなたは人をだましてでも欲しいものを手に入れようとする」

「あらいやだ、またその話なの？」キャリーは笑った。

「犯罪人工知能ネットワーク。本来の功労者は誰？　あなたさえ嘘をつかなければ、功労者は誰のはず？」ルーシーは燃えるような目をしてキャリーの鼻先に顔を突きつけた。「命名したのは誰？　CAINという略称を考えたのは誰？　肝心な部分のプログラムを書いたのは誰？　あなたにここまで利用されて黙ってたなんて、自分が信じられない。これが終わるまでに、あたしはもっと傷つくことになるんだろうけど」

「何が終わるまで？」

「何もかも」

「私があなたを傷つける予定でいるか。そうね、私がはっきり心を決めるまで、それは誰にもわからない」キャリーは言った。射撃練習場から響くかすかな銃声が、記念日を締めくくる花火の音のように聞こえた。

キャリーはルーシーを引き寄せ、貪るようなキスをした。同時に、ルーシーが驚いたような悲鳴を上げた。キャリーの手に握られたスイスアーミーナイフ。小さな銀色の刃がぎらりと光を放っていた。ルーシーの緑色のシャツに血の染みが広がっていく。ルーシーが下腹部を手で押さえた。その指が血で真っ赤に染まる。ルーシーは呆然としたようにキャリーを見つめている。その目には怒りと驚きが浮かんでいた。打ちのめされたような表情も。

「何したの？」ルーシーが叫ぶ。「いったい何のつもり？　頭おかしいんじゃない？」

「獣の刻印よ」キャリーはタオルを取り、ルーシーのシャツの裾を持ち上げると、左下腹部にできた水平の傷口からあふれる血を拭った。「自分がいったい誰のものか、決して忘れられないように」

「信じられない。信じられない！　どうして！」ルーシーはキャリーの手からタオルをひったくった。次の瞬間、ルーシーは消えた。

携帯電話のディスプレイは真っ暗になっていた。

20

ボートハウスの広々とした玄関ポーチには、鮮やかな緑色のクッションがついたチーク材のラウンジチェアと、そろいのオットマンが並んでいる。

建物の下の杭を川の水が優しく洗っていた。このあたりの川幅は四百メートルほどで、両側の森は手つかずのまま残されている。青々と茂った硬木と常緑樹の森のはるか上空をハクトウワシが二羽旋回しているのが見えた。そうだった。この周辺にはたくさんの鳥の巣がある。静かな自然保護地域のすぐ上でFBIのヘリコプターが轟音をまき散らしていたのだと思うと、改めて怒りが湧いた。野生の動物の平穏な生活はかき乱されたことだろう。動物たちだけでなく、その下にいたあらゆる生き物の心が乱された。

こんなときでなければ、このボートハウスはお酒のグラスを片手にくつろぐのに理想的な場所だ。そう、たとえば今日のように最悪の一日の終わりに気持ちをほぐすのにぴったりだった。ルーシーはなぜ外に出てきて私たちを出迎えないのだろう。私たちが来たことには気づいているはずだ。この地所にはおそらく五十台ほどの監視カメラが設置されている。私たちがボートハウスを目指して歩いている姿は間違いなくカメラにとらえられていただろう。出てきて挨拶をしないというのは不自然だ。私は玄関のドアをノックした。中から笑い声と音楽、日本語らしき言葉を話している人の声が聞こえていた。テレビの音だろう。

錠前がはずされる音がして、ルーシーがドアを開けた。私の目は反射的に灰色のTシャツの裾を確かめていた。血の染みがあるのではないかとでもいうみたいに。マリーノがルーシーにプレゼントしたスイスアーミーナイフの小さな刃で、キャリーに刺された直後のはずだとでもいうように。マリーノがあのナイフをプレゼントしたのは、人のいない駐車場でルーシーにハーレーの乗り方を教え始めたころだった。マリーノは、オートバイに乗って出かけるときはかならず工具に使えるものを持っておくようにと言い聞かせた。現金と、どんなものでもいいからナイフをいつもポケットに入れておくようにと。まだ子供だったルーシーにそうアドバイスしていたのを覚えている。

キャリーはわざわざそのナイフを、マリーノのナイフを選んだ。それを使ってルーシーの体に印を刻みつけた。ルーシーを傷つけた。ルーシーの左下腹部には、カラフルで繊細なトンボのタトゥーが入っている。私が初めて見たとき、トンボは昆虫の世界のヘリコプターだからその図柄を選んだとルーシーは説明した。だが、真相は違う。トンボのタトゥーの着想を生んだのは傷痕だ。その存在を誰にも知られたくなかった。屈辱の痕なのだから。とりわけ私には本当のことを知られたくなかった。

「どうぞ」ルーシーはドアを押さえながら言った。

「来るの、見えなかった？」私は尋ねた。

「誰と誰が敷地内にいるかもうわかってるから、気にしてなかった」ルーシーが答える。ドナヒューと私は中に入った。「何より、あたしは彼らが知らないことを知ってるから」

「たとえば？」ドナヒューが訊く。

「あたしが知ってて、彼らが知らないこと？　リストにしたらものすごく長くなりそう。これからその一部を話すつもり」

「話しても安全なら、聞かせてもらうわ」ドナヒューが言った。

「その話もする」ルーシーはドアを閉めた。

「しかしくせえよな」ソファに座ったマリーノが言った。彼なりに言葉に気を遣っているらしい。いつもなら〝クソ気に入らねえな〟とか〝あのクソども〟とかと言うところだろう。しかしいまはすぐ横に七歳の子供が座っている。

「どうにかできねえのか？」マリーノはドナヒューに言った。「ばかくせえだろ。たとえば違法捜索と押収とか、悪意訴追とか、何かあるだろ」

「法律的には何もできないわ。いまのところは」

「こんなのを許可する裁判所命令に署名する判事なんて、ろくなもんじゃねえな」マリーノはエンドテーブルからマグを持ち上げた。見ると、キッチンにキューリグのコーヒーメーカーがあった。

「エリン・ロリアの夫の連邦判事と知り合いなんじゃないかしら」私は言った。「コーヒー飲みたい人はいる？」

「何にせよ、こんなやり方は許されねえ。ここはいったいどこの国だよ？　ロシアか？　北朝鮮か？」マリーノは不平を並べた。

「たしかに暴挙だって気はする。コーヒー、いただくわ」ドナヒューが私に向かって言った。

「だろ。とにかくやり口が汚ねえよ。まったく」ソファの端に座ったマリーノがそう付け加える。

真ん中にはデジが座っている。その隣はジャネットだ。ジェット・レンジャーの居場所は、姿ではなく音でわかった。朝食用のテーブルの下からいびきが聞こえている。かがみこんで頭とすべすべの耳をなでてやると、ジェット・レンジャーは私の手を舐め、しっぽでぱたぱたと床を叩いた。私はキッチンカウンターの前に立ち、コーヒーメーカーをセットしながら室内を見回した。最初に目が留まったのは壁掛けの六十インチの液晶テレビだ。

監視カメラをモニターするモードから、テレビモードに切り替えてあり、日本のＴＢ

S製作のコメディドラマが映し出されていた。音量は小さめにしてある。誰も真剣に見ていない。ドラマを流してあるのは、見るためではないからだ。液晶テレビをつけてあるのは、テレビ放送を見るためではなく、監視カメラから送られてくる映像をチェックするためでもない。あれは一種のベースステーションなのだ。あのテレビが携帯電話の通信を妨害するのだろう。暗号化されたデータ流を傍受したところで、雑音しか聞こえない。

さらに室内の様子を確かめた。埋めこみ型のスピーカー、分厚いスギ材の壁。トリプルガラス仕様の窓は、外からは鏡のようになっていて中をのぞくことはできない。このボートハウスには以前も来たことがある。頻繁にではないが、何度か来てはいた。しかし、ただのボートハウスと見えて、実はただのボートハウスではないらしいと気づいたのは今日が初めてだった。このボートハウス自体が音をカモフラージュするシステム——サウンドマスキングシステムになっている。ロックガーデンと同じように、最近になって改装したのだろうか。FBIの手入れがあることをしばらく前から予期していたのだろう。少なくとも六月の中旬ごろには知っていた。私が撃たれたころから。きっとそうだろう。

「ここには捜索が入ったの？」私はドナヒューにコーヒーを差し出しながらルーシーに尋ねた。

「簡単な捜索はしてた。ここを最初に見てってこっちから言ったから。デジとジェット・レンジャーのことを考えて、静かな場所をまず確保したいって」

「便宜を図ってくれるなんて、親切だこと」ドナヒューが皮肉を込めてつぶやいた。

「デジとジェット・レンジャーが安心していられる静かな場所を確保したいって要求したの」

「こちらの希望を聞き入れてくれるなんて、たしかに親切で思いやり深い人たちね、FBIは」私は辛辣に言った。FBIは親切ではないし思いやり深くもない。ルーシーの希望などそもそも聞く耳さえ持っていない。「彼らにしては珍しいことじゃない？」私はタイル張りの天井に埋めこまれたスピーカーを見上げた。「捜査官を誰か残しておきたいって言われなかったの？」

「言われなかった」

「あなたがした改装について何も心配していないということ？」私は遠回しな表現を使った。この会話が盗聴されていないという確信をまだ持てずにいた。

「あたしが母屋や付属する建物をどんなふうに造ったとしても、FBIに口出しはできないから。捜索令状を振りかざしたところで、市民の所有物の破壊は許されない」ルーシーが言った。その言い分は間違っていないが、あくまでも理屈のうえで正しいというだけのことだろう。

ＦＢＩ捜査官は、市民の所有物に損害を与えたり、住宅設備を故障させたり、故意にセキュリティの穴を作り出したりすることはできない。しかし、禁じられているからやらないかというと、それはまた別の話だ。自分たちの行為を正当化する嘘を平然とでっち上げるだけのことだ。このボートハウスにはサウンドマスキングシステムが導入されていることに、彼らは気づいているだろうか。気づいているとしたら、なぜボートハウスを立ち入り禁止にしなかったのか。

いったいなぜ？

私たちがそろってボートハウスにこもっていると知っていて何も言わずにいる本当の理由は何だろう。ルーシーはここの会話を盗聴するのは不可能だと断言しているが、彼らには何らかの手段があるからだろうか。ここなら安全だとルーシーは言うが、私は念のためにもう一度確認した。すると、ルーシーはまた大丈夫だと断言した。ここで話した内容を彼らに聞かれることはない。しかし何度そう言われようと、疑念は拭いきれなかった。誰であれ、何であれ、いまは信用する気になれない。

「あなたの言うとおり、ここなら安全であることを願うわ」私はルーシーの目を見つめた。「ほかのみんなはどう？　元気？」ジャネットに向けてそう尋ねながら、ソファに近づいた。「ジャネットとデジは、どう、元気にしてた？」

二人をハグした。ジャネットは冷静そのものだった。何があろうと動じない。そういう性格なのだ。私はジャネットの若々しくて魅力的な顔に思わず見とれた。化粧はしていない。ブロンドのショートヘアは手ぐしで整えただけのようにくしゃくしゃだ。爪は汚れていた。スクラブを着ている。寝るときはいつもスクラブを着ることを私はたまたま知っている。だが、そのままくつろぐことはないのも知っている。寝る支度をすませたあとや起床した直後を別として、ジャネットがスクラブ姿でいるのを見たことは一度もない。そろそろ昼食の時間だというのに、ジャネットは身だしなみも整えず、スクラブから着替えもせずにいる。私は不思議に思った。

ＦＢＩが訪れたのが午前中のなかばだとするなら、その時間までルーシーとジャネットは何をしていたのだろう。家でただぼんやりしていたとは思えない。たったいまジャネットをハグして頬にキスをしたとき、唇に塩の味が残った。粘土質の土のつんとするにおいと、かすかに麝香《じゃこう》を思わせる汗のにおいがした。もしかしたら朝早くから二人で庭いじりでもしていたのかもしれない。

ルーシーとジャネットは庭仕事などしない。芝刈りと造園は専門業者にまかせている。

造りつけの書棚、むきだしの梁、灰色のスレートを敷いた床、それにガスレンジとステンレスのシンクと調理家電がそろった簡易キッチンを眺めた。ガスレンジの奥の壁には煙の色をしたヴェネツィアンガラスのタイルが貼ってある。ボートハウスは明るく、こぢんまりとしたリビングルームとバスルームがあるだけのシンプルな造りだ。清潔ではあるが、あまり使われていない住宅に特有の色褪《あ》せたような雰囲気がある。ここに来るのは、ルーシーが盗聴の心配をせずに話をしたいときだけなのかもしれない。あるいは自分が狩られていると感じたとき。おそらくいま、ルーシーは、私が思っていた以上に強くそう感じているのだろう。

「ここなら安心だから」ルーシーは私が室内を観察しているのに気づいて言った。「この敷地内でいま絶対に安全と言い切れる場所はここだけ。ここなら盗聴の心配はない。保証する。盗み見もできない。建物の中にいるかぎりは」

「なのに、私たちがここに全員集合するのを黙認しているわけ?」ドナヒューが疑わしげに言い、ルーシーは笑った。

「そう。ただし、自分たちが何を黙認しちゃってるのか、本当のところはまるでわかってない。このボートハウスのワイヤレスネットワークに侵入するのは不可能なの。そうね、隠してあるからとでも言えばいいかな」ルーシーは少し前までとは打って変わって取り澄ました楽しげな調子で言ったが、すぐにまた重苦しい霧の奥に引っこんでしまった。

それでも、私にはわかった。ルーシーは知恵比べでFBIに勝った。少なくともそう思っている。それ以上にルーシーを有頂天にさせることはない。

「念のためほかにも安全対策はいろいろ施してある。それについての詳しい説明は省くけど」ルーシーはドナヒューを見つめ、次にまた私に視線を戻した。「それ以上のことを知っておく必要はないでしょ。いまここにいれば安心だってことさえ知ってれば」

「確かなのね？」私はコーヒーを一口飲み、ああ、私にはコーヒーが必要だったのだと痛感した。

「確かよ」

「わかった。じゃあ、気にせずに話すことにするわ」

21

「話して」ルーシーが言った。

「FBIは私が着けていたダイビングマスクを捜してる。あなたはそう思うのよね」それは質問ではなかった。考えを述べたにすぎない。「FBIがあなたの家を捜索しに来たのは、マスクに取りつけられていた超小型カメラが撮影した映像が目当てだとあなたは考えてる。ちなみにそのマスクは最後まで見つからなかったと私は聞いてるわ」

「あの人たちが来てる理由はあたしにも本当にわからない。もしかしたらマスクが理由かもしれない」ルーシーが言った。「目的は複数あるのかもしれない」そう付け加える。自分は後者を信じているというようだった。

「行方不明のマスクのことも、超小型カメラのことも、私は知らなかったわ」ドナヒューはソファの向かい側に置かれたミッションスタイルの椅子に座り、黄色い法律用箋とペンをかまえていた。

「報道ではひとことも触れてなかったから」私は応じた。

「フロリダの事件に関して、それ以外のことはさんざん詳しく報じられているのに？　たとえば警察のダイバーが二人殺害されたとか、あなたもあやうく殺されかけたとか」

ドナヒューは私に顔を向けて言った。

「でも」ルーシーが言った。「キャリー・グレセンの名前はどこにも出てなかったでしょ？」

「たしかに、いま初めて聞いたわ」

「この先も報道されないはず」ジャネットが言った。「FBIはキャリーの存在を否定するだろうから。いまも否定してるし、今後も認めないでしょう」

「どうしてそう言い切れるの？」ドナヒューがジャネットに尋ねた。

「FBIのことならよく知ってるから」

「ケイ、あなたから聞いておかなくてはならないことが山ほどありそうよ」ドナヒューはキャリー・グレセンの名前を大文字で書き留め、さらに丸印をつけた。

「わかってる」

「彼らはマスクの所在がわからないことを誰にも知られたくなかった」ルーシーが言った。「わからない、、、とされてることって言うべきかもね。ばかみたい。どう考えたって筋が通らないもの」

「あなたの言う〝彼ら〟とはFBIのことね？」ドナヒューが確かめた。

「そう。FBIのこと」ルーシーが答えた。「フォートローダーデールで起きた事件に関してマスコミにどこまでの情報を公開するか、彼らが操作してる」

「どうしてわかるの？」私は聞いた。「FBIがどんなマスコミ対策をしてるか、どうしてわかるの？」

「サーチエンジンを使った。公開された情報を全部チェックした」

ハッキングしたのだ。

「所在不明のマスクはどこにも出てこない。隠す意味がわからない。だって、その事実を誰から隠そうとしてるの？　おばさんを撃った張本人？」ルーシーは私に向かってそう言った。「でも、撃ったのはキャリーで、キャリーはそのときおばさんが着けてたマスクが見つからないことを誰よりよく知ってるわけよね。見つからない理由はキャリーなんだから」

「超小型カメラが撮影した動画を見ればわかるわけね。キャリーが私のマスクを持ち去るところが写ってる」そうであることを願いながらも、そうであるはずがないと頭のどこかで理解していた。「マスクが見つからないと聞いたとき、キャリーが逃走前に私の顔からむしり取っていったのかもしれないと思った。ノーズピースのすぐ上にカメラが埋めこまれてることに気づいて持ち去ったんだろうって。その動画を自分以外の誰にも見せたくないだろうから」

「キャリーはマスクを奪ってない」ルーシーが言った。「動画を手に入れたがってるのは間違いのない事実だろうけど」

「じゃあ、どうしてマスクははずれたの？　私がレギュレーターを口から吐き出したことは知ってる。ベントンから聞いてるから。でも、マスクまではずしたとは一度も言ってなかった。ベントンがはずすとは思えないし」そう説明している間にも、胸の中の不安はふくらんでいく。「それに、マスクを奪えるほど近くまでキャリーが来たら、彼が追い払うわよね」一分が過ぎるごとに、あらゆることについて確信が持てなくなる。

「ただ近づいてきて奪ったとは考えられない」

「キャリーは一度も近づいてないよ、ケイおばさん。おばさんを撃った次の瞬間にはもう姿が見えなくなった」

「見えなくなった？　カメラの録画に写ってないということ？」胸に冷たいものが広がっていく。その冷たさに胃袋を締め上げられたようないやな感覚に襲われた。

「マスクはおばさんがもがいてる間にはずれて落ちたの。スピアガンのシャフトと海上のブイを結んでたロープに引っ張られてもがいてる間に」ルーシーが言った。私は悲観的になるまいと努めた。しかし、頭上に爆弾が降ってくるのをいまかいまかと待っているような気分を振り払えなかった。

「そう、わかった。つまり、証拠はあるわけね」そうではないとわかっている。しかし自分をごまかさずにはいられない。「つまり、私たちはいま断片をつなぎ合わせる作業を始めてるというわけね。あのとき何があったか。誰がしたことか」そう話していると気持ちが軽くなったが、その一方で、何をどう解釈したらそうなるのかと自分でも首をかしげていた。

「そういう単純な話ならよかったんだけど」ルーシーは野球のピッチャーのようにワインドアップの動作に入った。いざ、悪いニュースという球を投げようとしているのだ。「重要な証拠が消えたことは、報道されてもされてなくてもキャリーは知ってる。その証拠は、紛失したのか所在不明なのか、盗まれたのか、よくわからないにしてもね」

皮肉めいた調子だった。私の気分はいっそう深く沈んでいき、この何週間かですっかり定位置になった暗闇の奥に落ち着いた。

「何が報道されるかなんて別にどうだっていい話だろ?」マリーノが切り返す。

「FBIはそうは思ってない」ジャネットが言った。静かだが重々しい声だった。「動機は不純ではあるけれど、重要なことだと認識してる。問題はそれ。いつだって問題はそこなの」

「まるで反論の余地のない事実のような口ぶりだけど」ドナヒューがルーシーに言った。「要するにこういうことよね。ケイのマスクの所在がわからなくなったことに、キャリーが関係しているのは間違いない。ただ、いまどうしてもわからないのは、どうしてあなたがそれを知っているのか」

「ルーシーが言いたいのは、キャリーは私が着けていたのをむしり取ってはいないけれど、マスクを発見したということと、ルーシーはいま、マスクのカメラが撮影した動画を持っているということだと思う」私はルーシーの目をまっすぐ見つめた。ルーシーは否定するだろうか。だが、目の表情を見た瞬間、否定するつもりはないらしいとわかった。

どういうこと？　あなたはいったい何をしたの？

「ちゃんと説明するから」ルーシーは窓の外に視線をやった。空はいよいよ暗くなり始めていた。

「おいおい、頼むよ、冗談だって言ってくれよな」マリーノは目玉が転げ落ちそうなくらい大きく目を見開いていた。

「よくわからないわ。だって、キャリーからどうやって手に入れたの？」私はルーシーに言った。頭の中で警報がやかましく鳴り響いていた。

「クソ！」マリーノが叫ぶ。「おっと、悪《わり》い」すかさずデジに謝った。

「キャリーからマスクを手に入れたとは言ってない」ルーシーが答えた。「キャリーから直接何かを受け取ったとは言ってない」

「俺のしゃべり方を真似するんじゃねえぞ。いいな、デジ？」マリーノはデジに腕を回して引き寄せると、拳でデジの頭を軽く小突いた。

「痛いよ！」デジが悲鳴を上げて笑った。

「いまの、なんていうか知ってるか？　〝ヌギー〟だ」

「小学校の校庭でいじめっ子がするような悪ふざけ」ジャネットがからかうように言う。

「汚い言葉を使うとね、ママに罰金とられるの。〝ちくしょう〟は二十五セント、〝クソ〟は五十セント、〝F〟から始まる言葉は一ドル。おじさんは今日だけでもう一ドル二十五セントくらいとられてるね」デジがマリーノに言った。彼はいまも母親の話をするときは現在形を使う。

「キャリーと接触したの？　会ったの？」私は努めて冷静な口調でルーシーに訊いた。

「おそらくいまあなたが考えてるようなこととは違うわ」ジャネットが言った。ルーシーは最近バミューダに行った──私はそのことばかり考えている。

ただ、バミューダに行ったことは知っているが、そこで何をしていたのかは知らない。バミューダ行きについて何も聞いていなかった。そして数日前になって初めて、バミューダに行っていたことを知った。ジャネットとデジは同行していない。ルーシーには、すでに私に話した以上のことを打ち明けるつもりはないようだった。ダイビング旅行に出かけた。ただしバカンスではなかった。目的はジャネットの友人に会うことだった。その相手は単なる〝友人〟ではないという気がしてならない。

「じゃあ、どう考えろと？」ドナヒューがルーシーに訊く。

「何も。憶測はしないで」

「すべて話してもらう必要があるの」

「あたしはどんな場面でもすべては話さない。相手が誰でもね」

「私には話してもらわなくちゃ困るわ。あなたの弁護士だもの」

「話したくても話せないことだってある。それをどう思うかはあなたしだい」ルーシーは喧嘩腰になりかけていた。

「そういうことなら、お役に立てそうにないわね」

「あなたを呼んだのはあたしじゃないし」ルーシーはそう言って私を見た。

「待って」ドナヒューが帰り支度をして立ち上がろうとしているのに気づいて、私は言った。

「帰らないで」私はドナヒューに言った。「あなたは私の代理人でもあるのよ」

「いまの状態じゃうまくいきそうにないから」ドナヒューはハンドバッグを持った。

「ルーシー、お願いだから」私はルーシーに警告の視線を向けた。ルーシーが肩をすくめる。

「まだ帰らないで」ルーシーの口調は説得力を欠いていたが、効果は充分だった。

「あなたがそう言うなら」ドナヒューは椅子に座り直した。デジは発言者が変わるたびにそちらに顔を向けている。

賢い子だ。年齢のわりに小柄で、髪は明るい茶色、大きな目は青。表情を見るかぎり、不愉快に思っていたり不安を感じていたりはしないようだが、どのみち子供の前でする種類の話ではない。するとマリーノが私の考えを読み取ったかのように言った。

「こいつを連れて、ちょっと散歩にでも行ってくるかな」大きなみみず腫れのようになった虫刺され痕をぼりぼり掻いている。

「散歩だって。楽しそうじゃない、デジ？」ルーシーは簡易キッチンの小さなテーブルのそばから椅子を何脚か運んできて、ソファの周囲に並べた。

私はずっと立ったまま話をしていた。自分が最初に座るのはどうしてもいやだからだ。脚の怪我のせいで、周囲はみな私を座らせようとする。おかげで私は意地になり、無理して立っていようとする。

「マリーノと散歩に行ってくれば？」ルーシーがデジを促す。

「いやだ。行きたくない」デジは首を振った。ジャネットが彼に腕を回して抱き寄せた。

「いいから来いって」マリーノはキッチンカウンターにあった虫刺されの薬のチューブを取った。

「超小型カメラのことを話して」ドナヒューが私に向かって言った。「わかるかぎりのことを詳しく話して」

だが、それに応えて説明したのはルーシーだった。いまから二ヵ月前の六月十四日、サウスフロリダ沖に停泊したヨットをベースにダイビングをしていたボブ・ロザード下院議員が射殺された。そのとき使っていた酸素タンクと、頭骨の一部は見つからずじまいになった。連邦当局が捜査すべき性質の事件で、軍属の監察医でもある私にはその捜査権がある。そこで、先にフォートローダーデール入りしていたベントン率いる実働部隊に合流することにした。私は翌日の六月十五日に現地に到着し、捜索と回収の仕事を手伝った。

「海中で捜索する際はつねにダイビングマスクにカメラを装着するの？」ドナヒューが尋ねた。

「そう言われると少し違うかも。カメラは取りはずせないようになってるから」アンモニアとティーツリーオイルのにおいが漂ってきた。マリーノがジェル状の虫刺され薬を腫れた患部に塗っていた。

「でも、カメラのスイッチを入れたり切ったりはするでしょう。自動的にスイッチが入るわけではなく、あなたが意図して切り替えるわけよね」ドナヒューは椅子の肘掛けに置いたコーヒーマグをゆっくりと回転させている。会話が堂々巡りになっていることを示唆しているかのようだった。

「そのとおりよ」私は答えた。「証拠を採取した手順に疑問が生じないように——私の証言の真実性を問われないように、カメラで一部始終を撮影するの。どうやって証拠を発見したか、陪審にも見てもらいたいから。証拠が適切に扱われ、保存されたことを、自分の目で見てもらったほうが早いでしょう。とくに海中の捜索では、映像があったほうがわかりやすい。話したり、注釈をつけたり、説明したりできないから。海中で音声を録音しても、泡の音でほとんど聞き取れない」

「キャリー・グレセンだったとあなたが考えている人物を目撃したときも、マスクのカメラはずっと撮影を続けてたのね」ドナヒューが言った。「あなたが録画のスイッチを入れておいたから」

「そう。そのとおりよ」

「とすると、そのときの映像にはキャリーの姿が写ってるはず」

もちろん写っているはずだと答えようとしたが、ルーシーの目を見て私は言葉をのみこんだ。何かおかしい。

「カメラは私の顔が向いていた方向の状況を記録してた」ドナヒューにそう説明したが、胸の内側では不安が渦を巻いていた。「憶測ではないわ。私が考えてることでもない。事実なの。あのとき誰を目撃したか、はっきりわかってる」

「ええ、わかってるつもりでいることは疑ってないわ」

「つもりでいることじゃないのよ」

「いいえ」ドナヒューが首を振る。「つもりでいることなのよ、ケイ。だからといって、それは事実ではないということにはならない。一瞬のことだった。まばたき一つする間のできごとだった。あなたの頭にはキャリー・グレセンのことがあった。そこに何者かが突然出現した。しかも冷静な判断をするのに適しているとは言えない状況で。あなたはその直前に警察のダイバー二人が何者かに殺害されているのを見つけて、ショックを受けていた……」

「〝何者か〟じゃないわ。彼女よ」

「ええ、あなたがどう考えているかはわかってる。あなたが本気でそう思っていることもね。視界はかなり悪かった。ダイビングをするときはコンタクトレンズを使うの？　それとも、マスクに度が入っているの？」

「自分が誰を目撃したか、ちゃんとわかってるわ」

「それを証明できれば何も心配ないんだけれど」ドナヒューが言った。ルーシーもドナヒューと同じ目つきをしていた。

何かがおかしい。

「ねえ、本当にそう思うの？」私は怒りを感じ始めている。「私はショック状態にあった。まともに見えなかった。混乱してた。そしてスピアガンを持って海底で待ちかまえていた人物を別人と誤認した。そう思うの？」

「証明しなくてはならないのよ」ドナヒューはそう繰り返した。「法廷に出たらこう反論されるだろうと思うことをあなたにぶつけてるだけ」

「FBIならそう反論するだろうということね」私は言った。「よく考えると悲しくならない？ 最近、私はそのことばかり考えてるような気がするわ。この仕事に就いた当初、警察機関の本分は市民に尽くすことだと教えられた。私たちは人々を助けるべきであって、異端審問を開いて責め立てるようなことをしてはならないって」

「もちろん、FBIを敵と想定しての話よ」ドナヒューはうなずいた。「その敵からどんな反論が来るか、すでにどんなことを言われていそうか、これはそのリハーサルだと思って。あなたが目撃した人物は間違いなくキャリー・グレセンだったと証明しなくてはならないのよ。キャリーは間違いなくいまも生きていて、あなたを含めた大勢の人を射殺して回ってるのは間違いなく彼女だと証明しなくてはならない。彼女こそ……あの連続狙撃犯は何と呼ばれてるんだった？」

「コッパーヘッド」

「ああ、それ。キャリーこそコッパーヘッドであると証明しなくてはならない」

私はルーシーの顔を見やった。ルーシーは誰も見ていない日本のコメディドラマをじっと見つめていた。やがて私のほうを向いた。その顔に浮かんだ表情を見て、ぞくりとした。氷水が心臓の周囲に流れこんだかのようだった。運命がこうささやくのが聞こえた。

何かおかしいぞ！

「キャリーがスピアガンの狙いを私に定めて、引き金を引くのを見た」ドナヒューに対して自分を弁護しているような気分だった。悔しかった。「彼女とまともに目が合った。せいぜい五、六メートルしか離れていなかった。私に向けて引き金を引くのが見えた。一発目がタンクにぶつかったかかすめたかする音が聞こえた。二発目は命中した。その音は聞こえなかった。命中するのを感じたの。コンクリートミキサー車が脚にぶつかったみたいな衝撃を感じた」

「すっごく痛そう！」デジが叫んだ。まるでいまの話を聞くのはこれが初めてだとでもいうみたいに。

しかし、初めてではない。撃たれたときの話は何度もしている。どういう意味なのか、痛かったのか、死ぬと思って怖くなったか。デジは死というものについて何もかも知りたがる。自分のお母さんにもう二度と会えないなどということがどうして起きうるのか、うまく理解できずにいるからだ。デジの質問に答えるのは簡単ではなかった。

生物学的な死なら、私はよく知っている。生物学的な死なら、証明が可能だ。死んだ生物は二度と起き上がらないし、体温を取り戻すこともない。二度と動かず、二度と話さず、自分で歩いてふいに部屋に入ってくることもない。しかし、デジに臨床的な死、肉体的な死について話すつもりはない。まだ幼い少年、母親を失ったばかりの少年の心に、恐怖や宿命感を植えつけたくはない。

たとえ話に置き換えずに説明するとしたら、それは相手の気持ちを考えない不親切な行為だ。何か似たものにたとえて、希望やなぐさめを見いだしてもらうべきだ。**死ぬというのはね、メールも電話もない場所に行くようなものなのよ。タイムトラベルだと思うのもいいかもしれない。あとは、そうね、たとえば月みたいに、手を伸ばしても触れないものかしら。**デジに質問されるたびに病理学的に間違った説明を繰り返したおかげで、自分までそのたとえ話をなかば信じ始めている。

マリーノが虫刺され薬のチューブをキッチンカウンターに置いた。「よし、行くぞ」

ジャネットはデジの背中を優しくさすっていた。「朝から閉じこもってて、頭がおかしくなっちゃいそうじゃない？　雨が降ってくる前に外の空気を吸ってくるといいわ」

「いやだ」デジは首を振った。

「マリーノは釣りがすごく上手なの」ルーシーが言った。「あんまり上手だから、魚たちの郵便局にはマリーノの写真が貼り出してあるんだって。指名手配犯！　この顔を見たらご用心！　捕まえた人には賞金が出るぞ！」

「魚の郵便局なんてあるわけないよ！」

「どうしてわかる、え？　自分の目で確かめなくちゃ、わかるわけねえよな？」マリーノはデジをつかまえて高々と抱き上げた。デジが歓声を上げる。「そこの川にどんな魚がいるか、確かめてみたくないか？　いまここに釣り竿があったら、どんなにどでかい魚が釣れるか、知りたくないか？」

デジが知りたいとうなずいて、マリーノはデジを連れて出ていった。二人の足音が桟橋を遠ざかっていき、やがて聞こえなくなった。

22

「あたしはマスクを持ってない」ルーシーが言った。「でも、録画にはアクセスできる」

「自分でマスクを見つけたわけじゃないのよね」私がマスクをなくしたとき、死にかけたとき、ルーシーはその近くにいなかったことを確かめておかなくてはならない。

「もちろん」

「私が撃たれた現場に居合わせたのでないかぎり、あなたがマスクを見つけるのは不可能だわ」もしあのとき現場にいたと知らされたら、私は衝撃に打ちのめされるだろう。

私の人生の歴史が書き換えられてしまうだろう。ルーシーがあの場にいたとわかったら、私の世界観は根底からひっくり返るだろう。

「あたしはフロリダにいなかった。あたしにおばさんを撃つ理由がある?」ルーシーが言った。「あたしがどうしておばさんを殺すの? 誰かが殺そうとしてるって知ってたら、黙って放っておくと思う? どうしてそんなこと訊くの? どうしてちらりとでもそんなことを疑うの……?」

「ケイは疑っていないと思うわ」ドナヒューがさえぎった。「もしかしたら、彼らが証拠を捜しているのはそれかもしれないわね。彼らが大陪審にかけようとしている容疑はそれかもしれない」ドナヒューは私に向かって言った。「ルーシーがフロリダにいたということ、あなたが撃たれた現場にルーシーがいたということ――キャリー・グレセンの共犯者だから、その場にいたのだと証明しようとしているのかもしれない。いえ、それならまだましね。あなたを撃ったのはルーシーで、キャリー・グレセンは存在しないと考えているのかもしれない」

「キャリーは十三年前のヘリコプターの墜落事故で本当に死んだというのがＦＢＩの見解なんじゃないかしら」ジャネットが言った。自分の考えというより、事実を述べるような口ぶりだった。ジャネットはルーシーを見た。「キャリーにまつわる話はどれもあなたのでっち上げだと思ってるんじゃないかしら」

「そうね」ドナヒューがうなずく。「そのシナリオには私たち全員が警戒したほうがよさそう。ただ、一つわからないことが」ドナヒューは私のほうを向いた。「ベントンはどうなの？　彼は事件を目撃したのよね。あなたの救命に当たった。あなたを撃った人物のこともすぐそばで目撃しているはずじゃない？　その人物のすぐ近くにいたはずよね」

「ベントンは彼女を見てないわ」そのことは何度もベントンに確かめたが、ベントンの答えはいつも同じだった。「突然、私がもがき始めたことに気づいた。そのあとは私を助けることに完全に気を取られていた。その隙に彼女は姿を消した」

「ベントンから見えないところまで退却して、なりゆきを見守ってたんじゃないかって気がするけど」ルーシーが打ち消す。

「つまり、もし追及された場合、ベントンは、あなたや警察のダイバー二名を撃ったのはキャリー・グレセンだったと自分は断言できないと答えるしかないということね」ドナヒューは言った。「FBIの同僚にそう話してるんじゃないかと思うわ。彼らはとっくにベントンを問いつめたでしょうから」

「自宅で私に話したのと同じ内容のことをFBIの同僚にも話してるとすれば」私は応じた。「宣誓したうえで証言できるのは、私が撃たれたという事実しかないと言ってるでしょうね。彼は私が撃たれたという事実は知ってる。ルーシーがその場にいなかったことも知ってる」

「私の意見を言わせてもらえば、FBIは何もかもルーシーに押しつけようとしてるんでしょう」ジャネットが言った。今回もまた、単なる意見とは聞こえなかった。

ジャネットは確信を持ってそう言っている。

「キャリー・グレセンの件は小細工だと、ルーシーが自分のアリバイとして召喚した亡霊だと主張するつもりでいるんだと思います」ジャネットがそう付け加えた。

「よくわからないのは、いったいなぜそんなことを証明したいのかということ」私は『邪悪な心』の動画を思い出しながら言った。あの動画はキャリーがいまも生きている証拠だろうか。

いや、証拠にはならない。そうは考えたくないが、しかし、証拠にならないと認めるしかない。あの三本の動画が意味することは、私が期待しているものとは違う。それは自分でもよくわかっている。あの映像が撮影されたのは十七年前だ。あの動画が裏づけているのは十七年前にキャリーが生きていたという事実だけだし、そもそもの問題として、動画はもう私の手もとにはなく、メールで送られてきたリンクさえないということだ。私には何一つ証明することができない。

「仕返し」ルーシーが言った。

「恨みを晴らしたいというだけの理由で、わざわざ捜索令状を取ったり、実際に捜索したりといった時間やエネルギーを浪費するとは思えない」ドナヒューはペンの先で紙をとんとんと叩きながら言った。

「政府は莫大な額のお金を無駄使いして平然としてる。つまらないことにこだわって、どれだけ時間やお金を無駄にしてるか知ったら、みんなびっくりすると思う」ルーシーは刺すように辛辣な口調で言った。敵意をむきだしにしている。

「報復は、ケーキのアイシングみたいなものかもしれない。おまけみたいなもの。ちっちゃなケーキに、ほんの少しだけかけた甘いアイシング」ジャネットはいつも理性的な発言をする。そして彼女の発言はいつも、どちらかと言えば控えめすぎる。「それだけが目的ではないことは確かでしょうね。主な理由でさえないかもしれない。それより重要なのは、FBIとしてはキャリーが死んでくれたほうが都合がいいということ。いえ、キャリーに生きていてもらっては困る。あなたに仕返しすることより、そっちのほうが大事なんだと思うわ、ルーシー。これも私の意見にすぎないけれど、経験に基づいたものでもある。私はFBIをよく知ってる。かつてその一員だったから」

「いまからキャリーを死なせたいの？　それとも、ずっと前に死んだことにしたいの？」私は尋ねた。

「私も同じことが訊きたいわ」ドナヒューが言った。さっきからペンで用箋を叩き続けている。そろそろ私の癇《かん》に障り始めていた。

いまは何もかもが私の神経を逆なでする。

「彼女を殺したいの？」ドナヒューが言い直す。「それとも、あのとき本当に死んだということにしたいという意味？」

「あのとき本当に死んだ、いま生きているはずがないということにしたいんでしょう」ジャネットが答えた。「実は死んでいなかったということを誰にも知られたくない」

「どうして？　体面的に困るというだけの理由で？」私は訊いた。

「それは私もわかりません」ジャネットが答える。「でも、威信に関わるというだけで、充分な理由になると思うわ。たとえば、ビン・ラディンを確かに暗殺した、遺体は水葬にしたと政府は主張してるのに、彼は実はどこかで元気に生きてるとわかるみたいなもの。キャリーはヘリコプターが墜落したとき一緒に海に沈んだはずだから」

「キャリーが死んでいてくれたほうが全員の利益になるという理屈は理解できる気がする」ドナヒューが言った。「あなたを撃った一件を見ても」――ドナヒューは私に目を向けた――「キャリーが人の命を何とも思っていないこと、邪悪な性質の持ち主であることがわかるもの。あなたは一歩間違えば死んでいた。死ななくても、恒久的な障害を負っていたかもしれない。片脚を失っていてもおかしくなかった」

「そうね」私は言った。「その三つはどれも起こりえた」

「もしキャリーがまだ生きていたら、ＦＢＩにとっては大打撃です」ジャネットがその点を強調した。

「〝もし〟ってどういう意味？」ルーシーがジャネットに訊く。

「別にそういう意味じゃ……」ジャネットが言いかけた。

「そういう意味で言ったくせに。〝もし〟って言葉が出てくるのは、本当はそうじゃないと思ってるからでしょ」ルーシーが詰め寄った。

「だって、想像しにくいでしょう」ジャネットが言った。私の脳裏についさっき見たばかりの動画、すでに消えてしまった動画が映し出される。「私はキャリーを見てない。最近の写真も映像も見たことがない。キャリーが生きてることを裏づけるものを何一つ見てないのよ。あなたの言葉だけ。キャリーを見たというケイの言葉だけしかない」

私は脚を投げ出して椅子に座っているルーシーを見た。シャツの裾とジムショーツのウエストバンドの隙間から、引き締まった腹部がのぞいている。トンボのタトゥーのことを考えた。それが隠しているもののことも。ＦＢＩがルーシーの自宅を捜索して、銃器やＩＴ機器を押収する理由がほかにあるだろうか。

「動機について検討してみましょうよ。ＦＢＩの真の意図はＣＦＣのデータベースにアクセスすることだという可能性はある？　ＣＦＣの記録を手に入れようとしているという可能性は？」私は心にまつわりついていた懸念を言葉にした。ペンが紙を叩く音がやんで、ドナヒューがまたメモを取り始めた。「ルーシーを突破口にして、ＣＦＣが扱った州管轄の事件、連邦管轄の事件の資料を手に入れることは可能でしょう」

「そんなややこしいことをしなければ手に入らない情報って、たとえばどんなもの？」

ドナヒューはいつもの丸っこい文字でメモを取り続けている。

「いろいろあるわ」

「ＦＢＩはまだＣＦＣのデータベースに侵入していないと言い切れる？」

「侵入してれば、あたしにわかる」ルーシーが言った。だが、それでは答えになっていない。

ＣＦＣのデータベースに侵入されたら自分にはわかると言うのと、まだ侵入されていない。

ないと言うのは、まったく意味が違う。

「あたしのメールアカウントは少し変なの。誰かがのぞき見してる」ルーシーが付け加えた。

「のぞき見？　ずいぶん控えめな表現ね」ドナヒューが言った。

「そのうちの何回かはキャリーだってわかってる」

「なのに黙認しているの？」ドナヒューは鋭い声で訊いた。

「あたしが許可しない場所には入れないから。コンピューターネットワーク内の迷路に放したラットを想像して。どっちに走ってもすぐにあたしのファイアウォールにぶつかる。それに、見られてもかまわないってあたしが判断したメールを見られたところで、痛くもかゆくもないでしょ？　ただ、ＣＦＣのデータベースに保管されてる捜査資料となると、話は違ってくる」

今度もまた質問に対する答えになっていなかった。

ＣＦＣのデータベースに侵入されたかという話題になると、ルーシーはかならず返事をはぐらかす。侵入されたら自分にわかるはずだと繰り返すだけで、侵入されていないとは一度も言わずにいる。

「ＦＢＩはどう？」ドナヒューはペンで紙を叩いて自分の言葉を強調した。「ＦＢＩはＣＦＣのデータベースに侵入できる？　あなたの自宅のネットワークを介して、ＣＦＣの機密情報にアクセスすることは可能なの？」

「彼らはできるつもりでいるだろうな」ルーシーはまたもや謎めいた答えを返す。

「そうだとすると、彼らが押しかけてきた理由はそれかもしれないわね。あなたを門《ポータル》として利用しようとしてる」

「そうね、彼らはあたしを利用するつもりでいるのかも」

「でもそれは不可能だと言いたいの？」ドナヒューはルーシーの表情を注視している。

「自動ログイン機能は切ってあるし、重要な情報をのぞき見する隙はどこにもない。それが彼らの目的の一つだとしても、とくに驚かないけどね。あたしのテクノロジーを利用しようとしてる。あたしの通信ソフトを利用してそこから中に入ろうとしてる」

「彼らの目的は一つだけではないということをまず受け入れないと」ジャネットがまた繰り返す。どういう意味なのか、私は不思議に思い始めた。

「彼らの目的は何だと思う？」ドナヒューが私に尋ねた。「一つかもしれない。二つかもしれない。もっと多いかもしれない。CFCのデータベースに保管されているFBIが欲しがりそうな情報には、たとえばどんなものがある？」

「FBI自身、何を捜してるのかわかっていないのかも」私は言った。「彼らにもよくわかっていなくて、だから令状に項目として挙がっていないとも考えられそう」

「いわゆる〝証拠漁《あさ》り〟ね」

「注目を集めたくないもの、本来は提出を求める権限のないものが引っかかってくることを期待して、漁網を投げてみているだけかもしれない。もしかしたら、どういう手続きで提出を求めたらいいのかわからないとか、何を、どうして捜しているのか、自分たちもわかっていないのかもしれないわ。ルーシーをターゲットにする動機になりそうな〝思いがけない収穫〟とは何なのか、私もいま頭の中で検索してるところ」私は説明した。「ルーシーが私につながる道であることは事実よ。私に迫る手段であること、市警や連邦捜査機関が扱った捜査に関するきわめて機密度の高い情報を入手する足がかりの一つであることは間違いない。そういった機密情報には、軍や、諜報機関を含む政府組織に関する機密情報も含まれてる」

「CIAやNSAの機密もCFCに保管されてるということ？」ドナヒューは大いに興味をかき立てられたらしい。

「国務省が関心を示すような種類のデータもある。私にはそこまでしか言えないわ」

「最近になってそういった案件を扱った？」ドナヒューが訊いた。

「それについては話せない」ジョエル・ファガーノの事件が頭に浮かんだ。ニューヨーク州の金融取引不正行為監視人で、先月、ボストンのホテルの客室で死んでいるのが発見された。

ドアは室内側から施錠されており、ノブに〈起こさないでください〉の札がかかっていた。首つり自殺であることは明白と思われた。連邦政府機関の職員が来て検死解剖に立ち会っていなければ、私もとくに疑念を抱かないままだっただろう。解剖に立ち会った二人はFBI捜査官を名乗ったが、実際にはCIA職員だった。そのようなできごとはそれが初めてではなかったし、これからも起きるだろう。スパイだって自動車事故や飛行機事故で死ぬ。一般市民と同じように自殺もするし、殺されたりもする。ただ、一つ大きな違いがある。

政府機関の工作員が変死を遂げた場合、まず他殺が疑われる。しかしファガーノの場合、他殺を疑わせるものは何一つ出てこなかった。自分でベルトを首に巻いて脳への酸素供給を絶ったという仮説に矛盾する証拠は何もなかった。ベントンの謎めいた言葉が記憶に残っている。自殺によって、ファガーノは自分に残されていた唯一の力を行使した——彼は死よりおそろしい何かから逃れた。そしていま、私はその何かにがつんと殴られたような気がした。

データ・フィクション。

CFCに搬送されてきたときジョエル・ファガーノの遺体が着ていた服のポケットにUSBメモリーが入っていた。そしてそこには、ルーシーによれば〝アメリカの銀行システム全体を転覆させかねないほど巨大な金融詐欺ソフト〟が保存されていた。お金はちゃんとある、思っているとおりの額があると見せかけることがポイントなのだとルーシーは言う。しかしある日、お金はみんな消えていることを知らされる。自分で全額遣ったのだと聞かされる。その証拠として、やはり詐欺ソフトウェアが作成した総勘定元帳を見せられる。

——戦争を始めたり、生命維持装置をはずしたりといった、人の生死に関わる判断をデータ・フィクションに基づいて下したら？

〝データ・フィクション〟という用語は、アンダーネットで話題になっているとルーシーは言っていた。アンダーネットの住人たちは、何が事実なのか、確かめる術《すべ》はもはやないのではないかと言い合っている。いまの時代、何を信じていいかまったくわからない。私にとってはいまさら不安がるまでもないことではあった。昔から私は、手で触って確かめられる証拠しか信じない。もともとそういう性格だということもあるし、職業上の経験から学んだ結果でもある。検死《autopsy》の語源となったギリシャ語は〝autopsiā〟、意味は〝自分の目で見る、触れる、聞く、嗅ぐ〟ことだ。コンピューターの世界でそれを実行することはできない。日常生活やビジネスのあらゆるディテールが電子的な記号に姿を変えてしまった。それは便利である反面、ひじょうに危険なことでもある。

テクノロジーはこの世のすべてを向上させた。しかしこうして少し時間がたってみると、人々の生活は一周回って暗黒時代に戻ろうとしているように思えてならない。デジタル通信のおかげで、私は過去最高のスピードで前進しているつもりでいる。しかし同時に、持って生まれた信頼できるナビゲーションシステムの精度は少しずつ落ちていっている。目。耳。触覚。紙とペンが懐かしい。直接顔を合わせて交わす会話が懐かしい。人類は宇宙サイズの不信と錯覚を抱えたまま、走り続けたらいつか衝突を避けられないコースを突き進んでいるのではないかと不安になる。

コンピューターによって管理されているあらゆるものを疑わざるをえない時代が来たら、いったいどうなる？ それには病院のカルテや緊急サービス、血液型、病歴、職業別電話帳、指紋、ＤＮＡ、電子送金、金融情報、身元調査が含まれる。個人的にやりとりしたテキストメッセージやメールも。もはや何一つ信用できなくなったら、いったいどうなるのだろう？

「六月十五日、ケイが撃たれた時刻に、あなたはどこにいた？」ドナヒューは容赦なくルーシーに質問をぶつける。

「ニュージャージー州モリス郡からヘリコプターで出発して、家に帰るところだった」

「事件発生時刻は？」ドナヒューが私に尋ねた。

「午後二時四十五分ごろ」

「その時刻には飛行中だったのね？」今度はルーシーに尋ねる。

「午後三時前なら、そのころにはもうヘリコプターは格納庫に入ってた。あたしは車を運転してた」

「どの車？」

「あの日はたしか、フェラーリFFだったと思う。家に帰る途中でいくつか用事をすませたかもしれない。何時何分に何をしたかまでは覚えてない」

「その〝覚えてない〟が問題なのよ」ドナヒューが言った。「ジャネット？　その日ルーシーがどこで何をしていたか、あなたは知っている？」

「その日は会ってません。彼女とあまりうまくいってなかった時期なの。ルーシーからこの家を出ていくように言われてたのもあって、泊まりがけでヴァージニア州の姉の看病に行ってました」ジャネットはルーシーを見つめていた。「ナタリーの容態が悪化してて。とても苦しそうにしてた。それに怯えていました。だからヴァージニア州にしばらく滞在するにはいいタイミングだったし、それからまもなく姉は亡くなりました」ジャネットは私たちから顔をそむけた。目に涙が光っていた。「もちろん、この家を離れることになった理由は悲しかったわ。つらいことばかりが続いた時期だったとしか言えない」

「キャリーがあなたを傷つけるんじゃないかって心配だったの」ルーシーが静かに言った。

「どのみち傷ついたわ」

「ジャネットとの関係がうまくいっていなかったことも、ジャネットがしばらく家を離れていたことも、あなたには不利に働く」ドナヒューはルーシーに言った。「あなたには証人がいない。家庭の不和は、精神の不安定さを示唆する。それも不利な事実の一つよ。それにあなたの財力があれば、ヘリコプターを着陸させた直後にプライベートジェットに乗り換えて、フォートローダーデールに向かうことも可能でしょう。飛行機なら、二時間半から三時間もあればフロリダに行ける」悪役に徹するドナヒューはどこか楽しげだった。「それは物理的に不可能だという証拠がないと」

「セスナ・サイテーションXなら、もっと短時間でフロリダまで飛べちゃう。あの日の風向きを考えると、フォートローダーデールまで二時間もあれば行けた」

「そこが弱点ね。彼らはそこを突いてくる」ドナヒューは私に向かって言った。「あなたが撃たれたときルーシーはフロリダにいなかったというアリバイには大きな穴がいくつも開いている。彼らはそこを突いてくるわ。フロリダにいた可能性もあるじゃないかと主張する」

「ほかに証拠はないの？」私はルーシーに訊いた。「ＩＰアドレス、電話の発着信履歴、監視カメラの録画。そういったものはないの？　事件発生時刻にあなたはコンコードにいたと証明できるもの、たとえばこの自宅にいたと証明できるものは何かない？ジャネットがここにいなかったことはさっき聞いた。でも、あなたがここにいたことを裏づけるものをほかに思いつかない？」

「おばさんならよく知ってるでしょ。あたしは自分がいつどこで何をしてたか、痕跡を消すのが得意なの」

「得意すぎて、いざアリバイが必要になっても証明できないなんてね」ドナヒューが言った。

「ものごとをアリバイって観点から考える習慣はないの」

「今回はそれが裏目に出た」

「アリバイが必要になるような生活をしてないから」

「でも、痕跡を消す必要がある生活はしている。いつどこで何をしていたか、誰にも知られたくない生活」ドナヒューとルーシーのやりとりは口論に近くなっていた。

「あたしの命を狙ってる人物がいるかどうかを訊きたいの？」

「いいえ、そんなことは訊いていない」ドナヒューが答えた。「誰かに狙われてるとあなたが思っていることは、聞くまでもなくわかるから」

「〝思ってる〟んじゃない。知ってるの」

「いま問題なのは、プライバシーを守るための行動が私の仕事を困難にしてるということ」

「あたしがすることの中に、あなたの仕事を困難にしないものなんてほとんどない気がするな」

「あなたのメールを追跡しても、あなたが実際に送信した場所には決して行き着かない。飛行機でどこかに飛ぶときも実名は使わない。誰にも何も知られたくない。そういうことでしょう？」

「まあ、そんなところ」

「スパイはアリバイを証明できなくて苦労するのよ」ドナヒューはルーシーに言った。「あなたがいまの追跡不可能な人生を始めるに当たって、そのことをしっかり考慮に入れたならいいけれど」

23

「あたしはスパイじゃない」ルーシーが言い、言葉のボクシングの次のラウンドが始まった。

「でも、スパイみたいな生活をしているわ」ドナヒューが応じる。

「遠い昔にそう叩きこまれたから」

「キャリーに教えられたの？」

「初めて会ったとき、あたしは十代の大学生のインターンだった。キャリーからいろんなことを教わったけど、それ以上の功績を奪われた。ＥＲＦでインターンをしてたとき……」

「ＥＲＦって何？」ドナヒューが確かめる。

「ＦＢＩが作ったおもちゃの国。最新最良のテクノロジーが生まれる場所。監視、バイオメトリクス。それにもちろん、データ管理。たとえばあたしが九〇年代後半に開発した犯罪人工知能ネットワーク。略称ＣＡＩＮ。開発したのはあたしなのに、キャリーがその功績を横取りした。あたしの作品を盗んだの」

「つまり、あなたたちは二人ともＦＢＩのデータベースを利用できる立場にあった。あなたたちが開発したわけだから」

「理屈のうえではね」ルーシーが答える。「ただし、プログラムの大部分はあたしが書いた。キャリーはその点に関して嘘をついてたけど」

「一時期は親しい友人だったということね」ドナヒューは功績を横取りされた件には関心がないらしい。「キャリーがどんな人物かあなたが気づくまでの間は」

「そうね、そう言っていいと思う」ルーシーはうなずいた。私はジャネットの表情をうかがった。

キャリーはルーシーの初恋の人だという事実を改めて突きつけられて、ジャネットはどれほどやるせない気持ちでいるだろう。キャリーが動画の中で言っていたことは間違っていない。ルーシーがキャリー以上に愛した相手はいるだろうか。いないとしても理解できる。初めての恋はもっとも濃密で最も激しいものだ。ＥＲＦで実習を始めたころのルーシーは精神的に未熟だった。十二歳の子供のように幼かった。そのときついたスーパーバイザーがのちにＦＢＩの十大重要指名手配犯のリストに名を連ねるような人物だったという不運は、この先も一生ルーシーについて回るのだろう。そういえば、現在の指名手配犯リストにキャリーは載っているのだろうか。私はそれを尋ねてみた。

「キャリーが生存してるという可能性をＦＢＩがどこまで真剣に考慮してるか、それを知る一つの手がかりになるでしょう」質問の意図をそう説明した。

「残念ながら、キャリーはリストに復活してません」そう答えたのはジャネットだった。「FBIは、いまから二ヵ月以上前の時点で、キャリーが過去十年、ロシアとウクライナに潜伏していたことを把握してた。いまはアメリカに戻ってるということも。でも、正式に指名手配はされてません。どんなリストを見ても、彼女の名前は載っていない」

「把握していた？」ドナヒューが険しい口調で訊いた。

「キャリーがアメリカに戻ってることを、少なくとも数ヵ月前から知ってます」

「知っていたの？」

「連続殺人に関与していることも、ドクター・スカーペッタの殺害を企てたことも、ちゃんと把握してるわ」ジャネットは確信に満ちた口調でそう言った。その様子を見て、私の心のどこか奥底で小さなランプがぼんやり灯ったような気がした。

ジャネットを注意深く観察した。色褪せたくしゃくしゃのスクラブ、汚れた爪、いかにも寝不足といった顔。目は明るく強い光を放っていた。自制心が強く、感情を顔に出すことはめったにない。だが、芯が強い。ジャネットはとても強い人だ。海の底流の危険さを連想させる。表面を見ているだけではそんな強い流れが底にひそんでいるとは思えないが、境界線を踏み越えたとたん、あるいは彼女が大切に思っている相手を傷つけようとしたとたん、足もとから流されて沖へさらわれる。

ジャネットは私たちに何かを隠している。

「そうね、そのとおりよ、ＦＢＩは自分たちに寄せられた情報は把握している」ドナヒューが反論するように言った。「だからといって、それを事実と認めたり、信じたりするとはかぎらない。それは何度も指摘されてきていることだわ。正直なところ、キャリーがいずれかの事件に関わっていると本気で信じていない可能性が高いと思うの。彼らの認識では、キャリーは十年以上前に死んでいる。重要指名手配犯のリストであれ何のリストであれ、彼女の名前が復活していないのは、だからじゃないかしら」

「そうね」私は言った。「キャリーが指名手配されていないのはだからでしょう。ＦＢＩはキャリーを逃亡犯に勘定していない。インターポールに対して、キャリーのステータスを黒手配から赤手配に――〝死亡した逃亡犯〟から〝国際指名手配犯〟に変更する要請も出していない。それは確かめた。いまも定期的にインターポールのウェブサイトをチェックしてるの。キャリーの情報は変更されてない。ＦＢＩが変更を申請しないかぎり、ステータスは変わらない」

「言い換えれば、ＦＢＩはまだキャリーを故人として扱っている」ドナヒューが言った。

「そういうこと」私はうなずいた。「さらに言うなら、彼女の生存を認めるのを頑として拒むのは、認めれば、私たちには見当もつかない種類の重大な結果をもたらしかねないからでしょうね」

「十三年前、最後にキャリーを見たとき、あなたはキャリーがヘリコプターの墜落事故で死ぬところを目撃したものと思った」ドナヒューはルーシーと私の二人を見やって言った。

「最後に彼女の姿を見たのはそのときだと思ってたわ」私はコーヒーを一口飲んだ。

「でも実際には、そのときは見ていなかったの」

「あたしたちが見たのは、海に墜ちるヘリコプターだけ」ルーシーがより具体的な説明を付け加えた。

「〝あたしたち〟？　二人とも見たということ？」

「そうよ」私は答えた。「私は左側のシートにいた。ルーシーは右の操縦席にいた。そのヘリコプター――白いシュワイザーがノースカロライナ州の大西洋沖に墜落したとき、私たちはルーシーのヘリコプターで飛んでたの」

「あたしが墜落させた」ルーシーが私の言葉を修正する。「パイロットがこっちを狙って撃ってきたの。それに応戦したら、向こうのヘリが爆発した。ケイおばさんとあたしは、キャリーもそのヘリに乗ってたものと思った」

「でも実際には乗っていなかったわけね。その話を信じましょう」ドナヒューはルーシーから視線をそらそうとせずにいる。本当にルーシーを信じているのかわからない。それを言ったら、私やジャネットのことだって信じているかわからない。

「さっき話したように」私は言った。「人体の一部が発見されたけれど、そのいずれもキャリーのものではなかった。見つかった遺体の一部や所持品はすべてパイロットのものと断定されたの。ニュートン・ジョイスという逃亡犯のものだった」

「スピアガンで撃たれたときの録画のことだけれど、ＦＢＩがそれを見た可能性はある？」ドナヒューは私に向けて尋ねたが、答えたのはルーシーだった。

「それはまずありえない。カメラそのものがＦＢＩの手もとにあったことは一瞬たりともないから。ＦＢＩは絶対に見ていない。誰かが動画をＦＢＩに送ったとでもいうのでないかぎり」

「あなたに動画が送られてきたみたいに？」ドナヒューが訊く。「あなたがどうやって動画を入手したのか、具体的に知っておく必要があるわ。でも、ジャネットが同席している場ではその話は聞きたくない。彼女は秘匿特権で守られないから」

「席をはずしましょうか」ジャネットが言った。

「いいの、いて」ルーシーはジャネットを引き留めたあと、ドナヒューに言った。「録画はあたしに送られてきたわけじゃない」

「どういうことなのか説明して」

「あたしにはアクセスする手段があった。ＦＢＩには、マスクそのものを手に入れたんじゃないかぎり、アクセスする手段がなかった。そしてＦＢＩはマスクを手に入れてない」

「手に入れられたはずがないわ」私はルーシーに同意した。「ＦＢＩが現場に到着したときには、マスクはとうに消えていたんだもの。直後に駆けつけた地元警察のダイバーが捜索したけれど、ベントンから聞いた話によれば、マスクは発見できなかった。そう考えると、キャリーがマスクを持ち去ったと考えてよさそうに思うわ。超小型カメラが装着されてることに気づいたんでしょう。少なくとも、私がカメラを身につけていることは予想してたんじゃないかしら」

「マスクを持っているなら」ドナヒューが言った。「キャリーは録画を見たことになる」

「そうね」ルーシーがうなずく。「そう考えていいと思う」

「あなたが持っている動画が彼女の手で加工されたものという可能性はないのね？」

「ない。カメラが起動すると同時に、映像が別のデバイスにリアルタイムで転送されたの。そのデバイスが何なのか、どこにあるのかは話さないけど」ルーシーが言った。「このときも私は、ルーシーが突然バミューダに出かけたことを思い出していた。「ケイおばさんがカメラのスイッチを入れた瞬間から、撮影された映像はあらかじめ設定してあったデバイスにリアルタイムに転送された。そのリンクはもう無効になってるし、デバイスは国防総省《ペンタゴン》より強固なファイアウォールで何重にも守られてる。携帯電話を貸してもらえる?」ルーシーはドナヒューに尋ねた。

「どうして?」

「いいから貸して」ルーシーが言い、ドナヒューは自分の携帯電話を差し出した。「パスワードは? 調べようと思えばできるけど、教えてもらったほうが時間の節約になる」

ドナヒューはパスワードを教え、それから尋ねた。「これはあなたを本当に信用しているか確認するテスト?」

「テストなんかしてる暇はない」ルーシーはパスワードを入力し、ガラスのディスプレイに文字をタイプし始めた。「録画を見てみたいだろうと思って」そう言って私たちを見る。「メールに添付したりは一度もしてない。ネットを介してどこかに送ったのは、安全なワイヤレスネットワークを通じてデータを送信したときだけ。さっきも説明したとおり、そのネットワークを調べても、あたしとの関連は見つからない。要するに、FBIはこれを手に入れてないってこと。この先も絶対FBIの手に渡ることがないようにしてある」

「これ?」私は訊いた。

「キャリーがあなたをスピアガンで撃ったとき、あなたのマスクのカメラが撮影してた映像」ジャネットが言った。その口ぶりから、彼女はその映像を見たことがあるのだとわかって、私は愕然とした。

　ほんの十五分ほど前、キャリーは確かに生きていると納得できるような写真や映像はまったく見ていないとジャネットは言った。とすると、ルーシーが〝これ〟と呼ぶ映像に写っている人物は誰だということになる？　私の不安はいや増した。

「キャリーがどこにいるか知ってるの？」私は正面切ってルーシーに尋ねた。

「その質問には答えないで。だって、あなたとジャネットは結婚しているの？」ドナヒューは単刀直入に尋ねた。

「いいえ」ジャネットが答えた。

「結婚していないなら、さっきから警告しているとおりよ。二人とも私の警告を無視し続けてるけれどね。配偶者間の秘匿特権では守られない。あなたとルーシーが交わした会話、目撃した事柄は、秘匿特権で守られないの」ドナヒューはそう繰り返したが、ルーシーとジャネットは彼女の言葉が聞こえていないか、聞こえていたとしても気にかけていないような態度を取り続けている。

「これから見せる動画には、キャリーがいつもどおり危機から運よく逃れる場面が写ってる。ＦＢＩにこの映像を渡してはいけない理由がこれを見ればわかるはず」ルーシーはテーブルに置いたドナヒューの携帯電話に軽く指を触れながら言った。「これの扱いを間違うと、あたしたちにとって致命傷になりかねない。この映像は彼らの有利には働いても、あたしたちの利益にはならない」

「率直に訊いていいかしら」ドナヒューが言った。「あなたはケイが撃たれる瞬間を撮影した動画ファイルを物理的に所有しているの？」

「してない」ルーシーが答えた。「初めから完全には所有してない。ほぼ所有してるだけ」

「ほぼ所有、ね」ドナヒューが言う。「それがあなたの所有権の定義というわけ？」

「よく言うでしょ。所有権を争ったら、現に持ってる人の勝ちだって。現に持ってるってことは、所有権があるってこと」

「そんな理屈は初めて聞いたけど、言いたいことはわからないでもない」ドナヒューはいよいよ不機嫌そうになっていく。「おおよそのことはよくわかったわ」そう言い足しながら私を見る。

ドナヒューは本当には理解していない。私も理解を助けようとは思わなかった。ルーシーが言わんとしているのは、映像だけを所有しているということだ。どうやって入手したかには言及していないし、話すつもりもない。その意味するところは、私から見れば一つしかなかった。ルーシーの手もとにはマスクもカメラもない。その二つは初めから持っていないし、必要もない。映像を転送したというデバイスはアメリカ国内にはないのだろう。バミューダ。その一語が繰り返し頭に浮かぶ。なぜ最近になってバミューダに行ったのだろう。そこで誰と会ったのだろう。

「マスクにカメラを取りつけてくれたのは、一年くらい前だったわね」私はルーシーに言った。「あのマスクを着けて潜ったのは二度だけ。フォートローダーデールの海中捜索は三度目だった」

「ケイがカメラのスイッチを入れると何が起きるか、順を追って説明してもらえる？」ドナヒューがルーシーに尋ねた。

「まずあたしに宛てて、カメラが起動したというメールが送られてくる。子守カメラと基本的な仕組みは一緒。ただ、子守カメラはモーションセンサーで起動するでしょ。ダイビングマスクのカメラの場合、それじゃ意味がない。マスクを着けてカメラを起動したら、録画を開始したいってことだし、海から上がってマスクをはずすまでは録画を続けたいわけでしょ。つまり」ルーシーは私のほうを向いた。「おばさんのマスクにはモーションセンサーはついてなかった。スイッチセンサーとでも言えばいいかな。スイッチがオンなら録画するし、オフならしない」

「二ヵ月前、六月十五日に海中捜索を始めるに当たってケイがカメラを起動したときも」ドナヒューが言った。「録画をリアルタイムで見るように促すメールがあなたに送られたの？」

「送られてこなかった」ルーシーが答えた。

「送られなかったの？」

ルーシーがうなずく。

「どうして？」ドナヒューが尋ねる。

「メールが迷子になったから」ルーシーはまた謎めいた答えを返した。それから長いこと押し黙っていた。ぎこちない沈黙が続いた。

「録画を合法に入手したわけではないのなら」長い沈黙のあと、私は静かで陰鬱な声でルーシーに言った。「ここで話し合う内容にはことのほか気を遣ったほうがよさそうね」視線をジャネットに向ける。

「私は席をはずします」ソファに座っていたジャネットが唐突に立ち上がった。

「一枚の絵は千語に相当する」ルーシーはドナヒューの携帯電話を私のほうに押しやった。ジャネットはボートハウスから出ていった。「編集なし、カットなし。解像度だけはできるかぎり上げてみた」

「録画が手もとにあるわけではないのに、どうしてそんなことができるの？」ドナヒューが訊いた。

「物理的には所有してない」ルーシーが答えた。バミューダから帰ったとき、関税警察がルーシーの飛行機の隅々まで捜索したという話もあった。「でも、可能なかぎりの努力はした」

「かえって心配になるような言い方ね」私は携帯電話を取って〈再生〉のボタンをタップした。

24

映像は、大西洋に二メートルほど潜ったところからスタートした。

船尾からジャイアントストライドで海に飛びこんだ瞬間が蘇る。跳ね上がる水しぶき、海面に浮かんだ私の顎をひたひたと洗う、ひんやり冷たくて塩辛い水。その瞬間の感覚がまるでいま起きていることのように蘇った。私はシュノーケルを使って呼吸しながら、係留索を目指してゆっくりと泳いだ。まぶしい太陽の光が目を痛めつけていた。ふだんのダイビングと何も変わらないように思えた。海中捜索には慣れている。心配することなど何もないと思ったのをはっきり覚えている。

しかしその安心感はまやかしだった。私は〈一時停止〉をタップした。それについてじっくり考えてみる必要があると思った。

「どうしたの？」横からディスプレイをのぞきこんでいたドナヒューの息が髪に吹きかけられた。

「あのとき、危険はないと思ったの。安全なわけがないのに。どうしてそう思ったのか」

その前夜、メルセデスという名の沈没船のあるダイビングポイントで下院議員のボブ・ロザードが殺害された現場を撮影したビデオを見た。議員の妻がヨットの船尾に立ち、マティーニを飲みながら、海上を漂っている夫にカメラを向けて冗談を言っている。ロザードは潜水するタイミングを待っていたが、まもなく首の後ろ側に弾丸がめりこんだ。二発目はタンクに命中し、ロザードの体はくるくると回転しながら空中を舞った。コッパーヘッドに狙撃されたのだ。

キャリーがフォートローダーデール周辺にいたと推測する根拠には事欠かない。当時の共犯者トロイとともに偽名を使って飛行機でフロリダに行っていた。トロイはロザードの十九歳の息子で、サディズムの傾向を有し、性犯罪と放火の前歴を持つ、キャリーのもっとも新しい凶悪な愛人だ。海中捜索をしたあの日、私はそのことをすでに知っていたのに、不安を感じていなかった。

なぜ？

何より不思議なのは、キャリーが私を次のターゲット候補に挙げている恐れを一瞬たりとも意識しなかったらしいことだ。

なぜ？

私は決して不注意で不用心な人間ではない。

なのに、なぜ安全だと思ったの？

ショックで感受性が鈍っていたのかもしれない。フロリダ州に向かう前夜、私はニュージャージー州にいた。キャリーは死んでいないことをルーシーから聞かされたのはその夜だった。その前の十年間、キャリーはロシアとウクライナに潜伏していた。ウクライナの親ロシア派大統領ヴィクトル・ヤヌコーヴィチが国外に脱出する際、キャリーもウクライナを出てアメリカに戻った。帰国後、サシャ・サリンという偽名でロザード下院議員の汚れ仕事を引き受けるかたわら、しだいに暴力的になり始めていた問題児トロイのお守り役を務めていた。私はルーシーの話に衝撃を受けた。もしかしたら、無意識のうちにその現実から目をそらそうとしていたのかもしれない。だから不安を感じなかったということだろうか。自分でもよくわからない。私はその前後の記憶をたどり、思い出せるかぎりのディテールを一つずつ頭の中に並べていった。

まぶしいくらいよく晴れた午後、透き通るような青い海に浮かんでいたことを覚えている。波に揺られながらベントンを待っていた。ボートのダイビングプラットフォームからベントンが海に飛びこむ。水しぶきが上がり、ベントンは海上に浮かびながら私に向けて笑顔を見せ、OKのハンドシグナルを作った。私も同じシグナルを返し、レギュレーターを口にくわえ、浮力調整装置《BCD》の空気を排出したあと、マスクの超小型カメラのスイッチを入れた。恐怖は感じていなかった。不安はなかった。キャリーはその前日にロザード下院議員を殺害したばかりだった。実行犯はトロイだったのかもしれないが。もしかしたらキャリーはトロイのことも殺したのかもしれない。一・五キロほど沖合の、そのとき私が浮かんでいたまさにその地点で。それでも、私は何も心配していない。

いったい何を考えていたの？

〈再生〉をまたタップし、小さなディスプレイで映像の続きを見た。音量を最大に上げてあった。マスクのすぐ前を泡が勢いよく上昇していく。その音はほかの音をかき消すほど大きい。私は係留索を手で確かめ、それをたどって潜水していく。鼻をつまんで耳抜きをしたあと、さらに深く、深く潜っていった。ときおり私の足やフィン、グローブをはめた手などがカメラの前をかすめた。潜水するにつれて青い水の色も深くなっていく。ベントンは私より上にいる。私は一度も上を向かなかった。私の意識はひたすら下に向けられている。泡越しにまっすぐ下を見つめている。

下へ。濃い藍色の底へ。しだいに水が冷たくなっていったことを覚えている。厚さ三ミリのウェットスーツ越しにもその冷たさが感じられた。水の圧力が上からのしかかってきたことも覚えている。動画の中の私は何度も左手を持ち上げて鼻をつまみ、耳抜きをしている。呼吸の音は大きくはっきりとしていて、後づけの効果音のようだった。海底から何かの輪郭がぼんやりと浮かび上がってきた。やがてそれは沈没した貨物船になった。ねじれ、壊れ、錆びついた残骸。

私の視線は闇に包囲された沈没船から動かない。船が少しずつ大きく見えてきた。その光景が当時の感覚を呼び覚ましました。警察のダイバー二人は私やベントンより先に潜ったはずなのに、その姿がどこにも見えないことに気づいて、胸の内側を不安がぱたぱた飛び回り始めている。私は二人を目で捜している。周囲に視線を巡らせながら、二人はどこにいるのだろうと困惑している。三十メートルの海底で泥のベッドに横たわったドイツの沈没船メルセデス号はもうすぐそこだ。ベントンと私は係留索をたどるのをやめ、小型の懐中電灯をラニヤードで手首に固定した。

魚が目の前を通り過ぎる。その姿は水のレンズ効果で大きく見えた。ベントンは自分の浮力を完璧にコントロールし、海底ぎりぎりに静止していた。彼の懐中電灯の光が、フィッシングルアーや岩の陰に隠れたロブスターの触角、人工魚礁の基礎として沈められた古タイヤなどを照らした。ゆっくりと近づいてきた小型のサメが海底をかすめるようにして通り過ぎていったあとに、泥の雲がふわりと広がった。私はフィンを柔らかく動かして沈没船に近づくと、金属の船体が腐食して開いた大きな穴の奥に懐中電灯の光を向けた。

驚いた魚が逃げていく。大きな銀色のオニカマスだ。まもなく私はデッキの上方にいて、船体の穴に近づこうとしている。もとはハッチだった穴だ。録画を見ながら、あのとき自分の目が何を認識しているのかとっさに理解できなかったことを思い出す。ネオプレーン素材に覆われた男性の背中。器材のホースは力なく垂れ下がっている。絶え間なく吐き出されているはずの泡が出ていない。手を伸ばしてその体に触れた瞬間、胸から突き出している槍の柄のようなものが見えた。その男性の下方に懐中電灯を向けると、もう一人が見えた。貨物船の船体の内側に警察のダイバーが二人。私は力強く水を蹴ってそこから出た。

ベントンのところに行き、彼のタンクをナイフで叩く。かん、かん！　懐中電灯の光を船体に向けた。そこで突然、私の視線が上下左右に忙しく動き始めた。かすかな振動音が聞こえたのだ。遠くで電動工具を使っているような音。カメラの正面に私のフィンが映った。私は後ろに下がろうとしている。体をねじって逃げようとしている。彼女がいる。スピアガンの狙いを私に定めている。混乱。私の口から大量の泡が勢いよく吐き出され、私のタンクに何かがぶつかる甲高い音が響いて、カメラが激しく揺れ動いた。次のシャフトには索が結びつけてあった。その索は海面に浮かぶブイにつながっていて、強い潮流に押し流されたそれが私の刺し貫かれた足を引っ張った。手足をばたつかせる。雷のような音を立てて泡が吐き出される。

そのまま数秒が過ぎたころ、別のダイバーの姿がぼんやりと映った。誰かの下半身と両腕。ウェットスーツの脚に白い二本線、胸のジッパーから揺れる長いプルタブ。黒いネオプレーン素材のグローブをした手が私の顔の近くに伸びてきた。ベントンだ。ベントン以外に考えられない。ただ、私の心はかき乱されていた。彼のウェットスーツには白い線など入っていただろうか。次の瞬間、カメラが写しているものは水だけになった。まもなく真っ暗になった。マスクがはずれたのだ。私は頭に戻ってまた再生した。もう一度。失望が大きくなるだけだった。この録画は役に立たない。役に立たないどころか、こんなものはないほうがましだ。不利益しかもたらさない。

キャリーは私のマスクに超小型カメラが装備されていることに気づいただろう。自分が撮影されていることに気づいていた。そしていまは、身元を特定できる映像ではないことも知っているに違いない。光が不充分なうえに、私のレギュレーターから吐き出されて上昇していく泡越しにしか彼女の姿をとらえられていなかった。私自身の動きは見える。BCDの右側を必死に手で探ったあと、映像では見えない誰かに向かって斬りつけるようなしぐさをしている。濁った水に向かってダイビングナイフをでたらめに振り回している。

「お願い、これだけじゃないって言って」私は携帯電話をドナヒューのほうに押しやりながら言った。胸がむかついた。

「残念だけど」ルーシーが言った。

「撃ったのは彼女だって、これじゃわからないわ」ドナヒューは肩と肩が触れ合いそうなくらい近くに座っていた。「そのときは彼女に間違いないと思ったわけよね？」

「ええ。絶対の確信があった」これまでは希望を抱いていたとしても、それがすべて流れ出てしまったように感じた。「これは何なの？」私はルーシーに言った。「いま私が見たものは何？　私はナイフで彼女に傷を負わせたはず。顔に傷をつけたのよ」

「おばさんはそのつもりだったんだよね」ルーシーが言った。「でもこの録画を見るかぎり、そうじゃなかったみたい」

「これは誰から手に入れたものなの？」どうしても責めるような口調になってしまう。

「それより肝心なのは、この映像を誰が持っていないか」ルーシーは穏やかで冷静な態度を崩さずにいる。「ＦＢＩが持ってないことは保証できる。初めはね、録画があればそれを突きつけて、ほらねって言ってやれると思ってた。でも、それは無理そう。この映像は、事態を千倍くらい悪化させるだけ。本当に残念だけど、ケイおばさん」

「ナイフで切ったはずなのに」私は引かなかった。

「そのつもりでいることはわかってる」

「キャリーが映像を加工したということは考えられない？」

「それはない」ルーシーが答える。「理由は説明しないけど、そう断言できる」

「そうね、技術的な仮説で延々説明してもらったとしても、どのみち聞きたくない。それに、映像にとらえられていなかったからといって、実際にも起きなかったということにはならないでしょう」我ながら理屈っぽい口調だった。

だだっ子のようだ。

「実際に起きてないの」ルーシーはまっすぐに私を見つめていた。そのとき、ボートハウスの玄関が開く気配がした。ルーシーは私から視線をそらさずにいる。ジャネットが入ってきて、静かにドアを閉めた。

「もういいかしら？」ジャネットがドナヒューに確かめる。「また同席しても問題ない？」

「いいえ、問題だと思うわ」

「許可を求めるのが礼儀だから訊いただけ。だめと言われても同席します」ジャネットはソファのさっきと同じ位置に腰を落ち着けた。私はまた同じことを感じていた。ジャネットはもともと理性的な人ではある。それにしても、この落ち着きぶりはどういうことだろう。何かについてすでに心を決めていて、あとはお義理で私たちにつきあっているだけとでもいったふうだった。

「デジに新しい特技ができたみたい」ジャネットは微笑みながら朗らかに言った。「石投げの技。マリーノがいま〝水切り〟を教えてるの。水面に石を跳ねさせる投げ方」

「もしこの動画がFBIの手に渡ったら、おばさんがFBIや警察の事情聴取に応えてした供述がまるごとひっくり返っちゃう」ルーシーは説教するような口ぶりで言った。

「わかる？　いま動画を見せた最大の目的、本当の目的は、そこなんだけど」

「残念ながらルーシーの言うとおりね」ドナヒューがうなずく。「録画をどこから手に入れたか、そもそも最初に持っていたのは誰なのか。こうなるともう、そんなことは問題ではないわ。あなたにとっては何が写っているかのほうが重大な問題よ、ケイ。もう一度見てみましょう。あなたが撃たれた瞬間にとくに注意して。何か思い出したことがあれば教えて」

「彼女の血が水中に広がるのを見た」確かに見た。「彼女に向かってナイフを振り回した直後に見たわ」

「おばさんが見たのは自分の血なの」ルーシーがかぶりを振る。「振り回したナイフがももに刺さったシャフトにぶつかって、傷口からよけいに血があふれた」

「違うわ、私の血じゃない。自分の見たものが何かくらいわかるわ」

「何が起きたか、映像で説明するから」ルーシーが言った。「よく見てて」

沈没船の周囲で急な動きがあった。ぼんやりとした形が見え、それはまもなくフードがついた、岩礁と同じ黄褐色を基調とするカモフラージュ柄のウェットスーツに身を包んだすらりとした人の姿になった。その人物はまるでイカのようにしなやかに水を切って移動している。

私の記憶にあるのはそういう光景だった。ところが、映像に残っているものはまるで違った。キャリー・グレセンの姿ははっきり見えない。輪郭が不明瞭で、男女の区別さえつかず、どのようなタイプのウェットスーツを着ているのかなどわからない。ルーシーが〈一時停止〉をタップした。

「何が見えた?」私に尋ねる。

私は長いあいだディスプレイを見つめていた。指で画像を拡大してみたあと、ぼやけた画像をはっきりさせるためにまた元のサイズに戻す。椅子の背にもたれ、目を閉じて、ほんの小さな情報でもいいから何かこの画像に付け加えることがないか、記憶を――記憶だと思っていたものを探った。

「確かに不明瞭な映像ね。それは認める。光がほとんど届いていなかった。真っ暗に近くて、色らしい色がない。いろんな明度彩度の茶色や黒の影が見えるだけ。確かに、これでは顔を見分けられない。男性だった可能性だってある」私は目を閉じたまま顔を天井に向けていた。

「トロイ・ロザード」ルーシーがドナヒューに言った。「とりあえずその名前を伝えておくね。いつかきっと誰かがその名前を持ち出して、ケイおばさんが目撃したのは彼だと言うだろうから。年齢は十九歳、身長百七十五センチ、体重六十三キロ。キャリーと一緒に姿を消した。でもその日フロリダにいたことは間違いない。フロリダのフォートローダーデール周辺にいた。おそらくキャリーと共謀して自分の父親を殺した。父親が殺害されたとき、家族所有のヨットの上にいたの。その直後にキャリーと一緒に姿を消してる」

「違うわ、私を撃ったのはトロイ・ロザードじゃない」私は言った。

「宣誓したうえでもそう証言できる？」ドナヒューが訊いた。

「自分が目撃した人物は彼ではなかったことは自信を持って言える」

「それ以前にトロイに会ったことがあるの？」

「いいえ。でも写真は見たことがあった。それに彼の外見を知ってるかどうかは問題じゃない。あれはキャリーだとわかったんだから。ただ、記憶がさほど鮮明ではないことが悔しい。いま思い出せる〝絵〟は、事件直後に比べるとぼやけてしまっているの。その後に判明した事実やトラウマがその上に何枚も重なっている感じ」

「撃たれたことや、その後に起きたことによって、事件の記憶が微妙に変化してしまったように感じます？」ジャネットが尋ねた。

「わからない。撃たれたのは初めてだから」私は答えた。

「私は撃たれたことがあります」ジャネットが言った。「FBIに入局してすぐのころだった。アカデミーを卒業して一年もたっていたかどうか。ある晩、セブン‐イレブンに飲み物を買いに行ったの。冷蔵庫の扉を開けて、どれにしようかちょっと迷ったあと、ドクターペッパー・ダイエットを取ろうとして腰をかがめたとき、銃を持った強盗がお店に入ってきたんです。犯人は射殺したけれど、私も負傷しました。大した怪我ではありませんでしたけど。ただ、あとになってお店の防犯カメラの録画を確認したら、犯人は私の記憶にある少年とは似ても似つかなかった」

「トラウマのせいで、現実と記憶との間にギャップができてしまったということね？」ドナヒューが言った。

「ええ、私の場合には。自分が射殺した男は、強盗が目的でお店に入ってきて私を撃ったのと同一人物だという確信はあったけれど、私の記憶にあるその人物と、防犯カメラの録画で見た人物は同一人物には思えなくて、すごく不気味だった。強盗の目は濃い茶色だったはずなのに、実際には青だった。肌は浅黒くて、ニキビがたくさんできていたはずなのに、実際の犯人は産毛が生えた真っ白な肌をしていた。顔に涙の形のタトゥーがあったと私は証言したのに、実際にはほくろだった。二十代の男だと思ったのに、実際には十三歳の少年だった」

「十三歳の少年を射殺した？　それはショックだったでしょうね」ドナヒューが言った。

「そうでもありません。まだほんの子供ではあったけど、おとなが持つようなタウルスの九ミリ拳銃を持っていたし、ポケットには予備のマガジンも用意してるような子供だった」

「もし面通しが行われていたら、犯人を見分けられたと思う？」ドナヒューが訊く。

「幸い、面通しの必要はなかった。犯人の死体が目の前の床に転がっていたから」

「でももし行われていたら？」

「正直なところわかりません。一緒にどんな男性が並んでいたかにもよると思います」

「キャリーの写真はない？　どんな容貌をしているのか、見ておきたいわ。昔の写真でもかまわない」ドナヒューが言った。

ルーシーがテーブル越しに手を伸ばしてドナヒューの携帯電話を取った。ディスプレイに表示されたキーボードをひとしきりタップしたあと、電話をドナヒューに返した。

「ヘリコプターの墜落事故で死んだとされた当時のファイルにあった写真。その前年に逮捕されて、カービー精神医療刑務所に収容されたときに撮影した顔写真。これはウィキペディアに掲載されてる画像なの。いまはキャリー・グレセンのページができてる」

「どうして？」私は訊いた。「どうしていまごろになってウィキペディアに彼女のページができたの？　作成されたのはいつ？」

「つい最近」ルーシーが答えた。「履歴を確かめると、最初のバージョンが投稿されたのは六週間前だとわかる。それ以降、同じ人物が編集を繰り返している。まず間違いなく本人だろうね。キャリー本人。昔の顔写真や、カービー精神医療刑務所の空撮写真を貼りつけたのはキャリー本人だと思う」

「ご存じのとおり、ニューヨークのイースト川に浮かぶ島にある刑務所です。最重警備の精神医療刑務所から脱走した患者は、後にも先にも彼女ただ一人」ジャネットがドナヒューに説明した。「さっきもちらっと名前が出たニュートン・ジョイスと刑務所の中から連絡を取り合ってたの。ジョイスは被害者の顔面を切り取って記念に持ち帰ってた連続殺人犯。自宅の冷凍庫にものすごい数の記念品が保管されてた。そのジョイスはヘリコプターの免許を持っていて、自己所有のヘリをワーズ島に着陸させて、キャリーを乗せて飛び立った。彼の人生はハッピーエンドにはならなかった。少なくとも本人にとっては」

「連続殺人犯が操縦するヘリで脱走したの？　よくそんなことができたわね」ドナヒューは感心したような調子で言った。

「いつも不思議なのは、キャリーはどうやって奇跡みたいな芸当をやってのけるか」ルーシーが言った。「その背景にはかならず長くて込み入った準備期間がある。キャリーは並はずれて頭がよくて、臨機の才に恵まれてる。それにものすごく我慢強い。衝動や欲求や怒りに屈せずにじっくり時間をかければ、欲しいものはいつか手に入るということをよく知ってるの」

「これがそのころのキャリーというわけね」ドナヒューはそう言いながら電話を私たちの前に引き寄せた。

25

その顔は若々しく、凛として美しい。ただ、目を見れば正体は明らかだ。彼女の目を見るたびに、私は回転花火を連想した。その奥で悪辣《あくらつ》な考えが渦を巻くとき、瞳が回転して、彼女の魂に棲み着いた邪悪なものにパワーを供給しているように見える。

キャリー・グレセンは癌に似ていた。もちろん、世の中には癌のたとえが無数に出回っている。しかし、キャリーの場合は言葉どおりの真実だ。健康な組織は一つとして残されていない。あるのは、彼女の生命をむさぼり尽くし、彼女の精神機能を完全に支配下に置いている悪性の腫瘍——悪意だけだ。私は彼女を人間と見ていない。ある意味において、彼女は人間ではないからだ。私たちと同じ種族の一員と認めるために不可欠な特性を彼女は欠いている。

「どう？」ドナヒューが私に尋ねた。「あなたが目撃したのは彼女？」

「イエスでもあり、ノーでもある」私は答えた。心が海底に沈んでいこうとしていた。あの日、私が死にかけた深くて暗い場所へと。「法廷で宣誓して証言するまでの確信は持てない。少なくとも、この写真と同じ人物だとは断言できない」

深さ三十メートルの海底で私が見たのは、このキャリーに年を取らせた人物と思えた。しかし正直なところ断言はできないし、さっき見た映像と私の主張だけを根拠に陪審を納得させるのは無理だろう。何を期待していたのか自分でもわからないが、録画はもっと解像度が高いだろう、もっと画質がいいだろうと信じて疑わなかった。私のナイフが彼女の頬をざっくりと切るところが写っているものと思っていた。斬りつけた手応えは、そのくらいリアルだった。

ついさっきまでは、彼女に重傷を負わせたと自信を持って証言できた。事件直後、私の話を疑う人はいなかった。ベントンでさえ疑念を抱かなかった。キャリーに形成外科手術が必要になるような重傷を負わせたという私の自信に満ちた供述に基づき、FBIはフォートローダーデール一帯の総合病院やクリニックに問い合わせた。たとえ形成外科手術を受けたとしても、傷痕は生涯残るだろうと思った。今朝から送られてきている動画を見て、キャリーが外見にこだわるたちだったこと、老いて美しさを失うことを病的に恐れていたことを知り、彼女は過酷な運命を背負ったのだと思った。しかし、私があれほど確信を持っていたできごとを裏づけるものは何一つ写っていなかった。挫折感と落胆が募った。ルーシーもそれを察したようだった。

「海底は暗かったし、カメラが撮影していたものに懐中電灯の光が当たっていなかった」ルーシーが言った。「それに、おばさんは激しく動いてた。一番難しかったのはそれ。おばさんが動いてたこと」

「画像処理で解像度を上げることはできない？」ドナヒューが尋ねた。

「いま見たの、何だと思ってる？」ルーシーが言った。「ものすごく時間かけたのに」

いつ、どこで何に時間をかけたのかは言わない。

「さっきも言ったとおり、これ以上はどうにもならない」ルーシーは先を続けた。「おばさんのマスクにカメラを取りつけた目的は証拠採取の様子を録画することなの。証拠を採取するときなら、ケイおばさんは懐中電灯の光をその証拠に向けるじゃない？　でもカメラを取りつけたときは、まさか海中でおばさんが襲撃されるなんて思ってなかった。こんなことになるなんて想定外だった」

「キャリーはケイが捜索の一部始終を録画しているかもしれないと予想していたと思う？　自分が彼女を襲う姿が映像として残る恐れがあると認識していたと思う？」

「だからカモフラージュ柄のウェットスーツやフードやグローブを身につけてたんじゃない？」ルーシーが言った。「視界が悪ければ周囲に溶けこめる。あなたのいまの質問に答えるとすれば、イエスね。キャリーは何もかもわかってやってるの。マスクにカメラが装備されてればちゃんと気づいてる。キャリーなら、海中捜索の様子を誰かが撮影してる可能性があるって予想したはず。あたしたちのことをよく知ってるから」

「私たち以上に私たちのことをよく知ってるかも」ジャネットが言った。

「ほかに何か思い出せない？」ドナヒューはまた私に全関心を向けた。

「遺体から急いで離れようとしたことは覚えてる。船体の中で死んでた二人のダイバーの遺体から」私はさきほどの話の続きを再開した。「スピアガンを持った人物がその直前まで沈没船の近くにいたのは明らかだった。私たち全員を殺そうとしていることも。とっさにそう考えたの。ベントンは近くで海底を照らしながら捜索してた。そうね、私から十五メートルほどの位置だったと思う。私はそこまで泳いでいって、ダイビングナイフで彼のタンクを叩いて注意を引こうとした。そのとき、彼女が沈没船を回って現れた」

「何者かが沈没船を回って現れた」ドナヒューが私の言葉を正す。

「彼女がスピアガンを私に向けているのが見えた」私は意地になって〝彼女〟と言い続けた。「私は向きを変えた。背中を彼女に向けたの。その直後にしゅっと何かが吐き出されるような音がして、次に甲高い音が聞こえた」

「身を守ろうとして向きを変えたおかげで、最初のシャフトはタンクに当たったのね」ドナヒューが確かめるように言った。

「違う」ルーシーが私より先に答えた。「タンクに当たったのは、キャリーがタンクを狙ったから」

「どういうこと？」私は尋ねた。「どうして彼女の意図がわかるの？」

「ロザードの奥さんが船尾から撮った映像を見たでしょ？　タンクに弾が命中して、何が起きた?」ルーシーが言う。「高圧の空気が小さな穴から噴き出して、まるでロケットみたいにロザードを空高く打ち上げた。ロザードの体はくるくる回転しながら飛んでいった。その様子がビデオに収められてる。その時点ではまだ死んでなかったとしても、首が折れるか溺れるかして死んだ」

「でも、ロザードのタンクに当たったのはスピアガンのシャフトではなくて銃弾よ」私は言った。

「心理的な効果を狙ったの」ルーシーが切り返す。「ロザードが空中でくるくる回ってる映像をおばさんが見たことをキャリーは知ってた。かーん！　タンクにシャフトが当たった瞬間、おばさんがそのシーンを連想するとわかってた。おばさんにも同じことが起きるかもしれない。ロザードよりもっと悲惨かもしれない。おばさんの場合は水深三十メートルにいたわけでしょ。タンクに穴が開いて、そこから高圧の空気が噴き出したら?」

「スピアガンのシャフトが当たったくらいでは、スチールのタンクに穴は開かないわ」

「当たった瞬間もそうやって論理的に考えた?」

「いえ、それは無理よ」私は答えた。「そのときは何が起きたかとっさにわからなかった」

「当たったのがスピアガンのシャフトだってこともわからなかったんじゃない?」

「覚えてるのは、BCDを肩から下ろしたいっていう強烈な衝動に駆られたことだけ。急いではずしたいと思った」そのことは鮮明に記憶している。「そうね、だからかもしれない。ロザード殺害のビデオを見ていたから、同じようにタンクが爆発するんじゃないかととっさに思ったのかもしれない」

「次のシャフトは脚に当たった」ルーシーが言う。「それも故意に選ばれたターゲットだった。海上のブイと結んであったこともね。キャリーがあらかじめ結んでおいた。ブイが潮に押されて動いて、おばさんを一緒に引きずるように。キャリーはおばさんをスピアフィッシングで捕まえた魚みたいに扱おうとした」

事件後にベントンが話していた内容を思い返した。キャリーは他人をおとしめたり辱めたりすることを好む。あのときも、キャットニップを詰めたネズミのおもちゃを猫がもてあそぶように、私をもてあそんだ。いまもそれを思い出して笑っているのだろう。ベントンの解説によれば、私を見るとき、キャリーが本当に見ているものは彼女自身であり、最終的に自分が私をどうするかなのだという。自分は逃げるだろうか。私をずたずたに引き裂こうとするのか。それとも、まずは弱らせておいて、あとでゆっくりとどめを刺すのか。

「注意して見てもらいたいのは、スピアガンをおばさんに向けてる場面の彼女の映像」ルーシーは携帯電話に手を伸ばした。「もっと大きな画面に出せれば見てもらいやすかったんだけど。でもこのディスプレイでもあたしの言いたいことはわかると思う。画像処理をする前の映像では確認できなかった、すごく重要なディテールがあるの」

電話をまた私たちの前に置く。ディスプレイには、沈没船を回ってこようとしているキャリー、私が最初に彼女に気づいたときのぼんやりとした人影が映っていた。彼女がスピアガンを持ち上げて発射したとき、彼女と目が合ったのを覚えている。しゅっ。私が背を向けると同時に、かーんという音が響いて、シャフトがタンクにぶつかった。ルーシーは私の肩越しにディスプレイをのぞきこみながら指さした。

「ここ。スピアガンをよく見て。あたしと同じものが見える？」

「どうかしら。ふつうのスピアガンにしか見えない」

「よく見るとレールガンなの。全長一メートルはありそうな長いレールガン。カジキとか、大きな獲物を捕るのに使うもの」二本指を使って画像を拡大する。「ここ。スリングゴムを引いてる場面。すごくぼやけてるけど、腕と手を胸の前に引き寄せるところをよく見て」

数秒分の映像を何度もリプレイする。暗くてぼやけているが、ルーシーの言いたいことが私にもわかった気がした。

「ね？　このレールガンにはスリングゴムが二本ついてる。でも、キャリーはそのうちの片方しか使ってない」ルーシーが説明を加えた。「一本なら発射準備が簡単に短時間でできるから、連射しやすい。ただ、せっかく大型のスピアガンを使ってるのに、動力不足で発射速度が落ちてしまう。警察のダイバーを撃ったときはゴムを二本とも使ったのは間違いないと思うな。でもおばさんを撃つときは片方しか使わなかった」ルーシーが言った。

「あなたとベントンを殺そうと思えばできたのに、あえてそうしなかったということね」ドナヒューがなるほどといった調子で言った。「キャリーはすばやく移動できたし、武器も持っていた。その一方で、あなたとベントンはいずれの点でも不利だった。なのに、ケイ、キャリーは何らかの理由であなたを殺さずに生かしておくことにした。どうかしら、あなたはキャリーが自分を殺すことはないと思いこんでいたということはない？　あなたの影響力を知っているキャリーが自分を殺したりしないと思ったんじゃないかしら。連続狙撃事件の直後だったのに、それでもその場所で海中捜索をしても安全だと思ったのは、そういうことじゃない？」

「私は自分の仕事をしただけのこと」そうとしか答えられなかった。しかもそれは正直な答えではない。

あの日、私は怯えていなかった。本当なら不安でしかたがなかったはずだ。いまもやはり恐怖は感じない。それはもしかしたら、怖がっても意味がないからなのだろう。キャリー・グレセンを怖がったところで、何の役にも立たない。私はおそらく、彼女に怯えるという人間らしい反応を何年も前に放棄していたのだ。しかもいまのいままでそのことに気づかずにいた。

「あなたが目撃したという人物がだれか特定できないなんて本当にもどかしいわ」ドナヒューが言った。「この映像では性別さえわからない。ただ、これがどこの誰であれ、あなたを生かしておこうと決めたのよ」

「人の生死は人間が決めるものじゃないわ」私はかっとなって言い返した。

「この場合はキャリーが決めたの」ルーシーは録画の再生を停めて私を見た。「おばさんは納得できないかもしれないけど、事実よ。キャリーはおばさんやベントンを生かしておこうと決めた。少なくともあの日あの瞬間は、まだ生かしておこうと考えた。彼女の長期計画にそぐわないから」

「そういうことは不用意に言うものではないわ」ドナヒューがたしなめるように言った。「キャリー・グレセンの思考が読めるとか、彼女の行動を予測できるとほのめかすような言動は慎んだほうがいい」

「でも、できるんだもの」ルーシーが言った。「キャリーと同じように考えられるし、行動を予測することもできる。キャリーの計画はまだ始動したばかりだって断言できる。根拠もなくそう言ってるわけじゃない。事実なの。これからみんなが目撃することになる事実。こうして話してるあいだにも、計画はもう着々と動き出してるから」

「今回のFBIの手入れにも、キャリーは何らかの形で関わってると思う？」ドナヒューが尋ねた。

「あなたはどう思う？」質問の形を取ってはいたが、それは質問ではなかった。ルーシーは映像の続きを再生し、終わると、また頭に戻った。

船体の向こう側からフードをかぶった人影がふたたび現れ、ルーシーが解説を加えた。キャリーのタンクには、DPV──水中スクーターが装備されている。映像では確認しにくいが、黒いプラスチックの小さな筒がそうだ。ハンズフリーで操作できるため、キャリーはそれを使って水中で敏捷に向きを変えたり移動したりしながら、同時にレールガンとシャフトを扱うことができた。私が聞いた音はバッテリー駆動のモーターの低い作動音だとルーシーは言った。耳慣れないあの音は何だったのだろうとずっと不思議だったが、正体に見当がつかず、ひょっとしたら錯覚だったのかとさえ私は思っていた。

その低い回転音は、海軍特殊部隊が使うような種類の水中スクーターのものだとルーシーは言い、そのとき潜っていた私たち四人の誰もがキャリー・グレセンの前では無力だったと付け加えた。殺害された警察のダイバー二人も。ベントンも。私も。私たちは武器を携帯していなかった。海中を時速三キロで移動できる水中スクーターという秘密兵器も持っていなかった。追いかけたところで、彼女を捕まえることはできなかった。

それを言ったら、彼女から逃げることもできなかったのだ。

マリーノがデジを連れて戻ってきたのは正午過ぎだった。まず桟橋を歩く二人の足音が聞こえ、まもなく部屋に入ってきて、玄関のドアが閉まった。

「伝言を預かってきたぜ。トラックを移動してくれってさ」マリーノが私に言った。「警察犬チームともう一つ別のチームが引き上げようとしてるらしいが、あんたの車がドライブウェイをふさいでる。連中はゲート前で待ってるよ。念のため言っとくと、ありゃ相当頭に血が昇ってるな」

「かんかんに怒ってる！」デジが興奮した声で言った。「ピストルも持ってるんだよ！」

「うわぁ、ほんと？　こわいなあ」ルーシーがデジを抱き上げ、その場でくるくると回った。デジがはしゃいだ笑い声を上げる。

「私が問題をますます大きくしたかもしれない」ドナヒューがマリーノに言った。「同じ理由でドライブウェイの入り口に車を駐めてきたから。そのままじゃ誰も通れない」

「ああ」マリーノがうなずく。「あんたの車が先生のトラックの後ろをふさいでて、先生のトラックがあんぽんたんどもの車を通せんぼうしてる」

「キーを貸して。あたしが行って移動する」ルーシーがドナヒューに言った。

ドナヒューがキーを取り出して渡した。「ＦＢＩや警察とはひとことたりとも話さないこと。ほかの誰ともよ。ジョークもだめ。怒りを煽るようなことも言わない。卑猥なしぐさもしないこと」険しい口調だった。

しかし、言っても無駄だろう。いまからわかりきっている。相手はルーシーだ。ルーシーがどんなことに腹を立てるか、私は知っている。騒ぎが起きそうなときは、起きる前から予想がつく。

「これ以降は、FBIや警察とのやりとりはかならず私を通してちょうだい。いいわね？」ドナヒューが念を押す。

「どうでもいい」ルーシーが言う。

「どうでもよくないわ」

「好きにさせて」

「怖がる必要はないけど、言動には注意して」

「怖くなんかないし、気を遣うつもりもない。彼らの期待に応えてやりたくないから」

「私の期待には応えて」ドナヒューは切り返し、さらに指示を加えた。「全員が引き上げるまで、母屋には戻らないこと。もし事情聴取をしたいと言われたら——いえ、事情聴取は受けずにすむかもなんて甘い考えは……」

「そうね、そんなことは言わないほうがいい」ルーシーは不作法にさえぎった。「甘い考えだもの。それよりよほど心配なのは、事情聴取も尋問もされないこと。最初からあたしの言い分を聞く気がないんだとしたら、そのほうがずっと怖い。あの人たちにとってあたしの言い分なんてどうでもいいんでしょ。つまらない政治的駆け引きにうまく利用できる事件をでっち上げられれば、それでいいと思ってる」

「私は事情聴取があるだろうという前提で考えているの。きちんとアポイントメントを取って、私の事務所に来てもらいましょう」ドナヒューは取り越し苦労をする人ではない。ルーシーがいま言ったような不安があるとは認めなかった。

ジル・ドナヒューのシナリオでは、登場人物の全員がつねに質問をしたがっている。FBIはルーシーを尋問する機会を逃すわけがない。ルーシーの足をすくったり、追い詰めて嘘をつかせたりできそうだとなればなおさらだ。無実の罪で刑務所に放りこむことまではできなくても、小細工を弄して、真実に反する供述をさせることくらいはできるかもしれない。私はそれを〝司法ギャンブル〟と呼んでいる。こちらのスロットマシンにコインを投入させてはならない。大当たりを出すチャンスさえそもそも与えてはいけない。

「電話はどうする気？」ドナヒューがルーシーに尋ねていた。

「工場出荷状態に戻ってる」つまり、エリン・ロリアに取り上げられたあと、携帯電話の設定やデータがすべて自動的に消えるようにしておいたということだ。「お店で新品を買ったときとまったく同じ状態になってるってこと」ルーシーはそう説明を付け加えた。「今日中に安全で盗聴不可能な電話番号を新しく取得して知らせるから」

「データをすべて消したことくらいわかるんじゃない？　あなたが別のデバイスや電話を入手したことも」

「新しい電話を買うのは違法でも何でもないでしょ。あたしのほうはいたちごっこをいつまでだって続けられるし、新しい電話を手に入れたことがFBIにわかったとしても」ルーシーは挑むような視線をドナヒューに向けた。「別の手を打って彼らを負かすだけのこと。これは戦争なの。連中はあたしの自宅と人生を侵略した。放っておくわけにはいかない。あたしをスパイしたい？　あたしを逮捕したい？　キャリー・グレセンがその辺をうろうろしてるのに、あたしの家を無防備な状態にして、そこにあたしを放っておきたい？　あの人たちは本気でそんなことができるつもりでいるの？　それはどうかしらね」

「用心することよ。あなたを逮捕しようと思えばできるんだから」ドナヒューは回りくどい言い方をせずストレートに警告した。「向こうには司法制度という強力な味方がついている。でもあなたの武器は、自衛意識と怒りだけ」

「自衛意識と怒り。的確な表現ね。あなたも用心したほうがいい。とくに、自分が完全には理解できないものをなめてかからないほうがいいと思う」

「私は隅々まで理解するつもりでいるわ。とにかく私の言うとおりにしてちょうだい」

「それって、あたしが唯一苦手なことなのよね」ルーシーは私の腕にそっと手を添えた。「行こう。ドライブウェイの渋滞を解消しなきゃ」

|著者|パトリシア・コーンウェル　マイアミ生まれ。警察記者、検屍局のコンピューター・アナリストを経て、1990年『検屍官』で小説デビュー。MWA・CWA最優秀処女長編賞を受賞して、一躍人気作家に。ケイ・スカーペッタが主人公の「検屍官」シリーズは、1990年代ミステリー界最大のベストセラー作品となった。他に、『スズメバチの巣』『サザンクロス』『女性署長ハマー』、「捜査官ガラーノ」シリーズなど。

|訳者|池田真紀子　1966年生まれ。コーンウェル『スカーペッタ』以降の「検屍官」シリーズ、ジェフリー・ディーヴァー『ボーン・コレクター』『ゴースト・スナイパー』『スキン・コレクター』『煽動者』、E.L.ジェイムズ『フィフティ・シェイズ・オブ・グレイ』、ロバート・ガルブレイス「私立探偵コーモラン・ストライク」シリーズ、アーネスト・クライン『ゲームウォーズ』、ポーラ・ホーキンズ『ガール・オン・ザ・トレイン』など、翻訳書多数。

邪悪《じゃあく》(上)

パトリシア・コーンウェル|池田真紀子《いけだまきこ》 訳

講談社文庫
定価はカバーに
表示してあります

2016年12月15日第1刷発行

発行者──鈴木　哲
発行所──株式会社　講談社
東京都文京区音羽2-12-21　〒112-8001
電話　出版 (03) 5395-3510
　　　販売 (03) 5395-5817
　　　業務 (03) 5395-3615
Printed in Japan

デザイン─菊地信義
本文データ制作─講談社デジタル製作
印刷───大日本印刷株式会社
製本───大日本印刷株式会社

ISBN978-4-06-293546-3

講談社文庫刊行の辞

二十一世紀の到来を目睫に望みながら、われわれはいま、人類史上かつて例を見ない巨大な転換期をむかえようとしている。

世界も、日本も、激動の予兆に対する期待とおののきを内に蔵して、未知の時代に歩み入ろうとしている。このときにあたり、創業の人野間清治の「ナショナル・エデュケイター」への志を現代に甦らせようと意図して、われわれはここに古今の文芸作品はいうまでもなく、ひろく人文・社会・自然の諸科学から東西の名著を網羅する、新しい綜合文庫の発刊を決意した。

激動の転換期はまた断絶の時代である。われわれは戦後二十五年間の出版文化のありかたへの深い反省をこめて、この断絶の時代にあえて人間的な持続を求めようとする。いたずらに浮薄な商業主義のあだ花を追い求めることなく、長期にわたって良書に生命をあたえようとつとめるところにしか、今後の出版文化の真の繁栄はあり得ないと信じるからである。

同時にわれわれはこの綜合文庫の刊行を通じて、人文・社会・自然の諸科学が、結局人間の学にほかならないことを立証しようと願っている。かつて知識とは、「汝自身を知る」ことにつきていた。現代社会の瑣末な情報の氾濫のなかから、力強い知識の源泉を掘り起し、技術文明のただなかに、生きた人間の姿を復活させること。それこそわれわれの切なる希求である。

われわれは権威に盲従せず、俗流に媚びることなく、渾然一体となって日本の「草の根」をかたちづくる若く新しい世代の人々に、心をこめてこの新しい綜合文庫をおくり届けたい。それは知識の泉であるとともに感受性のふるさとであり、もっとも有機的に組織され、社会に開かれた万人のための大学をめざしている。大方の支援と協力を衷心より切望してやまない。

一九七一年七月

野間省一

講談社文庫 最新刊

上田秀人
参勤〈百万石の留守居役(八)〉
藩主綱紀《つなのり》のお国入り。道中の交渉役を任された数馬に思いがけぬ難題が!?〈文庫書下ろし〉

松岡圭祐
水鏡推理Ⅴ〈ニュークリアフュージョン〉
文科省内に科学技術を盗むシンカー潜入か? 現役キャリアも注目の問題作!〈書下ろし〉

堂場瞬一
埋れた牙
女子大生の失踪、10年ごとに起きていた類似事件。この街《吉祥寺》に巣くう〈牙〉の正体とは?

五木寛之
青春の門〈第八部 風雲篇〉
青春の証とは何か。人生の炎を激しく燃やす青年、伊吹信介の歩みを描く不滅の超大作!

堀川アサコ
幻想温泉郷
今度の探し物は〝罪を洗い流す温泉〟!? 大ヒット『幻想郵便局』続編を文庫書下ろしで!

馳星周
ラフ・アンド・タフ
向かうは破滅か、儚《はかな》い夢か? 北へ逃げるヤミ金取立屋と借金漬けの風俗嬢の愛の行方。

織守《おりがみ》きょうや
霊感検定〈心霊アイドルの憂鬱〉
高校生アイドルに憑いたストーカーの霊は何を訴えるのか。切なさ極限の癒し系ホラー。

周木律
双孔堂の殺人〈~Double Torus~〉
異形の建築物と数学者探偵、十和田只人《とわだただひと》再び。真のシリーズ化、ミステリの饗宴はここから!

森博嗣
つぼみ茸《きのこ》ムース〈The cream of the notes 5〉
森博嗣は軽やかに「常識」を更新する。ベストセラ作家の書下ろしエッセィシリーズ第5弾!

瀬戸内寂聴
新装版 **寂庵説法**
人はなぜ生き、愛し、死ぬのか、に答える寂聴〝読む法話集〟。大ロングセラーの新装版。

講談社文庫 海外作品

アリソン・ゲイリン 公手成幸 訳 ミラー・アイズ
キャロライン・ケプネス 白石 朗 訳 YOU(上)(下)
J・コーゾル 公文俊平 藤原作弥 訳 ドル大暴落の日〈ハードランディング作戦〉
P・コーンウェル 相原真理子 訳 検屍官
P・コーンウェル 相原真理子 訳 証拠死体
P・コーンウェル 相原真理子 訳 遺留品
P・コーンウェル 相原真理子 訳 真犯人
P・コーンウェル 相原真理子 訳 死体農場
P・コーンウェル 相原真理子 訳 私刑
P・コーンウェル 相原真理子 訳 死因
P・コーンウェル 相原真理子 訳 接触
P・コーンウェル 相原真理子 訳 業火
P・コーンウェル 相原真理子 訳 警告
P・コーンウェル 相原真理子 訳 審問(上)(下)
P・コーンウェル 相原真理子 訳 黒《くろ》蠅《ばえ》(上)(下)
P・コーンウェル 相原真理子 訳 痕跡(上)(下)

P・コーンウェル 相原真理子 訳 神の手(上)(下)
P・コーンウェル 相原真理子 訳 スズメバチの巣
P・コーンウェル 相原真理子 訳 サザンクロス
P・コーンウェル 矢沢聖子 訳 女性署長ハマー(上)(下)
P・コーンウェル 相原真理子 訳 捜査官ガラーノ
P・コーンウェル 相原真理子 訳 前線〈捜査官ガラーノ〉
P・コーンウェル 相原真理子 訳 異邦人(上)(下)
P・コーンウェル 池田真紀子 訳 スカーペッタ(上)(下)
P・コーンウェル 池田真紀子 訳 核心〈スカーペッタ〉(上)(下)
P・コーンウェル 池田真紀子 訳 変死体(上)(下)
P・コーンウェル 池田真紀子 訳 血霧(上)(下)
P・コーンウェル 池田真紀子 訳 死層(上)(下)
P・コーンウェル 池田真紀子 訳 儀式(上)(下)
P・コーンウェル 池田真紀子 訳 標的(上)(下)
P・コーンウェル 池田真紀子 訳 邪悪(上)(下)
R・ゴダード 加地美知子 訳 秘められた伝言(上)(下)

R・ゴダード 加地美知子 訳 悠久の窓(上)(下)
R・ゴダード 加地美知子 訳 最期の喝采
R・ゴダード 加地美知子 訳 眩惑されて(上)(下)
R・ゴダード 越前敏弥 訳 還らざる日々(上)(下)
R・ゴダード 北田絵里子 訳 遠き面影(上)(下)
R・ゴダード 北田絵里子 訳 封印された系譜(上)(下)
R・ゴダード 北田絵里子 訳 隠し絵の囚人(上)(下)
R・ゴダード 北田絵里子 訳 血の裁き(上)(下)
R・ゴダード 北田絵里子 訳 欺《あざむ》きの家(上)(下)
マイクル・コナリー 古沢嘉通 訳 夜より暗き闇(上)(下)
マイクル・コナリー 古沢嘉通 訳 暗く聖なる夜(上)(下)
マイクル・コナリー 古沢嘉通 訳 天使と罪の街(上)(下)
マイクル・コナリー 古沢嘉通 訳 終決者たち(上)(下)
マイクル・コナリー 古沢嘉通 訳 リンカーン弁護士(上)(下)
マイクル・コナリー 古沢嘉通 訳 エコー・パーク(上)(下)
マイクル・コナリー 古沢嘉通 訳 死角〈オーバールック〉

講談社文庫　海外作品

デイヴィッド・ハンドラー　北沢あかね訳　ブルー・ブラッド
デイヴィッド・ハンドラー　北沢あかね訳　芸術家の奇館
デイヴィッド・ハンドラー　北沢あかね訳　シルバー・スター
デイヴィッド・ハンドラー　北沢あかね訳　ダーク・サンライズ
デイヴィッド・ハンドラー　北沢あかね訳　ゴールデン・パラシュート
T・J・パーカー　渋谷比佐子訳　ブルー・アワー(上)(下)
T・J・パーカー　渋谷比佐子訳　レッド・ライト(上)(下)
A・パプロッタ　小津　薫訳　死体絵画
ジャン・バーク　渋谷比佐子訳　骨(上)(下)
ジャン・バーク　渋谷比佐子訳　汚れた翼(上)(下)
ジャン・バーク　渋谷比佐子訳　私刑連鎖犯(上)(下)
ジョン・ハーヴェイ　日暮雅通訳　血と肉を分けた者
ロバート・ハリス　熊谷千寿訳　ゴーストライター
ジム・フジッリ　公手成幸訳　NYPI
リチャード・プライス　堀江里美訳　黄金の街(上)(下)
A・ヘンリー　小西敦子訳　フェルメール殺人事件

A・ヘンリー　小西敦子訳　ミッシング・ベイビー殺人事件
C・J・ボックス　野口百合子訳　沈黙の森
C・J・ボックス　野口百合子訳　凍れる森
C・J・ボックス　野口百合子訳　神の獲物
C・J・ボックス　野口百合子訳　震える山
C・J・ボックス　野口百合子訳　裁きの曠《こう》野《や》
C・J・ボックス　野口百合子訳　フリーファイア
C・J・ボックス　野口百合子訳　復讐のトレイル
C・J・ボックス　野口百合子訳　ゼロ以下の死
C・J・ボックス　野口百合子訳　狼の領域
R・ボウエン　羽田詩津子訳　口は災い
R・ボウエン　羽田詩津子訳　押しかけ探偵
ポーラ・ホーキンズ　池田真紀子訳　ガール・オン・ザ・トレイン(上)(下)
フィオナ・マウンテン　竹内さなみ訳　死より蒼く
P・マーゴリン　井坂　清訳　女神の天秤
C・G・ムーア　井坂　清訳　最後の儀式

クリス・ムーニー　高橋佳奈子訳　贖罪の日
ボブ・モリス　高山祥子訳　震える熱帯
ボブ・モリス　高山祥子訳　ジャマイカの迷宮
クリストファー・ライク　北澤和彦訳　欺瞞の法則(上)(下)
ウィリアム・ラシュナー　北澤和彦訳　独善(上)(下)
イェンス・ラピドゥス　土屋晃・小林さゆり共訳　イージーマネー(上)(下)
P・リンゼイ　笹野洋子訳　目撃
P・リンゼイ　笹野洋子訳　宿敵
P・リンゼイ　笹野洋子訳　殺戮
P・リンゼイ　笹野洋子訳　覇者(上)(下)
P・リンゼイ　笹野洋子訳　鉄槌
P・リンゼイ　笹野洋子訳　応酬
ギリアン・リンスコット　加地美知子訳　姿なき殺人
スー・リム　野間けい子訳　オトメノナヤミ
G・ルッカ　古沢嘉通訳　守護者《キーパー》
G・ルッカ　古沢嘉通訳　奪回者

2016年12月15日現在

講談社文庫　海外作品

マイクル・コナリー 古沢嘉通訳　真鍮《しんちゅう》の評決〈リンカーン弁護士〉(上)(下)
マイクル・コナリー 古沢嘉通訳　スケアクロウ(上)(下)
マイクル・コナリー 古沢嘉通訳　ナイン・ドラゴンズ(上)(下)
マイクル・コナリー 古沢嘉通訳　判決破棄〈リンカーン弁護士〉(上)(下)
マイクル・コナリー 古沢嘉通訳　証言拒否〈リンカーン弁護士〉(上)(下)
マイクル・コナリー 古沢嘉通訳　転落の街(上)(下)
ハーラン・コーベン 佐藤耕士訳　唇を閉ざせ(上)(下)
ジョン・コナリー 北澤和彦訳　死せるものすべてに(上)(下)
ジョン・コナリー 北澤和彦訳　奇怪な果実(上)(下)
マーティナ・コール 小津　薫訳　顔のない女(上)(下)
レナ・コバブール&アニタ・フリース 土屋京子訳　スーツケースの中の少年
ルイス・サッカー 幸田敦子訳　穴〈HOLES〉
コーティ・ザン 三角和代訳　禁止リスト(上)(下)
アイリス・ジョハンセン 北沢あかね訳　見えない絆
ゲイリー・シュミット 上野元美訳　最高の子〈牛小屋と僕と大統領〉
エリック・ジャコメッティ ジャック・ラヴェンヌ 吉田花子訳　ヒラムの儀式(上)(下)

サラ・ストロマイヤー 細美遙子訳　バブルズはご機嫌ななめ
ダニエル・スアレース 上野元美訳　デーモン(上)(下)
テイラー・スティーヴンス 北沢あかね訳　インフォメーショニスト〈上・潜入篇〉〈下・死闘篇〉
テイラー・スティーヴンス 北沢あかね訳　ドールマン(上)(下)
ロバート・K・タネンボーム 菅沼裕乃訳　さりげない殺人者
キャロル・N・ダグラス著・編 青木多香子訳　ホワイトハウスのペット探偵
L・チャイルド 小林宏明訳　警鐘(上)(下)
L・チャイルド 小林宏明訳　前夜(上)(下)
L・チャイルド 小林宏明訳　新装版 キリング・フロアー(上)(下)
L・チャイルド 小林宏明訳　アウトロー(上)(下)
L・チャイルド 小林宏明訳　最重要容疑者(上)(下)
L・チャイルド 小林宏明訳　61時間(上)(下)
L・チャイルド 小林宏明訳　ネバー・ゴー・バック(上)(下)
ネルソン・デミル 白石　朗訳　王者のゲーム(上)(下)
ネルソン・デミル 白石　朗訳　アップ・カントリー〈兵士の帰還〉(上)(下)
ネルソン・デミル 白石　朗訳　ニューヨーク大聖堂(上)(下)

ネルソン・デミル 白石　朗訳　ナイトフォール(上)(下)
ネルソン・デミル 白石　朗訳　ワイルドファイア(上)(下)
ネルソン・デミル 白石　朗訳　ゲートハウス(上)(下)
ネルソン・デミル 白石　朗訳　獅子の血戦(上)(下)
ジェフリー・ディーヴァー 越前敏弥訳　死の教訓(上)(下)
ジェフリー・ディーヴァー 越前敏弥訳　死の開幕
ジェフリー・ディーヴァー編 北沢あかね訳　死者は眠らず
アンドリュー・テイラー 越前敏弥訳　天使の遊戯
アンドリュー・テイラー 越前敏弥訳　天使の背徳
アンドリュー・テイラー 越前敏弥訳　天使の鬱屈
エマ・ドナヒュー 土屋京子訳　部屋(上・インサイド)(下・アウトサイド)
ジョー・ネスボ 北澤和彦訳　ヘッドハンターズ
ハックスリー 松村達雄訳　すばらしい新世界
ジェームズ・パターソン 小林宏明訳　闇に薔薇
ジェームズ・パターソン 小林宏明訳　血と薔薇
デイヴィッド・ハンドラー 北沢あかね訳　殺人小説家